Très pr

l'histoi

créer d

première trilogie, a rapidement trouvé une place dans le coeur de son lectorat. Son quatrième roman, *Anaïs*, est paru à l'automne 2020.

WILLIAM ET EVA

L'après-guerre 1914-1918 n'est pas facile pour de nombreux Québécois qui luttent afin de joindre les deux bouts, privés de leur principal soutien, mort à la guerre. Si ce n'était suffisant, la grippe espagnole qui lui succède fait des ravages dans toutes les familles. Comme bien d'autres, celle des Leduc n'est pas épargnée. Mais ils ne sont pas au bout de leur peine en cette période troublée. Dans la communauté de Valleyfield, les liens fraternels et amicaux sont mis à l'épreuve. Tandis que certains sont confrontés à leurs démons intérieurs, d'autres sont tentés de franchir les barrières de l'interdit en pleine prohibition. William et Eva parviendront-ils à se soutenir dans les malheurs qui les frappent de plein fouet ?

William et Eva

TOME 3

Mélanie Calvé

William et Eva

TOME 3

La prohibition

BIBLIO • FIDES

Conception de la couverture: Gianni Caccia
Mise en pages: Bruno Lamoureux

Catalogage avant publication de Bibliothèque et Archives nationales du Québec et Bibliothèque et Archives Canada

Titre: William et Eva / Mélanie Calvé.
Noms: Calvé, Mélanie, 1978- auteur. | Calvé, Mélanie, 1978 - Prohibition.
Description: Nouvelle édition: [Anjou, Québec : Fides, [2020]- .
Identifiants: Canadiana 20200081055 | ISBN 9782762144376 (vol. 3)
Classification: LCC PS8605.A4754 W7 2017 | CDD C843/.6—dc23

Dépôt légal: 3e trimestre 2020 Bibliothèque et Archives nationales du Québec © Groupe Fides inc., 2020

La maison d'édition reconnaît l'aide financière du Gouvernement du Canada par l'entremise du Fonds du livre du Canada pour ses activités d'édition. La maison d'édition remercie de leur soutien financier le Conseil des Arts du Canada et la Société de développement des entreprises culturelles du Québec (SODEC). La maison d'édition bénéficie du Programme de crédit d'impôt pour l'édition de livres du Gouvernement du Québec, géré par la SODEC.

IMPRIMÉ AU CANADA EN SEPTEMBRE 2020

À ma deuxième petite fille ; Maddy-Jane Ricard,
Petite merveille, si chère à ma vie. Je veillerai à écrire
des poèmes sur les murs de ton enfance.

À ma marraine Gabrielle Lalonde, née Leduc.
Parce que tu as capturé mes larmes d'enfants dans le creux
de ta main. Tu as guéri mes blessures en soufflant dessus.
Tu as chassé les monstres qui se cachaient dans mon lit.
Si mes joues furent caressées par une main maternelle
c'est parce que la tienne n'était jamais bien loin.

À ma meilleure amie Krystel Lefebvre-Pelletier.
Parce que tu sais tout de moi et je n'ai pas
peur que tu laisses mes secrets s'envoler.
Une rencontre déterminante dans ma vie.
Mon âme sœur d'amitié.
Tu es ma précieuse Marie-Renarde.

Aux merveilleuses belles-mères,
que la vie a placées sur ma route :

À Francine Boutin.
Précieuse belle-maman.
Pour ton dévouement envers ta petite fille.
T'avoir dans ma vie est une véritable bénédiction.

À Louise Simard,
Pour m'avoir tenu la main pendant
que j'apprenais à être une maman.

À Diane Guillemette,
Pour cette courtepointe que vous m'avez
un jour confectionnée.

À Michel Maillé,

Pour cette rencontre qui a changé ma vie.

Vous m'avez offert cette chance
que j'attendais désespérément.

Vous avez cru en mes mots.
Sans vous, William et Eva
n'existeraient que dans le coffre
où reposent tous mes écrits.

Vous êtes l'élément déclencheur
d'une des plus belles histoires de ma vie.

Merci.

CHAPITRE 1

Janvier 1920

Eva referma le livre des comptes de l'épicerie en laissant échapper un long soupir. Les choses allaient de mal en pis. Leur situation financière avait connu des hauts et des bas durant ces dix-neuf dernières années, mais jamais ils n'avaient autant peiné à joindre les deux bouts. Bien que la guerre fût terminée, les clients de l'épicerie demeuraient prudents dans leurs dépenses. Les dernières années, tous avaient dû faire preuve d'ingéniosité pour simplement survivre. De nombreuses familles se trouvèrent privées d'un père, d'un frère, d'un fils, sacrifié au champ de bataille au nom d'un combat que la plupart jugeaient ne pas leur appartenir. Par la grâce de Dieu, les femmes s'étaient relevé les manches, portant leur famille à bout de bras. Un nombre considérable de mères de famille ainsi que leurs enfants de douze ans et plus se firent engager à la Montreal Cotton, espérant ainsi améliorer leur sort. William Leduc, sensible à la réalité de ses clients, fut incapable de leur refuser le crédit. En fait, il avait tant accordé de crédit que sa famille croulait désormais sous les dettes.

D'ailleurs, ses quatre aînés travaillaient à l'usine afin de l'aider à traverser cette période difficile. William possédait toujours son studio de photographie adjacent à l'épicerie, mais les clients étaient rares. Malgré tout, William et Eva ne perdaient pas espoir, s'accrochant à l'annonce de l'économie d'après-guerre, qui se voulait remplie de promesses.

Eva ferma l'épicerie à clef, puis traversa chez elle rejoindre son mari et sa belle-mère. William comprit en voyant sa femme qu'elle n'était pas d'humeur à rire. Il savait que les comptes de l'épicerie étaient en souffrance, mais il ne voulait pas y accorder trop d'importance. C'était d'ailleurs le seul sujet de dispute entre Eva et lui. Elle lui reprochait souvent sa nonchalance ainsi que son manque d'intérêt envers la comptabilité. Il ne voyait pas les choses de cette façon. Selon lui, il ne servait à rien de se faire du mauvais sang pour une situation qu'il ne pouvait pas changer. Grâce à l'épicerie, il était toujours parvenu à nourrir sa famille. C'était, pour lui, tout ce qui importait. Il savait fort bien qu'il avait accordé aux clients une imposante marge de crédit, mais comment aurait-il pu faire autrement? Il lui était impossible de vivre en son âme et conscience en sachant que certaines familles ne mangeaient pas à leur faim. Ce que sa femme ignorait, c'est qu'il lui arrivait assez souvent de ne pas inscrire certaines denrées qu'il offrait gratuitement, en disant aux clients de ne pas en parler. Il se devait de faire ce qui était en son pouvoir pour alléger la misère des autres. Si, faute de moyens, il ne pouvait plus garder le magasin général, il le fermerait et irait travailler sur les chantiers. C'était aussi simple que cela. Il se gardait de le dire à Eva, mais il n'était pas heureux en tant que commerçant.

Il n'avait pas la fibre des affaires. Il était de nature si généreuse qu'il préférait donner plutôt que vendre. Il tenait le coup pour sa femme, c'était d'ailleurs pour elle qu'il avait ouvert l'épicerie presque vingt ans plus tôt. Contrairement à son mari, Eva excellait dans le domaine de la vente, gérant l'épicerie d'une main de fer. Elle pensait constamment à de nouvelles façons d'augmenter leurs profits. Si cela n'avait tenu qu'à elle, aucun crédit n'aurait été accordé. Sa philosophie était simple : si tu n'as pas d'argent, tu n'achètes pas. La bienveillance de William l'exaspérait grandement. Tout le voisinage connaissait son grand cœur et certains profitaient de sa bonté. Eva n'était jamais bien loin, le gardant à l'œil et freinant ses élans de générosité. Elle avait d'ailleurs confié à son amie Marie-Renarde qu'elle était persuadée qu'ils auraient une petite fortune devant eux si William n'était pas si bonasse. Cette dernière lui avait répondu que c'était fort possible, mais que c'était justement de cet homme bon qu'elle était jadis tombée amoureuse. Eva avait haussé les épaules, sachant qu'elle avait raison et que rien ni personne ne pourrait le changer. William était la bonté même et c'était ce qui faisait de lui un homme aussi admirable.

— T'as pas l'air dans ton assiette ma fille, fit remarquer Berthe Leduc.

— Ne vous en faites pas Berthe, je suis simplement un peu fatiguée, répondit Eva. Ça sent ben bon dans cabane, qu'avez-vous préparé pour que ça sente bon comme ça ?

— C'est un bon ragoût de pattes qui mijote sur le feu. Faut dire que les filles m'ont donné un sacré coup de main.

— Moi, je vous ai donné un coup de main, grand-maman. Pas Élianna certain, elle fait juste des dégâts, affirma Marguerite.

— Toi aussi, tu faisais ben des dégâts à son âge, répondit Eva en lui caressant les cheveux. Il faut un début à tout. L'important est qu'elle mette la main à la pâte.

— Peut-être, mais c'est juste plus long quand elle nous aide et les morceaux de carottes sont ben trop gros.

— Sois donc un peu indulgente, elle n'a même pas sept ans encore. Marguerite, tu sais que c'est pas si grave si les choses ne sont pas toujours faites parfaitement ? Toi, t'es plus grande qu'elle, c'est normal que tu coupes les morceaux moins gros. C'est pas si grave que ça.

— Pourtant, c'est vous maman qui dites toujours que tout ce qui mérite d'être fait mérite d'être bien fait.

— T'as toujours réponse à tout ma grande, n'est-ce pas ?

— C'est de ta faute ça, ma toute belle, dit William en souriant. Tu as forgé des filles de caractère. Tu voulais qu'elles puissent se défendre dans la vie, nous voilà bien servis.

— J'ai peut-être du caractère, comme vous dites papa, mais au moins j'en ai pas autant que Clara-Eve. Vous seriez dans une mauvaise posture en avoir deux comme elle. Par chance, Laura-Marie ne lui est identique qu'en apparence.

— C'est ben vrai qu'elles sont très différentes ces deux-là. Elles me font un peu penser à toi et Émilienne, fit remarquer William.

— Que je te vois pas comparer Clara-Eve avec Émilienne, toi, objecta Eva. Y a pas de comparaison à faire là. Clara ne se laisse pas marcher sur les pieds, pis c'est toute. Franchement, j'en reviens pas que tu puisses dire des affaires comme ça.

— Je te taquinais Eva. Tu es donc ben sur la défensive ce soir.

— T'as raison, je suis désolée. Arrêtons de parler pour rien dire et mettons la table, les plus vieux sont sur le point de revenir de l'usine.

— Est-ce que je vais pouvoir me faire engager bientôt moi aussi ? demanda Marguerite. Je vais avoir quatorze ans le mois prochain.

— Y a rien qui presse ma fille, t'auras ben le temps d'aller travailler quand viendra ton tour.

— Mais papa...

— Y a pas de papa qui tienne, coupa William. Le travail à l'usine, c'est pas une partie de plaisir. Déjà que j'en ai quatre qui y travaillent ! J'suis pas pressé de t'y envoyer. Le sujet est clos. Si tu veux travailler, y a de l'ouvrage en masse à l'épicerie.

— Mais y a pas de paie qui vient avec l'ouvrage de l'épicerie. Au moins à l'usine, vous laissez une piastre par semaine à Édouard et aux filles.

— Et que ferais-tu avec une piastre par semaine à ton âge ?

— Ben, la même chose qu'eux autres. J'irais au Valleyscope, pis je m'achèterais des p'tites gâteries au magasin.

— En attendant, aide donc ta mère pis ta grand-mère à mettre la table, ça te fera passer l'idée.

Marguerite soupira en plaçant les assiettes sur la table. Il ne lui servait à rien d'argumenter avec son père. S'il semblait ne rien refuser à ses aînés, il était différent avec ses cadettes. Elle en avait assez d'être traitée différemment du reste de sa fratrie. Après tout, les jumelles n'avaient que deux ans de plus et elle se considérait comme aussi mature qu'elles. La vie semblait si facile pour elles et Édouard. Ils partaient travailler le matin, n'avaient aucune tâche quotidienne à faire à leur retour. Ils n'avaient qu'à s'asseoir et se faire servir le repas du soir. Ses aînés avaient de l'argent pour leurs dépenses, pouvaient aller au Valleyscope des frères Martineau ou s'acheter des chapeaux ou autres accessoires vestimentaires au grand magasin départemental Dion, tandis qu'elle ne le pouvait pas.

— Dépêchez-vous de fermer la porte, vous allez refroidir la maison, lança Eva à ses enfants qui rentraient de l'usine.

— Ça sent bon, fit remarquer Édouard, ça tombe ben, j'ai une faim de loup.

— Grosse journée à l'usine mon garçon ? demanda William.

— Pas plus que d'ordinaire le père, mais j'avais hâte qu'elle finisse. Je pensais à ça et j'aimerais ça me trouver autre chose comme ouvrage.

— As-tu une idée en tête ? s'informa William.

— En fait, je parlais de ça avec Gédéon Besner et il paraîtrait que le charretier Ouellet chercherait à louer sa voiture. Je pourrais peut-être la louer et transporter les voyageurs de la gare où ils veulent aller...

— Penses-y même pas mon garçon, il n'en est pas question !

— Mais pourquoi, papa ? Je sais comment mener une voiture. J'ai le tour avec les chevaux, pis y paraît qu'il y a de l'argent à faire avec ça. Je me vois faire ça moi.

— As-tu déjà oublié ce qui est arrivé au jeune Josephat ?

— Ce n'était qu'un bête accident papa.

— Y a rien de moins certain que ça ! On peut pas se fier à l'enquête qui a été faite pour dire ça. Elle a été faite par des vrais cabochons. Si vous voulez mon avis, c'était pas un accident, mais ben un meurtre !

— William, tu vas effrayer les filles, s'offusqua Eva.

— Y a rien à être effrayé là-dedans ma femme, pis c'est pas à se faire croire que les choses sont pas arrivées que ça les efface ! J'ai pour mon dire que cette histoire-là est pas nette pantoute. Si le jeune est mort à la suite d'une collision entre sa voiture pis le train, comment expliquer que ses chevaux et sa voiture aient été retrouvés plus loin sur la baie ? Et comment ça se fait que sa montre et son manteau de fourrure ont carrément disparu ? Je suis pas un expert en accident, mais me semble ben que quand tu meurs en te faisant écraser par un train, le train repart pas avec tes objets de valeur !

— Mais tu n'es pas coroner, William. T'es pas policier non plus à ce que je sache. T'as peut-être pas tous les détails de l'enquête...

— Non, mais j'ai toujours ben assisté à l'enquête publique ! Je te le dis, Eva, il n'y avait rien de clair là-dedans. Y a pas juste moi qui pense comme ça non plus ! Pas mal tous ceux qui étaient à l'hôtel de ville ces deux jours-là disent comme moi. Heille ! C'est ben pour dire, même les jurés ne croyaient pas vraiment à l'accident. C'est à cause du coroner Besner et des deux détectives de la police provinciale qu'ils ont penché pour l'accident !

— Papa, on raconte que son corps était tellement déchiqueté qu'il y a juste un train qui aurait pu faire ça. Il paraît aussi qu'il serait passé dessus plusieurs fois en plus.

— Je peux pas croire que tu sois si naïf mon fils! s'exclama William. Il a été abandonné sur les rails après avoir été tué. C'est pas plus compliqué que ça!

— Ah! Non, par exemple! objecta fermement Eva. C'est pas des affaires à parler à table ça!

— T'as ben raison, répondit-il.

— Mais de toute façon, papa, ce qui est arrivé à Josephat Emond ne m'arrivera pas si je deviens charretier pour les clients du Grand Tronc.

— Qu'est-ce qui te fait dire ça mon fils? Tu connais l'avenir? Tu peux garantir que cela t'arrivera pas à toi aussi? Personne n'est à l'abri d'un malheur pareil.

— Je peux pas le garantir, mais c'est jamais arrivé avant, pis ça veut pas dire que ça va arriver encore. On peut pas vivre notre vie en ayant peur des choses avant même qu'elles arrivent, non? Et je vais avoir vingt ans, papa, ne pensez-vous pas que je commence à être en âge de décider pour moi-même?

— Oui, mais je peux pas me faire à l'idée que tu n'aies pas une job à la hauteur de ce que tu mérites. Déjà que t'as pas pu finir ton cours classique. Tu finiras pas tes jours dans une usine et encore moins en conduisant une voiture pour de riches voyageurs. Tout ça, c'est à cause de cette maudite guerre qui est venue tout défaire nos plans de vie.

— Ça pourrait être pire le père, j'aurais pu être obligé de m'enrôler comme ben d'autres. Si je n'avais pas eu la fièvre écarlate petit, j'aurais pas pu bénéficier d'une exemption médicale pour mes troubles musculaires. C'est pas que j'aurais pas eu le courage d'aller me battre aux côtés des autres, c'est juste que j'aurais trouvé ça ben dommage de mourir sur les champs de bataille pour défendre l'Empire britannique. Vous imaginez-vous ça, mourir en défendant les Anglais ! Je veux ben croire que nous sommes sous leur emprise, mais il y a tout de même des maudites limites.

— T'aurais tout de même dû finir tes études classiques au lieu de rentrer à l'usine.

— J'avais pas ben le choix, papa. Ne pas m'enrôler, c'était une chose, mais laisser mes sœurs aller travailler tandis que moi j'aurais tranquillement fait mes études, ça c'est une autre chose. De toute façon, le droit ne m'intéresse plus tant que ça. Je me verrais ben prendre votre relève au studio ou au magasin.

— Je sais ben pas si tu en auras l'occasion... Les clients ne courent pas les rues en ce moment. Et pour la photo, les gens ont d'autres priorités que de se faire tirer le portrait.

— Y a ben du monde qui pense que l'économie va repartir. Que le pire est derrière nous ! Faut juste pas se décourager papa...

— Qu'il se compte chanceux, coupa Clara-Eve. Lui au moins, il peut avoir des plans pour son avenir. Il peut faire le métier qu'il veut. Nous autres, à part suer notre vie à l'usine, nous marier pis avoir un paquet d'enfants, y a pas grand-chose de bon qui nous attend !

— Tu sauras ma fille que je n'aurais pas pu espérer meilleur avenir que de marier votre père et vous mettre au monde. C'est pas mal dénigrant pour ta mère, ce que tu dis là.

— Je voulais pas vous insulter, maman. J'aimerais ça, moi aussi, pouvoir faire des grandes études. Il n'y a pas qu'Édouard qui aimerait faire de la photographie avec papa. Moi aussi, je veux faire ce que je veux de ma vie! La seule espérance que j'ai, c'est de mettre la main sur un mari qui ne désirera pas jouer au p'tit *boss* avec moi.

— Je suis pas inquiète pour toi, rétorqua William. D'après moi, c'est plus lui qui risque de se faire bosser que le contraire.

— Avez-vous lu *Le Progrès* d'aujourd'hui papa? coupa Fleur-Ange. Il paraît que les Canadiens ont battu Toronto 14 à 7 grâce à Lalonde qui aurait fait six buts. Pouvez-vous croire ça, papa, six buts! Moi, j'en revenais pas!

— Qu'est-ce que tu connais au hockey toi, lança sèchement Clara-Eve.

— J'en connais plus que tu penses! s'exclama Fleur-Ange, offusquée. Mathias parle juste de ça. Pis le hockey, c'est pas juste pour les gars, tu sauras! C'est pas parce que toi, tu connais rien à ça qu'aucune fille ne connaît ça!

— Les filles, commencez pas à vous obstiner pour des niaiseries! ordonna Eva.

— J'ai lu ça dans le journal d'aujourd'hui, poursuivit William. C'est tout un phénomène, Lalonde, c'est pas pour rien que c'est le meilleur joueur de l'histoire de la ligue nationale.

— Je suis pas d'accord avec vous, moi, le père, s'opposa Édouard. Y a pas meilleur que Malone.

— À ce que je sache mon garçon, Malone n'a jamais fait six buts dans une seule partie.

— Pas encore le père, mais il en est parfaitement capable. Vous verrez ben ce que je vous dis. C'est lui le meilleur joueur de la ligue nationale, y a aucun doute à avoir là-dessus. C'est juste ben dommage qu'il soit rendu avec les Bulldogs de Québec. Si Lalonde et lui étaient encore dans la même équipe, rien ni personne ne pourrait les battre.

— Pis, que pensez-vous du ragoût ? demanda Berthe espérant ainsi changer le sujet de conversation. C'est Marguerite et Élianna qui l'ont préparé avec amour.

— Ce serait plus juste de dire qu'Élianna a coupé les carottes, précisa Marguerite.

— J'en ai pas juste coupé… J'en ai mangé aussi, ajouta la fillette en souriant d'un air espiègle.

— Ça, j'en doute pas une seule seconde, dit William en lui faisant un clin d'œil. Il est délicieux ce ragoût, c'est le meilleur que j'ai mangé de toute ma vie !

— Meilleur que celui de maman ? demanda la fillette.

— Je ne peux pas répondre à cette question, répondit- il. Je veux pas que maman me fasse dormir dans l'écurie cette nuit.

— Vous ne feriez pas ça maman ? demanda Élianna, inquiète.

— Seul Dieu le sait et le diable s'en doute ma fille. Papa est mieux de pas prendre de chance, répondit Eva en souriant.

— Est-ce que ça vous dérangerait, si j'allais veiller chez Marie-Renarde ce soir ? demanda Laura-Marie. J'aimerais ça avancer l'ouvrage de notre projet.

— Je gagerais 5 $ que ton projet se nomme Yuska, nargua Clara-Eve.

— Arrête avec ça ! Yuska est mon meilleur ami, répondit Laura en déposant ses ustensiles dans son assiette. Est-ce que je peux sortir de table, maman ?

— Si ça te fâche autant, ça doit être parce que c'est vrai ce que je dis. Si tu veux mon avis, c'est plutôt un meilleur ami que tu prendrais ben comme mari.

— J'en veux pas de ton avis ! Tu peux la garder pour toi, répliqua-t-elle sèchement.

— Arrêtez donc de vous pinailler ! somma William. C'est lassant à la longue de toujours vous entendre vous obstiner. Depuis le temps que vous êtes pognées ensemble, vous devriez avoir appris à vous entendre ? C'est à croire que même dans le ventre de votre mère vous vous battiez. Un moment donné, ça suffit votre obstinage ! On n'est pas obligés d'endurer ça à journée longue ! J'peux pas croire, deux pareilles, pourtant tellement différentes. Vous êtes chanceuses de vous avoir. Qui peut se vanter d'avoir une autre personne à ses côtés depuis aussi longtemps que vous deux ? On naît seul et on meurt seul. Vous deux, vous avez eu la chance de pas être nées seules, arrangez-vous donc pour pas mourir en guerre une contre l'autre !

— Papa, vous pouvez pas nier que c'est elle qui cherche tout le temps le trouble, argumenta Laura-Marie.

— Ben, laisse-la le chercher sans le trouver, elle finira ben par arrêter. Je veux pas savoir c'est de la faute à qui, je veux juste que vous arrêtiez ! Je vous le dis les filles, la prochaine fois que vous vous obstinez, je vous attache ensemble comme quand vous étiez petites. Vous aurez l'air fine de vous rendre à la *factory*, marchant comme des canards, parce que vos jambes seront enrubannées...

— J'ai compris papa, répondit Clara-Eve. Est-ce que je peux me lever de table ? Est-ce que je peux aller faire un tour chez Émilienne ? Je rentrerai pas tard.

Et papa, juste comme ça, on dit plus la *factory* depuis longtemps ! On dit la *factrie*, maintenant.

— *Factory* ou *factrie*, vous aurez pas l'air moins fine pour autant ! Dis-moi donc, qu'est-ce qu'il y a de bon à faire chez Émilienne ? C'est pas comme si tout le monde s'arrachait sa compagnie non plus...

— Je comprends pas pourquoi vous dites toujours ça. Je trouve que ma tante Émilienne est tellement géniale. On dirait ben que vous la connaissez pas comme je la connais. Si vous voulez le savoir, c'est surtout pour jouer aux cartes avec Flavie et Honoré que j'aime ça y aller.

— Vous jouez à quel jeu ? demanda Eva. Ma sœur joue-t-elle avec vous autres ? Vous jouez toujours ben pas à l'argent ?

— Inquiétez-vous donc pas maman, on joue à crapette.

Comme presque tous les soirs, les filles rangèrent la cuisine pendant qu'Édouard et William prenaient soin des chevaux. Puis chacun vaquait à ses occupations personnelles pour le restant de la soirée. Souvent, ils en profitaient pour faire une partie de cartes, jouaient un peu de musique en chantant des airs populaires ou passaient simplement le temps en jasant de tout et de rien. William se plaisait à simplement se bercer, en jonglant silencieusement. Comme le voir ainsi songeur avait tendance à inquiéter Eva, il se réfugiait parfois dans son atelier de photographie simplement pour s'évader en pensées. Sinon, il en profitait généralement pour terminer l'ouvrage qu'il avait négligé dans la journée. Eva et lui se retiraient généralement tôt dans leur chambre. Ils aimaient se retrouver seuls au moins une heure chaque soir. Ils bavardaient longuement, la tête d'Eva posée sur le torse de William. Plusieurs fois par semaine, ils faisaient l'amour silencieusement afin de ne pas éveiller les soupçons. Ils se désiraient toujours autant qu'au premier jour. Leur désir mutuel était si grand qu'il leur arrivait parfois de fermer l'épicerie à clef quelques instants afin d'assouvir leur amour au deuxième étage entre deux poches de farine. Après vingt ans de mariage, William portait le même regard sur Eva. Il ne voyait pas les traces laissées par ses grossesses ni les petites rondeurs qui s'étaient sournoisement installées au fil des années.

Ce soir-là, Eva alla rejoindre William dès que leurs filles furent rentrées. Elle enfila sa robe de nuit, puis se glissa aussitôt sous les couvertures. William qui s'était endormi en l'attendant se réveilla aussitôt. Le sachant plus fatigué qu'à l'ordinaire, elle lui murmura de se rendormir. Elle posa sa tête contre sa poitrine et s'endormit rapidement.

CHAPITRE 2

La proposition

En ce début de février, toute la province de Québec ne parlait que de l'exceptionnelle performance de Joe Malone, dit Phantom, des Bulldogs de Québec, qui avait compté sept buts contre les St. Patricks de Toronto. Les clients de l'épicerie Leduc ne firent pas exception. Dès l'ouverture, plusieurs clients s'attardèrent afin de parler du nouveau record établi par Malone. Eva se lassa rapidement de la conversation et en profita pour s'avancer dans le remplissage des étals alors que William, occupé à bavarder, en oubliait son ouvrage. Entre deux clients, le boulanger Ephèbe Boucher vint comme tous les matins livrer du pain frais. William sortit l'aider et Boucher l'invita à se joindre à lui et quelques autres hommes de la place le soir venu, afin de jouer aux cartes. William refusa aussitôt, prétextant qu'il n'était pas un joueur, mais le boulanger insista en soulignant qu'il désirait lui faire une proposition qu'il ne pourrait refuser. Curieux, William accepta de le rejoindre à la tombée de la nuit. En quittant l'épicerie, Boucher précisa qu'il serait préférable qu'il se garde de parler de leur rencontre. William acquiesça en se demandant ce qui pouvait justifier tant de mystère.

Il salua Eva, puis entreprit ses livraisons par un arrêt chez la veuve Lefebvre, communément appelée la vieille sorcière. À l'origine, seuls quelques adolescents des environs la surnommaient ainsi, mais très rapidement, tous les habitants de Valleyfield la qualifièrent de ce sobriquet. Geneviève Lefebvre n'était pourtant pas vieille. Elle n'avait pas encore atteint la trentaine. Il est vrai que sa longue chevelure noire agrémentée ici et là de mèches grises lui donnait l'allure d'une vieille dame. Geneviève, qui jadis brillait par sa lumière naturelle, semblait s'éteindre depuis la mort de son mari sur les champs de bataille. Presque cinq longues années s'étaient écoulées depuis ce jour où elle avait reçu cette funeste missive lui annonçant que l'amour de sa vie était mort au combat. Une balle perdue, avait-elle appris. La douleur ressentie l'avait immédiatement plongée dans un profond état de désespoir. Instinctivement, tel un animal blessé, elle s'était réfugiée dans l'antre de son foyer, s'isolant dans sa peine. Puis l'hiver laissa place au printemps, mais Geneviève Lefebvre refusa de se présenter au soleil, préférant la pénombre de sa maison. Les années passèrent, mais pas cet incommensurable vide qu'elle ressentait. Elle laissa mourir les fleurs, qu'elle avait pourtant tellement chéries. Plus rien n'avait d'importance, sauf ce jour qu'elle attendait impatiemment, celui où elle rejoindrait enfin son cher Antoine.

Depuis, Geneviève ne prenait plus soin de rien, ni de son terrain ni de son apparence et encore moins de son cœur. Elle survivait financièrement grâce aux voyageuses logeant à l'hôtel qui s'aventuraient chez elle pour se faire lire leur avenir dans les cartes. Bien que l'Église n'approuvât pas cette activité de « sorcellerie », certaines femmes des alentours se rendaient tout de même chez elle, la nuit tombée. Tout comme sa mère, et sa grand-mère avant elle, Geneviève avait le don de prédire l'avenir. Elle avait cessé de recevoir des clientes à la demande de son mari. Un jour, certains hommes de l'usine s'étaient moqués de lui en le surnommant le mari de la sorcière, ce qui l'avait véritablement offusqué. À son retour du travail ce soir-là, il avait confié à sa femme qu'il s'en était fallu de peu pour qu'il se batte avec ces idiots. Elle ne tarda pas à tomber dans les mauvaises grâces du curé, qui n'hésitait pas à sermonner ceux qui osaient encore s'aventurer chez elle. D'ailleurs, il l'avait excommuniée depuis quelques années déjà.

William frappa à la porte de la veuve qui, fidèle à ses habitudes, vérifia l'identité de son visiteur en écartant subtilement son épais rideau. Elle ouvrit la porte à William qui déposa sa caisse de bois sur le sol. Geneviève prit le contenu, déposa les articles sur sa table, et paya le montant inscrit sur la note. William la remercia, puis partit aussitôt.

Après avoir fait quelques livraisons, il s'arrêta chez Catherine Dupuis. Avant même qu'il ne frappe à la porte, elle l'ouvrit en souriant à pleines dents.

— Le *bill* est encore au nom de Bellechasse, fit-elle remarquer en riant.

— J'ai pas encore dit à Eva qu'en vérité Bellechasse, c'était toi. J'ai pas envie de m'asticoter avec elle pour des enfantillages comme ça.

— C'est toujours ben pas de ma faute si ta femme meurt de jalousie et qu'elle m'a barrée de l'épicerie.

— Je dirais pas qu'elle est jalouse... Je dirais plutôt que tu l'as cherché pis pas juste un peu à part ça... Si Eva veut plus que tu viennes au magasin, elle veut encore moins que je vienne icitte te livrer tes commandes. C'est par amitié que j'accepte de te dépanner pour l'heure, vu qu'il fait frette pis que ça te fait une bonne *ride* pour traverser l'autre bord du canal, mais c'est ben certain que j'irai pas ben longtemps comme ça contre la volonté de ma femme.

— J'ai toujours trouvé ça pas mal triste de voir à quel point un bel homme comme toi, travaillant et charmant en plus, peut se laisser mener de la sorte par sa femme.

— Tu dis n'importe quoi Catherine! Bon, tu me paies? J'ai d'autres places où aller, moi là...

William partit en soupirant. C'était toujours la même chose. Catherine médisait d'Eva, qui ne manquait pas de faire de même. Les deux femmes se détestaient depuis le jour de leur rencontre. Elles se jalousaient mutuellement. Ce n'était un secret pour personne, Catherine était amoureuse de William. Elle l'avait toujours été, et Eva le savait trop bien. C'est précisément pour cette raison qu'elle s'en méfiait autant. Afin de rassurer sa femme, William n'avait pas adressé la parole à Catherine durant les cinq années qui suivirent le procès des parents Rouleau. Il avait renoué avec son amie d'enfance un jour qu'il l'avait croisée dans la rue en revenant de ses livraisons. Catherine avait insisté pour qu'il l'accompagne chez elle, pour bavarder le temps d'un café. Il avait tout d'abord refusé l'invitation, puis avait finalement cédé. La rouquine, veuve d'un homme fortuné et beaucoup plus âgé qu'elle, semblait s'ennuyer dans sa maison trop grande.

William termina sa tournée matinale chez Émilienne. Depuis plusieurs mois, son vieil ami Victor semblait avoir la santé plus fragile. Bien qu'il ait toujours été un homme de frêle stature, il affichait désormais une alarmante maigreur. Selon Émilienne, qui ne cessait de s'en plaindre, son époux traînait une lourde fatigue au corps. Selon William, c'était le mauvais caractère d'Émilienne qui commençait à avoir tranquillement raison de la santé de son mari. Le pauvre homme n'avait pas connu un mariage heureux. Il fallait être solide pour endurer les épisodes de folie d'Émilienne. De plus, comme c'était un bon buveur, l'alcool l'avait prématurément vieilli. Zéphir, leur fils de dix ans, vint lui ouvrir la porte. Il expliqua à son oncle que sa mère se reposait pour faire passer son mal de tête. William déposa la caisse de bois sur la table de la cuisine, puis quitta les lieux sans s'attarder.

Le soir venu, William se demanda comment dire à Eva qu'il désirait se rendre chez le boulanger, tout en ne révélant pas l'endroit où il allait.

— Dis-moi donc ce qui te fait tournailler en rond comme ça, lui demanda Eva en déposant son tricot sur ses genoux.

— Si ça te dérange pas, j'irais peut-être jouer une p'tite partie de cartes chez Boucher.

— Toi, ça? demanda-t-elle. Tu veux aller jouer aux cartes? Pas à l'argent toujours?

— Je jouerai pas beaucoup, tu me connais. Ça fait un boutte que j'ai pas fait ça, je suis toujours icitte avec vous autres. Je suis pas un sorteux, tu le sais ben ça. Si ça te dérange, j'irai pas, y a pas de problème là.

— Ça me dérange pas pantoute, ça m'a juste pris par surprise. C'est pas dans tes habitudes de sortir veiller.

— Une fois n'est pas coutume comme on dit. T'en fais pas, je rentrerai pas tard.

— Tu rentreras à l'heure que tu rentreras. Si je suis fatiguée, j'irai me coucher. C'est pas plus grave que ça, dit-elle en replaçant son châle sur ses épaules. Y aura pas de femme dans place toujours?

— Dis-moi pas que t'es jalouse?

— Je posais la question, c'est tout. J'pas jalouse certain!

— Si t'es pas jalouse, ça te dérangera pas que je te réponde qu'il y en aura?

— Ben non, ça ne me dérange pas pantoute de savoir que mon mari préfère passer la soirée avec d'autres femmes que la sienne!

— Tu vois, t'es fâchée noir, là! Tu sais ben que pour rien au monde je voudrais passer la soirée en compagnie d'autres créatures que la mienne. Je te taquinais Eva, il y aura pas l'ombre d'une autre femme. Allez, embrasse-moi donc avant que je parte.

— J'suis pas d'humeur à ça, pour l'heure!

— Heille! Arrête-moi ça tout de suite! Pis donne-moi un bec... Eva Benoit, fais pas ta farouche, ça te va pas ben! Embrasse ton mari, insista-t-il en faisant la moue.

Comme toujours, Eva céda, incapable de lui résister. Il lui chuchota à l'oreille qu'elle ne perdait rien pour attendre et qu'il la réveillerait dès son retour afin de lui montrer à quel point elle lui avait manqué. Elle rit en le traitant de grand fou, puis le regarda s'éloigner. William n'aimait pas sortir le soir. Il préférait de loin passer la veillée auprès des siens. Il n'était pas de ceux qui passaient des heures à l'hôtel Windsor à boire jusqu'au petit matin, tout en se plaignant de leurs enfants et surtout de leur femme. Son bonheur à lui était à la maison. L'idée de s'en éloigner ne serait-ce qu'une soirée ne l'enchantait pas.

Arrivé chez Ephèbe Boucher, il attacha sa jument et se dirigea vers la porte d'entrée de sa demeure, lorsque celui-ci sortit de sa boulangerie en lui faisant signe de le rejoindre. William pénétra dans la boulangerie par la porte arrière. La pénombre des lieux le surprit quelque peu. Il remarqua trois hommes attablés au fond de la pièce peu éclairée. William se demanda pourquoi ils s'éclairaient à l'aide de lampes à huile, mais ne posa pas la question.

— Viens donc t'asseoir avec nous autres, mon Leduc ! ordonna le croque-mort Mathieu.

— Vous m'avez l'air pas mal mystérieux vous autres à soir, dit William. Y a-tu de quoi que je sais pas, et que je devrais savoir ?

— Commence donc par venir jouer une petite partie de cartes, répondit le charretier Vinet.

— Tu veux dire, qu'il commence par venir se faire battre, lança Jérôme Mathieu en riant.

— Toi, l'croque-mort, commence pas, si tu veux pas que Larin se ramasse à faire une job sur toi, rétorqua William. Pis le bout du malheur dans tout ça, c'est qu'une fois que je t'aurai plumé, t'auras pu une cenne pour payer ton propre enterrement. J'espère pour toi que Larin sera tellement content d'enterrer la compétition qu'il le fera gratis.

— Toi, pars-moi pas sur Larin, répondit Jérôme Mathieu. Il ne fera pas long feu en ville lui, c'est moi qui vous le dis. Dans cinq ans, tous les endeuillés des alentours frapperont à ma porte pour demander mes services. Personne ne se souviendra de lui.

— J'ai entendu dire qu'il parlait de s'acheter un corbillard à moteur. Ça serait toute une innovation par icitte, ça ! souligna William.

— Y a rien là ! Je vais en acheter deux moi ! Pis avant lui à part ça !

— Ben moi, je le trouve ben correct Larin, rétorqua William. C'est pas lui que je suis venu battre aux cartes, c'est toi, alors arrête de médire sur lui pis concentre-toi sur la partie qui commence.

— J'ai jamais dit qu'il n'était pas correct. J'ai juste dit que la ville était trop petite pour nous deux.

— On dirait ben que tu oublies Hébert, souligna Boucher.

— Hébert, il compte pas. Ça fait presque vingt ans qu'il opère son salon. Y a pas ouvert en même temps que moi... Y a de la place pour deux croque-morts dans ville, pas pour trois. Hébert pis moi, on sera encore là dans cent ans d'icitte, mais Larin, personne ne se souviendra de lui.

— Autrement dit, t'as peur de Larin ? le taquina William.

— J'ai pas peur de lui, pantoute ! Tu gardes-tu tes cartes ou pas ?

William eut la main chanceuse ce soir-là. Il remporta près de vingt dollars. Il se sentit soudainement coupable d'avoir menti à sa femme en lui disant qu'ils ne joueraient pas à l'argent. Il relança Ephèbe Boucher qui lança son jeu sur la table en maugréant que ce n'était pas sa soirée. Il déclara qu'il était temps de passer aux choses sérieuses. Jérôme Mathieu acquiesça.

— J'imagine, mon Leduc, que tu dois ben te demander pourquoi je t'ai demandé de venir icitte à soir hein? demanda Ephèbe Boucher. Premièrement, faudrait que tu nous donnes ta parole que ce que tu vas entendre icitte reste icitte.

— Je suis pas une mémère. Vous avez pas à vous inquiéter avec ça, les gars.

— C'est sérieux notre affaire! Faut vraiment que t'en parles à personne, insista Vinet.

— Si vous aviez si peur que je jacasse à tout le monde, fallait pas m'inviter! Si je vous dis que j'en parlerai pas, ben c'est que j'en parlerai pas!

— C'est beau, calme-toi! On voulait juste être ben certains, poursuivit Boucher. Ça fait déjà un p'tit bout qu'on jase entre nous autres d'une idée qui nous paraît avoir ben du sens... On voudrait traverser de l'alcool l'autre bord. On parle pas d'une bouteille ou deux... On est collés sur les lignes, ça serait un jeu d'enfant de fournir les Américains.

— Vous pensez faire passer ça comment l'autre bord des lignes, vous autres?

— Par un chemin privé, à Franklin. On chargerait des canots qui nous attendraient sur place, pis notre job s'arrêterait là.

— Mais je comprends pas trop ce que je viens faire là-dedans? répliqua William.

— Toi, tu peux commander le fort en gros. T'as déjà les contacts pour ton magasin, répondit Vinet.

— T'as ton permis de vente de boissons aussi, ajouta Boucher. Les premières fois, on sortirait l'argent de nos poches, pour en acheter pour la peine. Par après, on roulerait sur notre profit. J'te le dis mon Leduc, les Américains sont pas mal en peine. Ils sont prêts à payer deux fois le prix que ça vaut par icitte. Pis quand ils seront encore plus en peine, on ajustera le prix à la hausse. C'est de l'or en bouteille, faut juste sauter sur l'occasion avant que d'autres la saisissent ! Toi, mon Leduc, veux-tu être de ceux qui feront fortune ou veux-tu être de ceux qui crèvent de faim ?

— Je crève pas de faim, tu sauras !

— Coudonc, t'es aussi sensible qu'une bonne femme ! s'exclama Jérôme Mathieu. On dirait ben que tu comprends ce que tu veux comprendre. T'embarques-tu avec nous autres, ou pas ? On a besoin que tu achètes l'alcool en gros pour nous autres.

— Pis comment je vais faire pour justifier ça, moi ? Ça va passer directement sur mon dos si on se fait prendre ? C'est moi qui va devoir acheter tout ça !

— Ben voyons donc, Leduc ! Tes fournisseurs sont en ville, ils le savent pas eux autres ce qui se passe par icitte ! Ils le savent pas eux autres, si tu t'es pas ouvert une autre épicerie, argumenta Vinet. Pis Boucher a une autre carte dans sa manche. Dis-lui donc Boucher, ce qu'on veut faire.

— Je pense que je serais capable de produire notre propre whisky. C'est certain que ça se fera pas demain, qu'il faut que je m'assure qu'il sera buvable, mais si jamais ça devient trop risqué, on se tournera vers ça.

— Je le sais pas les gars, répondit William. Pour être honnête, j'ai pas tellement envie d'avoir des problèmes avec la police. J'ai une famille à nourrir, pis c'est pas entre les murs de la prison que je vais pouvoir le faire.

— On a tous une famille, tu sauras. Ben, à part le croque-mort là. Lui, la vie il l'enterre, il la donne pas, se moqua Vinet.

— Faut toujours ben commencer par avoir une femme ! Toi, Leduc, t'as ben une fille en âge de se marier ? demanda Jérôme Mathieu. Tu pourrais m'arranger ça ?

— J'pas prêt à les marier tout de suite. Tiens-toi-le pour dit, mes filles, c'est pas touche ! T'es trop vieux pour eux autres de toute façon.

— Inquiète-toi pas avec ça, Leduc. J'pas pantoute paré à t'avoir comme beau-père ! Pis inquiète-toi pas avec la police, non plus. T'as l'air à oublier un détail ben important.

— Je vois pas, répondit William.

— Y est marié avec qui Dubé ?

— Avec ta sœur ?

— Exactement ! rétorqua Jérôme Mathieu en souriant fièrement.

— Y est au courant de votre affaire ? interrogea William, surpris.

— Occupe-toi pas de ça, répondit Boucher. Tout ce que tu as à savoir, c'est que t'as pas à t'inquiéter avec la police du coin. Y a aucun danger, ni pour toi, ni pour aucun de nous autres. On a juste besoin de savoir si t'es avec nous autres ou non. C'est maintenant ou jamais. Crois-moi, tu vas brailler dans la jupe de ta mère si tu laisses passer notre offre, tellement on va faire la grosse piastre. J'ai passé la veillée avec deux Américains, la semaine passée, pis sont assoiffés par là-bas. C'est eux autres mes contacts, c'est eux autres qui vont nous l'acheter. Y en veulent pour la peine !

— Écoutez les gars, c'est pas que je crois pas en votre plan, c'est plus que c'est pas trop dans mes habitudes de faire des affaires croches. J'pas certain d'être votre homme, pis ma femme ferait ben une syncope si elle savait ça.

— Elle sera pas au courant ! s'exclama Ephèbe Boucher. Nos femmes n'ont pas d'affaire à se mettre le nez dans nos histoires d'hommes. C'est à nous autres de faire ce qui faut pour nourrir nos familles, pis d'agir comme des hommes. T'es avec nous autres ou pas ?

— J'peux pas décider ça de même, répondit William. J'ai besoin de jongler un peu à ça. C'est pas rien ce que vous me demandez les gars.

— On te demande si ça te tente de faire de la grosse piastre, lança Vinet. On te demande pas d'y laisser ta vie. Ça nous a pas pris une minute, nous autres, à nous décider.

— Ben vous autres, c'est vous autres, pis moi, c'est moi ! On dirait que vous voyez juste le bon côté de l'affaire. Y a des risques, pis j'suis pas certain de vouloir les prendre. Si vous voulez une réponse icitte à soir, ben ça va être non. Si vous me donnez du temps, ben j'vais y penser.

Bien qu'ils espéraient une réponse immédiate, ils s'entendirent pour donner à William deux jours de réflexion. Ce dernier les quitta peu après, légèrement nerveux à l'idée de rejoindre Eva. En acceptant, il irait à l'encontre de la promesse qu'ils s'étaient jadis faite, de ne jamais avoir de secret l'un pour l'autre. Il avait enfreint leur serment à une seule reprise : lors de sa funèbre visite au docteur Gendron. Depuis peu, il multipliait les cachotteries, et ce, bien malgré lui. La proposition était alléchante. Mais était-il prêt à mener une double vie ? Était-il prêt à mentir allègrement à sa femme ? Là était la question.

William dormit à peine cette nuit-là, tant les idées se bousculaient dans son esprit. D'une part, il en avait assez de tirer le diable par la queue. D'autre part, il s'était juré de ne plus jamais commettre de geste répréhensible, tant aux yeux de Dieu qu'aux yeux des hommes. Pour rien au monde, il ne voulait mettre en péril sa liberté ni la quiétude sa famille. Et s'il le faisait à court terme ? Le temps de redresser leur situation financière ? Quelques mois tout au plus. Il était interdit de revendre de la boisson alcoolisée, à moins de posséder un permis de vente, et il en possédait un. Peut-être pourrait-il s'en sortir en jouant sur les mots ? De plus, puisque les acheteurs les rejoindraient en terre canadienne, ils n'auraient pas à franchir la frontière américaine. Les risques de se faire prendre étaient réduits.

* * *

La décision de William n'était toujours pas prise, lorsque le boulanger se présenta deux jours plus tard afin de procéder à sa livraison matinale de pains. William devint nerveux en l'apercevant devant le magasin général. Convaincu qu'Eva se rendrait compte de quelque chose, il sortit sans tarder à la rencontre d'Ephèbe Boucher. Il s'approcha nerveusement en lui faisant comprendre du regard qu'Eva était dans l'épicerie. Ephèbe lui murmura que les gars se réuniraient ce soir-là et que si sa décision était positive, ils l'attendraient. S'il ne se présentait pas, ils se tourneraient vers un autre. Boucher entra placer ses boulanges et repartit aussitôt. William continua sa tournée bihebdomadaire du magasin, tandis qu'Eva s'affairait au livre des comptes. Il partit ensuite faire ses livraisons.

Chemin faisant, il songea à s'arrêter quelques instants sur le bord du canal pour réfléchir à la décision qu'il devait prendre, mais le froid glacial l'en dissuada. Il décida donc d'arrêter à l'hôtel Windsor. Il s'installa au bar, où il commanda un verre de gin, qu'il ne but pas. Il pesa le pour et le contre, une fois de plus. Son désir le plus sincère était de régulariser sa situation financière. Eva avait raison, il avait tant fait crédit, qu'ils avaient dû vider leurs économies pour maintenir le magasin à flots. Il était le seul responsable de leurs ennuis financiers. C'était donc à lui de les sortir de cette malencontreuse situation. La proposition de Boucher et de ses acolytes n'était certainement pas la meilleure, mais c'était la seule qu'il avait pour l'heure. Il le ferait, à court terme. Il offrit son verre de gin à l'inconnu qui prenait place deux bancs plus loin, puis quitta les lieux non sans ressentir une certaine culpabilité face à sa décision. Pour rien au monde, Eva ne devait être mise au courant, il se devait de la tenir à l'écart.

— Monsieur ! s'écria une voix masculine.

— Oui ? répondit William, surpris.

— Je m'excuse ben de vous déranger de même, mais j'voulais vous remercier pour le gin. J'dois vous dire que c'était ben apprécié, Monsieur.

— C'était rien pantoute ça mon ami. J'pas un gros buveur, moi. Y aurait été gaspillé, j'étais ben mieux de vous le donner.

— Rosaire Roy, poursuivit l'homme en lui tendant la main.

— Enchanté, répondit-il. Moi, c'est William Leduc.

— Je me cherche du tabac, auriez-vous une idée d'où ce que je pourrais ben trouver ça par icitte ?

— Il y en a à mon magasin, pis c'est juste à côté. Suivez-moi si vous voulez…

— Avec grand plaisir ! Je ne connais pas le coin pantoute. C'est la première fois que je viens par icitte, et j'ai ben l'impression que je reviendrai pas de sitôt !

— Vous n'aimez pas l'coin ?

— Non, même que l'coin est ben beau. C'est une belle ville, j'trouve. C'est plutôt le monde, qui trouve que j'pas assez beau, pour être par icitte. Ils n'ont pas l'air à vouloir d'un étrange comme moi dans les parages. L'hôtelier me l'a ben fait comprendre ! Y a refusé de me fournir un gîte pour la nuit. Que voulez-vous, j'le comprends un peu dans le fond. Le pauvre homme a peur que je fasse peur aux femmes, pis aux enfants. Pis, c'est ben certain que c'est ce qui va arriver. Je le sais, c'est toujours ça qui se passe…

— Voulez-vous ben me dire en quoi vous êtes menaçant ? Êtes-vous un bandit ou quoi de semblable ? C'est pas trop net votre histoire…

— Non ! s'exclama Rosaire Roy. Croyez-moi sur parole, y a pas plus honnête que moi ! Ç'a rapport avec mon apparence. Je suis étrange, pis ça fait peur.

— Ben ça, mon cher Monsieur, pour être étrange vous l'êtes ! Mais rassurez-vous, je le suis aussi. J'ai pour mon dire qu'on est pas mal une bande d'étranges par icitte. Vous pensez pas, vous ?

— Je le sais ben pas, Monsieur Leduc, mais ce que je sais par exemple, c'est que je vous trouve ben d'adon.

William ouvrit la porte du magasin à Rosaire en l'invitant fièrement à entrer. Il lui présenta Eva, en soulignant qu'elle était la plus belle femme des alentours.

Contrairement à ses habitudes, cette dernière se montra très peu accueillante envers le nouveau venu. Elle se retira rapidement à l'arrière du magasin, prétextant qu'elle avait beaucoup d'ouvrage sur les bras. Rosaire, sensible au malaise évident d'Eva, acheta son tabac puis sortit aussitôt en remerciant William pour sa gentillesse à son endroit.

— Veux-tu ben me dire ce qui t'a pris d'être bête comme ça avec lui ? demanda-t-il à sa femme dès qu'ils furent seuls. C'est pas dans tes habitudes me semble ? T'avais pas l'air contente de me voir débarquer avec, le connais-tu ?

— Je le connais pas lui particulièrement, mais je sais de quel coin il vient par exemple. Je sais aussi ce qu'on raconte sur eux autres.

— Qui ça, eux autres ?

— William, dis-moi pas que t'as pas remarqué ses ongles ? Pis ses cheveux ? Même sous son chapeau, je les ai vus. T'as pas remarqué que le bonhomme était ben étrange ? C'est un Zoulou[1] !

— Un quoi ? demanda William.

— Un Zoulou ! C'est comme ça qu'on appelle le monde comme lui. Je mettrais ma main au feu, qu'il vient de Huntingdon. On en a déjà vu passer à Saint-Antoine. Ils sont plusieurs, pis ils se ressemblent tous. Ils n'ont presque pas de cheveux ni de sourcils. En plus, ils sont blêmes à faire peur. Il paraît que leurs ongles sont de même parce qu'ils ont la lèpre. C'est mieux de se tenir loin d'eux autres. Papa voulait pas qu'on les regarde, mais on avait ben de la misère à pas les fixer. Faut pas laisser nos enfants s'approcher de lui, il est sûrement porteur de maladies.

1. NDLR : Syndrome de Clouston.

— Ça fait pas de sens, ce que tu dis, ma femme ! J'pas docteur, mais s'ils étaient comme ça à cause de la lèpre, ils seraient ben tous morts ? Ou ils auraient ben fini par contaminer tout le monde ? On en aurait toujours ben entendu parler ?

— Faut pas les approcher, point final !

— À part la lèpre, y a-tu une autre raison de ne pas les approcher ?

— Crois-moi donc pas, si tu veux pas !

— Fâche-toi donc pas, ma belle amour. Je trouve juste que c'est triste pour lui. Y a aucune chance, c'est perdu d'avance si tout le monde pense comme toi. Je l'ai trouvé ben parlable, moi...

— On va toujours ben pas passer la journée, à parler du Zoulou ? T'as pas de l'ouvrage qui t'attend toi ? demanda-t-elle sèchement.

— J'avais autre chose à te parler. Boucher aurait besoin de moi certains soirs. Je me suis dit que ça pourrait nous faire un peu plus d'argent dans nos poches.

— Y aurait besoin de toi pour faire quoi au juste ?

— Ben, il voudrait que je lui fasse une armoire, d'un mur à l'autre.

— Il va te payer combien, pour ça ?

— Je le sais pas encore, Eva. Ça va dépendre des heures que je vais mettre dessus. Je vais lui faire un prix à la fin de l'ouvrage.

William se surprit de la facilité avec laquelle il était parvenu à mentir à sa femme. Certes, il se sentait coupable d'abuser ainsi de la confiance qu'elle lui portait. Mais il se rassura en se disant que c'était pour leur bien commun qu'il agissait ainsi.

CHAPITRE 3

Le disparu

L'hiver tirait à sa fin, au plus grand bonheur d'Eva qui supportait difficilement le froid. Elle adorait voir naître les premiers signes du printemps qu'elle aimait tant. Elle profita de la douce température pour ouvrir toutes les fenêtres de sa maison. Berthe lui souligna que cela ferait sortir le méchant. Les deux femmes profitèrent de cette belle journée du mois d'avril pour étendre les tapis sur la rampe de la galerie principale. Puis elles étendirent les couvertures sur la corde à linge. Une fois leur besogne terminée, elles prirent place sur leur berçante extérieure profitant ainsi du soleil, en buvant un thé. Au même moment, le veuf Sauvé s'arrêta pour les saluer timidement. Il demanda à Berthe s'il pouvait lui acheter une autre courtepointe, ce à quoi elle répondit en riant qu'il lui en avait déjà acheté cinq au courant de l'hiver. Sauvé sourit nerveusement, puis lui répondit: « C'est parce que je les aime ben. » Berthe lui promit donc de lui vendre celle qu'elle confectionnait actuellement. Le vieillard la remercia en retirant son chapeau, puis continua son chemin en souriant. Dès qu'il se fut éloigné, Eva ne manqua pas l'occasion de taquiner sa belle-mère en lui disant que, selon elle, ce n'était pas ses courtepointes qui l'intéressaient. Cette dernière rougit en la sommant de ne pas dire de pareilles sornettes. Elle ajouta qu'il était impossible qu'un homme tel que Sauvé puisse s'intéresser à elle. Pourtant, Eva avait raison. Gustave Sauvé se mourait d'envie d'inviter Berthe pour une promenade, mais ayant perdu le tour avec les galanteries, il se contentait de passer devant leur maison plusieurs fois par jour en espérant l'apercevoir. Les deux femmes se bercèrent en silence, chacune se réfugiant dans ses pensées. Berthe songea à son défunt mari. Jamais il ne lui était venu à l'esprit de se remarier. Serait-elle capable de vivre de nouveau avec un homme ? Cette idée la fit sourire. Elle avait tant aimé son Jérôme qu'elle ne s'était jamais posé la question à savoir si elle pourrait en aimer un autre. Pourtant, elle devait s'avouer qu'il lui serait agréable de partager le temps qu'il lui restait avec un homme qu'elle affectionnerait. Ses petits-enfants avaient vieilli. William et Eva n'avaient plus autant besoin d'elle. Ils la gardaient sans doute à demeure par charité. Elle ne désirait pas devenir un fardeau pour eux. Elle possédait toujours sa maison qu'elle louait depuis des années à Louisa et à son mari Alexis. Elle ne pouvait pas les chasser de sa demeure, ils y étaient attachés. Dernièrement, elle avait jonglé avec la possibilité de leur vendre sa maison et d'en acheter une petite pour elle. Mais, connaissant la situation financière de ces derniers, elle avait jugé préférable de ne pas les embarrasser avec une telle offre. Ses économies n'étant plus ce qu'elles étaient, elle ne pouvait se permettre de s'acheter une demeure sans vendre celle qu'elle possédait. Elle se plaisait à vivre chez son fils, mais elle ressentait le besoin de ne pas terminer ses jours en étant à leur charge. Peut-être devrait-elle trouver une façon d'aborder Gustave Sauvé afin de valider ses intentions ? Elle préparerait un panier de desserts pour lui.

Plus tard ce jour-là, Berthe sentit son cœur battre à tout rompre lorsqu'elle aperçut Gustave Sauvé marchant au loin. Comme elle s'y attendait, il ne tarda pas à passer devant la maison des Leduc. Elle sortit le rejoindre d'un pas incertain. Elle lui tendit nerveusement le panier préparé pour lui en bafouillant qu'elle espérait qu'il apprécierait l'attention. Ébranlé, Gustave prit quelques secondes avant d'accepter le présent des mains tremblantes de Berthe. Il la remercia, puis continua son chemin, incapable de prononcer un mot de plus. Il maugréa intérieurement, conscient qu'il venait de rater une belle occasion de faire bonne impression à celle qu'il convoitait en silence depuis plus d'une décennie. Veuf depuis sa jeune quarantaine, ce septuagénaire n'avait pas abordé une femme depuis belle lurette. Timide de nature, il perdait tous ses moyens devant Berthe. Il l'avait toujours trouvée belle, sans doute trop belle pour lui. Il se maudit pour son manque de courage puis se promit d'être plus éloquent la prochaine fois qu'il la verrait.

Le soir venu, alors que la famille Leduc était rassemblée autour de la table, Édouard manifesta une fois de plus son désir de troquer son emploi à la Montreal Cotton pour celui de charretier pour les clients de la gare. Une fois de plus, William s'y opposa farouchement. Fleur-Ange annonça qu'elle attendait un appel de Louis-Joseph Papineau, gérant de la centrale téléphonique Bell. Elle avait donné son nom à un gars de la *factrie*, qui l'avait donné à sa sœur qui travaillait là-bas. Laura-Marie souligna qu'elle aimerait bien y travailler également. Clara-Eve en profita pour se moquer de ses sœurs, en affirmant qu'elles seraient incapables de prendre les appels. Eva, qui détestait que ses enfants se disputent, ramena aussitôt l'ordre autour de la table. William était plutôt silencieux. Eva l'observa, pendant que ses filles recommençaient à se quereller. Depuis quelque temps, elle trouvait son mari plus fatigué que d'ordinaire. Il travaillait beaucoup dernièrement. Trop peut-être.

Le lendemain matin, William commença tôt ses livraisons. Eva vaqua à sa routine matinale. Marie-Renarde vint la rejoindre peu après que l'horloge eut sonné dix heures. Depuis près d'une vingtaine d'années, cette dernière venait aider son amie tous les jours. En fait, elle avait pratiquement élevé son fils derrière le comptoir du magasin général. Pour elle, Eva était beaucoup plus qu'une amie ; elle était sa famille. Veuve depuis plus d'une décennie, Marie-Renarde n'avait que son fils et son amie comme repères. Sans Eva, elle n'aurait pas survécu à la mort de Bernard ni à celle d'Asha d'ailleurs. La belle Abénaquise ne s'était pas remariée. Non qu'elle était fermée à l'idée de refaire sa vie, mais aucun homme des alentours ne s'était montré intéressé. « Aucun d'eux ne veut marier une Indienne », s'était-elle maintes fois répété. Pour la plupart des habitants de la ville, elle serait toujours une simple sauvage. Elle avait pourtant tant à offrir. Elle était la douceur incarnée, relativisait toujours les choses et était empreinte d'une empathie hors du commun. De plus, le temps ne semblait pas avoir altéré sa beauté naturelle. D'ailleurs, Eva lui faisait souvent remarquer à quel point elle enviait sa beauté. Chaque fois, Marie-Renarde souriait en baissant les yeux. Elle croyait à tort que son amie lui disait cela pour la consoler. Pour sa part, tout ce qu'elle voyait lorsqu'elle se regardait dans la glace, c'était à quel point elle était différente des autres femmes. Cette grande rêveuse n'espérait qu'une chose : aimer et être aimée de nouveau. Marie-Renarde n'était pas de ces femmes qui aiment la solitude. Elle qui aurait aimé avoir une grande famille redoutait le moment où son fils unique quitterait sa demeure afin de fonder sa propre famille.

— T'as ben la mine basse depuis quelques jours, lui fit remarquer Eva dès qu'elles furent seules. Tout va bien ?

— Tout va bien. Je suis juste pas mal dans mes pensées ces derniers temps. Faut dire que j'ai pas mal juste ça à faire de mon temps, jongler.

— Pourquoi tu dis ça ?

— Pour rien. Yuska est souvent absent de la maison. Il passe ses veillées ailleurs. Je n'ose pas lui dire, mais je m'ennuie.

— Je pensais que Laura-Marie allait veiller chez vous presque tous les soirs ?

— Oui, ça arrive. J'aime ça quand elle vient broder avec moi. Elle est douée de ses mains. Mais Yuska la persuade souvent de sortir s'asseoir dans l'escalier. Je les laisse tranquilles. Il n'y a rien de mal là-dedans. Ils veulent parler d'affaires de leur âge, sans qu'une vieille louve les surveille.

— Franchement ! s'exclama Eva. T'es loin d'être vieille, t'as même pas quarante ans encore ! Je commence à me demander si nous devrions nous inquiéter de ces deux-là.

— Je ne pourrais pas te dire. Y ont l'air à ben s'apprécier, mais Yuska me dit qu'ils ne sont que des amis et qu'ils le seront toujours. Mais je pensais à ça l'autre jour et je me demandais ce que dirait William, advenant que Yuska lui demande la main de Laura-Marie ?

— Quelle drôle de question tu me poses là, toi ! C'est ben certain qu'il dirait oui ! Pourquoi dirait-il non ? Ben, ça c'est si Laura voudrait évidemment, parce que c'est pas à nous autres de décider qui nos filles épouseront.

— Je me disais que, puisque c'est Yuska, vous auriez peut-être quelques inquiétudes.

— Pourquoi nous en aurions ? Ton fils est un jeune homme très respectable, Marie-Renarde.

— Je sais ça, mais il n'est pas Canadien français. Si ça fait jaser qu'un Blanc épouse une Sauvage, c'est encore pire quand un des nôtres épouse une Blanche.

— Ben, voyons donc ! Qu'est-ce que tu dis là, toi ? On est pu en 1900 ! Les mentalités ont changé depuis ton mariage.

— Crois-moi, mon amie, les choses n'ont pas tant changé. Aux yeux des Blancs, ma peau ne sera jamais de la même couleur que la leur. Si j'ai une vie plutôt clémente, c'est pas parce que nous sommes en 1920. C'est parce que je suis votre amie, à William et toi. C'est parce que vous avez forcé les gens à supporter ma présence qu'ils ont fini par s'y faire. Sauf la vieille Caron, qui refuse encore d'être servie par moi. Pis Émilienne qui me supporte à moitié.

— Ma sœur n'est pas une référence. Elle endure tout le monde à moitié, tout dépendant de ses humeurs. Pour Eugénie Caron, c'est une vieille hargneuse. Je te le dis, je préfère ton fils à n'importe quel autre parti des alentours.

— T'es ben fine de me dire ça. De toute façon, on parle pour rien dire parce qu'à date, y a pas apparence d'amourette entre les deux.

— On verra bien dans le temps comme dans le temps, comme on dit.

Le téléphone sonna. C'était le gérant des standardistes chez Bell qui demanda à parler à Fleur-Ange. Puisque cette dernière était absente, il informa Eva qu'il désirait l'engager en précisant qu'elle pouvait commencer dès le lendemain matin si elle était disponible. Eva raccrocha en souriant. Elle savait que cette nouvelle comblerait sa fille de joie. Sachant par expérience à quel point il était pénible de travailler à la Cotton.

Ce soir-là, Eva attendit impatiemment le retour de ses aînés. Elle avait déjà annoncé à Berthe et à William la bonne nouvelle concernant Fleur-Ange. Tous étaient d'avis que la jeune fille serait beaucoup plus heureuse comme standardiste que comme bobineuse. Comme prévu, Fleur-Ange sautilla de joie en apprenant la nouvelle.

— C'pas moi qui travaillerait là, lança Clara-Eve. Y a de quoi devenir folle, avec le bruit des lignes qui doivent toujours sonner.

— Ben, y a pas plus de chance que de devenir folle avec le bruit des machines de la Cotton qui n'arrêtent jamais de fonctionner, rétorqua Fleur-Ange. Si tu veux mon avis, t'es juste jalouse Clara.

— J'pas jalouse pantoute ! J'ai jamais dit que j'aimerais ça travailler pour Bell. Tu sauras que je suis ben correcte avec ma job, à la Cotton.

— Arrête donc, s'interposa Édouard. Y a pas un matin que tu ne te plains pas du fait que tu détestes ça, la Cotton. T'es clairement juste jalouse la sœur.

— Pensez donc ce que vous voulez ! Ça m'est complètement égal. J'peux vous dire que dans vingt ans d'ici, vous serez toujours pris dans vos p'tites jobs de misère, tandis que moi je serai partie ben loin à vivre une vie ben différente de la vôtre.

— Bon, ça y est ! Et tu seras rendue où, dans vingt ans d'icitte ? demanda Édouard.

— Je serai en ville, à vivre une belle vie. Je serai pas prise entre quatre murs, à élever une ribambelle d'enfants.

— Y a rien de méprisant à être à maison pis d'élever des enfants ! s'insurgea Eva.

— Peut-être, maman, mais ce n'est pas ce que je veux.

— Et tu veux quoi ma fille ? demanda William.

— Je veux une belle vie !

— Tu sauras que j'ai une très belle vie et que je ne l'échangerais pas pour celle d'une autre, rétorqua Eva. On serait mieux de changer de sujet là parce que je pourrais me fâcher si ça continue.

— Je sais pas si vous avez lu le journal aujourd'hui papa, enchaîna aussitôt Édouard. Il parlait de la femme qui a martyrisé sa belle-fille.

— La petite Aurore Gagnon ? demanda Eva.

— Ouin, me semble que c'est ça, son nom.

— J'pense pas que ta mère veuille entendre parler de ça mon garçon, fit remarquer William.

— Non, ça va William. Ça m'intéresse de savoir, insista Eva. Qu'est-ce qu'on disait dans le journal ?

— Qu'elle serait pendue en octobre prochain.

— Pis le bonhomme, lui ? s'informa Eva.

— On le sait pas encore. Son procès commence lundi prochain, ou l'autre. Je suis plus trop certain, mais c'était dans le début du mois de mai, pour sûr.

— C'est épouvantable, ce qu'elle a fait endurer à cette petite fille-là ! ajouta Fleur-Ange.

— Pas besoin de rentrer dans les détails. Ça pourrait faire peur à Marguerite et Élianna, dit William.

— Papa, chu pu un bébé ! lança Marguerite, insultée. Mon âge se rapproche ben plus de celui des jumelles que de celui d'Élianna. Je la connais l'histoire de la petite fille. J'ai entendu des clients en parler cet hiver au magasin.

— Y en a qui disaient que ça avait des ressemblances avec ce qui était arrivé à une petite fille d'icitte, y a longtemps. C'est une bonne affaire qu'elle soit pendue, déclara Édouard. C'est ce qu'elle mérite. Papa, pensez-vous que le monde de par là-bas pourront assister à la pendaison ?

— Ben voyons mon garçon ! T'en poses des drôles de questions ! s'exclama Berthe. Y a rien de plaisant à vouloir assister à la pendaison de quelqu'un.

— Je pense le contraire, grand-maman. Je pense que ça doit être satisfaisant de voir la justice faire son œuvre et de voir un meurtrier payer de sa vie le crime qu'il a commis.

— Tu vois, Édouard, moi je crois que la seule justice qui compte, c'est celle de Dieu. C'est entre ses mains que nous devons remettre ça.

— Maman, je vous avouerai que je pense un peu comme le jeune, intervint William. J'ai suivi à peu près toutes les causes criminelles, d'icitte pis même celles d'ailleurs. Ce qui me met dans une colère noire, c'est que les accusés finissent presque toujours par s'en sortir. Ils échappent à la peine de mort. Certains parviennent à sortir de prison, même s'ils étaient supposés y croupir pour le restant de leurs jours. Les juges n'ont pas de colonne. C'est mal faite. Ça serait satisfaisant de voir que, pour une fois, la justice va au boutte de ce qu'elle dit. Je gagerais un dix qu'elle sera pas pendue. Ces ordures-là paient jamais assez cher pour ce qu'ils ont fait. Prenez les Rouleau par exemple. Saviez-vous qu'ils sont à veille de pouvoir sortir de prison ? Ils pourront retrouver leur liberté comme s'ils n'avaient jamais fait ce qu'ils ont fait à leur pauvre fille.

— Papa, j'ai entendu dire à la manufacture que le bonhomme aurait été relâché pour bonne conduite. C'est le père d'un des gars avec qui je travaille qui aurait dit que son frère, qui reste dans le coin de Dundee, travaillerait avec dans le bois.

— T'es pas sérieux ? Comment ça se fait que j'en ai pas entendu parler ?

— Je sais ben pas, mais il paraît qu'il serait dans ce coin-là.

— J'peux pas croire ce que j'entends là ! Pis la bonne femme, elle ? As-tu entendu parler d'elle ?

— Je sais pas pour elle, mais ça doit être la même affaire.

Eva s'excusa, se leva de table et sortit de la maison. William alla aussitôt la rejoindre. Elle le pria de retourner auprès des enfants. Il lui proposa d'aller marcher jusqu'au canal. Il lui prit la main en l'attirant vers lui. Ils marchèrent longuement, admirant la baie Saint-François sans rien dire. William savait que le souvenir de la petite Laura était toujours douloureux pour sa femme. Ils longèrent la rue Victoria, jusqu'au petit boisé situé à l'extrémité de la route. Ils empruntèrent ensuite le petit chemin de terre menant au bord du lac. À cet endroit, la vue était magnifique. Eva se tourna vers lui en lui souriant, il lui prit la main qu'il porta à ses lèvres.

Ils prirent place sous un immense saule pleureur. Eva lui fit remarquer que l'air était frais sur le bord de l'eau. William l'invita à se coller contre lui. Elle posa sa tête contre son épaule. Il lui caressa tendrement les cheveux, puis les tira délicatement afin de l'obliger à le regarder. Il se pencha légèrement pour l'embrasser. Il glissa sa main le long de son cou. Avant même qu'elle ne puisse réaliser son intention, elle se retrouva assise sur lui. Elle tenta de se soustraire de cette position, mais il l'enlaça plus fermement.

— William, qu'est-ce que tu fais ?

— D'après toi ? demanda-t-il en souriant. T'es tellement belle comme ça avec le soleil qui se couche sur le lac. J'ai juste envie de réchauffer ma femme en la collant un peu, j'peux-tu ?

— Pas ici William.

— Pourquoi ?

— Parce que c'est indécent. Même que c'est illégal !

— Vois-tu un agent de police dans les alentours toi ?

Il glissa sa main sous sa robe, remontant doucement le long de sa cuisse. Il lui murmura de se relever quelques instants, afin qu'il puisse retirer sa culotte longue. Elle s'exécuta aussitôt puis s'installa sur son mari en prenant soin de se positionner de façon à sentir son sexe se frotter doucement sur le sien. Partagée entre son désir et sa conscience, Eva demeura hésitante jusqu'à ce que William l'embrasse dans le cou, exactement là où elle aimait tant. Elle chercha ses lèvres entre deux gémissements. Il s'arrêta brusquement pour la contempler quelques secondes. Elle en profita pour déboutonner le pantalon de William, en le soutenant du regard. Jamais elle n'avait éprouvé une telle excitation. Ce risque qu'ils prenaient, en se commettant ainsi publiquement, l'enivra. William lui empoigna tendrement les cheveux, l'embrassa, puis la pénétra lascivement. Ils firent l'amour intensément, comme si leurs corps se découvraient pour la première fois.

Le lendemain matin, William affichait un sourire digne d'un gamin fier de son mauvais coup dont il gardait le secret. Eva, pour sa part, rougissait à la simple idée de ce qu'ils avaient fait la veille. D'ailleurs, William qui connaissait parfaitement sa femme s'approcha d'elle puis lui chuchota : « T'en fais pas, si jamais quelqu'un nous a vus, il est aussi coupable que nous autres de s'être rincé l'œil. T'étais tellement belle, qu'il ne pourra jamais enlever cette image-là de sa tête. Comme moi... » Eva voulut lui répondre qu'une femme autant qu'un homme aurait pu les apercevoir, mais elle se contenta de lui sourire. William lui fit un clin d'œil complice et traversa au magasin pour préparer ses commandes hebdomadaires. Il amorça sa tournée vers neuf heures. Entre deux livraisons, il en profita pour faire un arrêt chez Ephèbe Boucher pour récupérer sa part du marché. Ce dernier l'accueillit avec enthousiasme. Il s'empressa de le conduire dans la boulangerie, désirant discuter en toute discrétion. Il informa William qu'ils avaient déjà vendu toutes les bouteilles qu'ils possédaient. La cargaison qu'ils attendaient était déjà vendue. Le problème étant qu'ils ne fournissaient pas à la demande. Par conséquent, William devait augmenter les quantités de caisses commandées. Boucher se dirigea vers une armoire située à l'arrière de la boulangerie, prit un pot de grès parmi plusieurs posés sur la tablette et en sortit une liasse de billets qu'il tendit à William en souriant. Ce dernier compta plus de deux cents dollars qu'il rangea à l'intérieur de sa veste de lin sans manche. Il avait amassé plus de mille deux cents dollars depuis le début de leur commerce illicite. Il quitta la boulangerie, en promettant à Boucher de voir ce qu'il pourrait faire auprès de ses fournisseurs. En chemin, il tenta de se convaincre qu'il s'en faisait sans doute pour rien, que ses fournisseurs ne remarqueraient peut-être pas l'augmentation de son volume de ventes. Après tout, n'était-ce pas signe de la progression d'un commerce ? Tout bon commerçant n'aspirait-il pas à augmenter son chiffre d'affaires, à vendre plus ?

De retour au commerce, il profita du fait qu'Eva discutait avec une cliente pour glisser cent dollars dans la petite caisse. À quelques reprises durant ces dernières semaines, Eva était demeurée hébétée en faisant les comptes. Pour la première fois depuis le début de la guerre, ils n'étaient pas en déficit financier. William expliquait alors la situation en disant que, par manque d'attention, il lui arrivait souvent d'oublier d'inscrire les ventes de ses livraisons. De plus, ses contrats de photographie ayant repris de plus belle, il rangeait l'argent des séances dans la petite caisse en oubliant parfois de noter ses gages dans le livre des comptes. Satisfaite, Eva ne posait pas plus de questions.

— Non, mais quelle belle journée ! lança joyeusement le croque-mort Mathieu, en entrant dans le magasin.

— Certain que c'est une belle journée, répondit Eva. Ça fait du bien au moral ça.

— Savez-vous ce qui fait du bien au moral Madame Leduc ? C'est d'être accueilli par de si jolies créatures.

— Hey mon croque-mort ! lança William en sortant de l'arrière du magasin. T'es toujours pas en train de courtiser ma femme, toi là ?

— Sois pas inquiet, je te ferais jamais ça, répondit Jérôme Mathieu en adressant un clin d'œil à Marie-Renarde qui baissa immédiatement le regard.

— Qu'est-ce que je peux faire pour toi aujourd'hui ? demanda William.

— Je suis venu chercher un paquet de Marlboro, répondit- il en ne quittant pas Marie-Renarde du regard. Pis je suis venu vous apprendre la grande nouvelle pour que vous puissiez la partager ! C'est fait, la semaine prochaine, j'aurai mon corbillard à moteur !

— C'est une bonne affaire. Comme ça, tu ne seras plus le seul croque-mort en ville à ne pas en avoir, le taquina William.

— J'étais venu te donner le contrat de prendre des photographies pour l'annonce que je veux faire paraître dans *Le Progrès*, mais je vais te dire que tu me donnes envie de le donner à Élie Gendron !

— Prends pas ça de même, tu sais ben que c'est des farces.

— J'suis prêt à te pardonner, si tu convaincs la belle dame derrière le comptoir de servir de modèle pour mes annonces dans le journal.

— Tu peux ben être encore garçon, si tu t'y prends de même avec les femmes ! Franchement, modèle pour des annonces de croque-morts ! C'est flatteur pour une femme, ça.

— J'comprends pas pourquoi tu dis ça, répondit Jérôme en souriant.

— T'as ben raison, mon croque-mort, c'est connu que les femmes aiment ben ça être photographiée avec un corbillard.

— Laisse-moi te dire que c'est pas n'importe quel corbillard ! C'est le plus beau, le plus luxueux et le plus moderne des alentours ! T'en trouveras pas des pareils chez Larin, ça, je te le garantis !

Sur ces paroles, Jérôme Mathieu quitta le magasin en saluant Marie-Renarde d'un geste de la main. Cette dernière, embarrassée, se contenta de le saluer d'un signe de la tête. Eva la taquina, lui assurant qu'il ferait un bon prétendant. Son amie répondit qu'il était beaucoup trop charmeur pour elle.

Ce soir-là, William et Eva veillèrent sur le perron en compagnie de Berthe pendant que les enfants s'activaient à ranger la cuisine. Ils entendirent un certain vacarme, qui semblait venir du poste de police situé non loin de chez eux. Eva se leva aussitôt de sa berçante et proposa à William d'aller aux nouvelles. Ce dernier ne se fit pas prier. Ils se dirigèrent vers le poste de police après avoir promis à Berthe de revenir rapidement. Ils allèrent à la rencontre d'un petit groupe de gens, dont certains ne semblaient pas savoir pourquoi ils étaient là. Le gros Hébert, propriétaire de la brasserie Gold Lion, expliqua qu'il avait reçu un appel de son frère. Il avait sollicité son aide pour rechercher l'enfant de deux ans de ses voisins, porté disparu vers les quatre heures de l'après-midi. Le gros Hébert s'était donc rendu au poste de police du centre-ville, en invitant tous ceux qu'il croisait sur son passage. Il espérait obtenir des nouvelles au poste de police, mais il semblait n'y avoir personne. Jérôme Mathieu se joignit à eux. Selon l'information qu'il venait de recevoir de monsieur le curé qu'il venait de croiser, il s'agissait du fils d'un des fermiers ayant une terre à l'extrémité de la rue Victoria, juste en arrière de la rivière Saint-Charles. Sans tarder, le gros Hébert suggéra à la foule de s'y déplacer. William se pencha vers Eva pour lui demander si elle désirait y aller ou si elle préférait rentrer à la maison. Elle répondit sans la moindre hésitation qu'elle souhaitait porter secours si besoin était. William lui suggéra de passer rapidement avertir Berthe et de s'y rendre en voiture à chevaux. Inquiète, Berthe se mit aussitôt à réciter un chapelet. Édouard insista pour les accompagner. Fleur-Ange et les jumelles manifestèrent immédiatement le désir de se joindre à eux. À leur grande surprise, William accepta. Sans perdre de temps, William somma les femmes de regrouper autant de couvertures qu'elles pouvaient. Édouard et lui allèrent rapidement au magasin afin de ramasser des torches et des lampes à huile. Puis ils se rendirent chez Laurent Leblanc, là où une foule considérable était rassemblée.

Un peu partout sur le chemin, de petits groupes fouillaient les abords de la route. L'urgence de la situation était palpable. La noirceur menaçait de tomber d'un instant à l'autre. La terre des Leblanc était entourée d'un immense boisé, d'herbes hautes et de champs fraîchement semés. Selon toute apparence, le petit Thomas Leblanc était probablement sourd et muet, ce qui complexifiait les recherches. Sa mère affirmait à qui voulait l'entendre que ce n'était pas le cas, que son fils était simplement plus paresseux que les autres quant à sa façon de parler, qu'il préférait se réfugier dans le silence, mais qu'il n'était pas plus sourd qu'un autre. Cependant, il ne réagissait pas toujours lorsqu'on s'adressait à lui. Malgré tout, on entendait ici et là des gens crier son nom. Non loin, sa mère en pleurs secouait un sac de papier contenant des peppermints en le suppliant de sortir de sa cachette. Sa voisine, qui se trouvait près d'Eva, lui expliqua que le petit Thomas adorait les peppermints. Le chef de police s'adressa aux gens présents à l'aide d'un porte-voix. Il leur demanda de former des petits groupes d'une dizaine de personnes et d'attendre le long de la route que les autorités en place, des policiers, des pompiers ou des membres de l'équipe de volontaires, leur donnent les prochaines consignes.

Après plus de deux heures à attendre, certains commencèrent à manifester leur impatience. Eva fit remarquer à William que le temps qu'ils passaient tous à attendre était du temps qu'ils ne passaient pas à chercher le petit. Finalement, le chef de police vint s'adresser à leur groupe: « Là, c'est ben simple, dit-il. Vous allez former une ligne droite sur la longueur. Lorsqu'on donnera le signal, ça va être important d'avancer en même temps, en tapant le sol avec le plus long bâton que vous pourrez trouver dès que j'aurai fini de vous parler. C'est important de garder une distance de moins d'un bras entre vous autres. Vous faites un pas, vous fouillez le sol en comptant jusqu'à cinq tranquillement, pis vous faites un autre pas. Toujours en ligne droite. Est-ce que ça va pour tout le monde? » Sans leur laisser le temps de répondre, il tourna les talons et se dirigea vers un autre groupe. Ce n'est qu'une heure plus tard que la battue débuta enfin. Eva avança en tâtant nerveusement le sol. Si le boisé la terrifiait, la pénombre la pétrifiait. Et si l'extrémité de son bâton touchait le corps inanimé de l'enfant ? Cette pensée la fit trembler de tous ses membres.

Il était près de deux heures du matin lorsque les recherches furent momentanément interrompues afin que les autorités en place puissent revoir leur stratégie. William demanda à Eva si elle désirait rentrer à la maison en compagnie des enfants. Les filles, visiblement épuisées, acceptèrent sans se faire prier. Eva préférait rester. Édouard proposa donc à son père d'aller reconduire ses sœurs et de revenir aussitôt.

William demanda à Édouard de passer au magasin par la même occasion afin de prendre le gros bocal de pepperments et des petits sacs de papier brun.

Si certains rentrèrent chez eux, la plupart des gens présents décidèrent de rester sur place. Édouard alla reconduire les filles. William et Eva marchèrent le long du fossé en criant le nom du petit. Ils croisèrent le chef de police qui discutait avec les pauvres parents. La mère inconsolable menaçait de s'écrouler à tout instant et implorait tous ceux qui croisaient son regard de retrouver son bébé. Son mari se gardait de dire qu'il craignait le pire. Bien que Thomas ne fût pas comme tous les autres petits garçons, qu'il se réfugiât souvent dans ses pensées, ignorant ce qui se passait autour de lui, il paraissait évident que s'il était encore en vie, quelqu'un l'aurait retrouvé. Conscient que plus le temps passait et plus les chances de retrouver son fils en vie s'estompaient, monsieur Leblanc s'accrocha tout de même à l'espoir qu'il se soit simplement bien caché comme il avait l'habitude de le faire lorsqu'il jouait avec ses frères aînés.

Lorsque Édouard revint, William prépara des petits sacs qu'il remplit de peppermints. Il les distribua en disant aux gens que Thomas sortirait peut-être de l'endroit où il se terrait, s'il savait qu'ils avaient ses friandises préférées. On pouvait entendre ici et là des gens crier désespérément « Tu veux des peppermints Thomas » ? Quelque peu dépassé par les événements, le chef de police proposa aux volontaires de se disperser aux quatre coins du chemin et d'en fouiller les abords en profondeur.

Il était six heures et quart du matin lorsque Maurice Vinet hurla que le corps du petit Thomas flottait à une dizaine de pieds du quai devant la maison des Leblanc. En quelques minutes, toutes les personnes présentes se retrouvèrent près du quai. Béatrice Leblanc poussa un hurlement avant de se lancer dans la rivière Saint-Charles pour récupérer son fils. Son mari cria qu'il fallait secourir sa femme, car elle ne savait pas nager. Une dizaine d'hommes, dont William, sautèrent immédiatement à l'eau afin de l'extirper de la rivière. La pauvre femme se battait de toutes ses forces, en les suppliant de la laisser, et d'aller sauver plutôt son fils. La scène qui s'offrait était d'une telle tristesse que plusieurs éclatèrent en sanglots. Deux hommes ramenèrent le corps du petit près du quai. Le docteur Jalbert, présent sur les lieux, constata le décès du jeune garçon, puis déposa une couverture de laine sur son corps. Le chef de police demanda à monsieur Leblanc d'emmener sa femme dans leur demeure afin de l'épargner. Le croque-mort Jérôme Mathieu leur proposa de s'occuper gratuitement de la suite des choses. Monsieur Leblanc accepta, mais sa femme supplia Mathieu de conduire son fils à l'Hôtel-Dieu pour qu'il y soit soigné.

CHAPITRE 4

Improbable amitié

Berthe secoua les tapis avant de les étendre sur la corde à linge, puis les frappa frénétiquement à l'aide d'un bâton. Elle frotta ensuite les draps avec un pain de savon du pays avant de les laisser tremper dans la cuve pour une partie de l'après-midi. Marguerite et Élianna s'occupaient de nettoyer la cuisine. Berthe en profita pour s'asseoir quelques minutes à l'ombre. Habituellement, en matinée, elle aimait bien prendre place au soleil, mais il faisait déjà très chaud en ce matin d'août. Elle salua de la main son fils qui quittait le magasin pour effectuer ses livraisons. Elle connaissait sa routine quotidienne sur le bout de ses doigts. Elle se plaisait à dire qu'elle connaissait son fils comme si elle l'avait tricoté et c'était de même avec chaque membre de sa famille. Elle vivait avec eux depuis si longtemps, elle les avait tous vus naître. Tous, sauf Eva. Pour Berthe, le lien privilégié qui l'unissait à sa belle-fille était une bénédiction divine. D'ailleurs, elle était dans chacune de ses prières, depuis les vingt dernières années. Berthe se sentit coupable de ne pas lui avoir encore fait part de son intention de déménager. Connaissant sa bru, elle savait qu'elle tenterait de la dissuader ou, pire encore, qu'elle la culpabiliserait croyant à tort qu'elle était malheureuse chez elle. La vérité était tout autre, Berthe ne désirant pas devenir un fardeau pour eux. Elle désirait partir tandis que sa santé lui permettait encore de le faire. Bien qu'Eva se doutât de la romance que sa belle-mère entretenait avec Gustave Sauvé, elle ignorait toutefois qu'ils avaient vaguement parlé de mariage. Presque tous les soirs depuis les deux derniers mois, le veuf venait la rejoindre pour une promenade le long du canal. Gustave, de nature plutôt réservée, n'était pas très entreprenant. À la grande surprise de Berthe, il l'avait invitée la veille à prendre le thé chez lui. En entrant dans sa petite maison de quatre pièces, elle fut satisfaite de la propreté des lieux. Il lui avait fièrement fait visiter ce qu'il appelait son havre de paix en précisant que tout ce qui lui manquait pour être un homme comblé était une épouse aimante. Elle s'était bien gardée de répondre que cela ne tarderait pas. Berthe réalisa que Gustave Sauvé occupait chacune de ses pensées depuis son réveil. Elle retourna à sa besogne en se disant qu'elle était trop vieille pour s'amouracher ainsi d'un homme.

Alors qu'elle essorait le linge, Berthe aperçut son fils qui revenait de ses livraisons matinales. Elle le salua de nouveau de la main, mais il traversa à son atelier sans l'apercevoir. Il prépara le matériel dont il aurait besoin plus tard dans l'après-midi pour une prise de portrait de famille prévue chez Gontran Hébert. William tenta de se concentrer sur son travail, mais sa visite chez Geneviève Lefebvre le laissait perplexe. La maison de la jeune veuve avait été vandalisée la veille. Un mélange de mélasse, d'œufs et de farine recouvrait une partie de sa façade et une fenêtre était brisée, probablement par la pierre retrouvée dans le salon. Geneviève lui raconta qu'elle avait aperçu plusieurs jeunes quitter les lieux en lui criant qu'elle n'était qu'une sorcière et qu'elle allait brûler en enfer. William n'ignorait pas que Clara-Eve était rentrée plus tard que d'ordinaire la veille. D'ailleurs, lorsqu'il lui en avait fait la remarque, elle avait vaguement répondu que sa tante Émilienne ne se sentait pas bien et qu'elle l'avait aidée à coucher ses petits. Sa fille était tellement imprévisible ces derniers temps qu'il se demanda si elle était parmi ces jeunes que la veuve Lefebvre avait aperçus. Il termina de ranger son équipement dans sa carriole et alla rejoindre Eva et Marie-Renarde au magasin. Il vérifia son inventaire de poches de farine et de pots de mélasse. Selon ses calculs, il manquait une poche de farine et trois cruches de mélasse.

Ce soir-là, il attendit impatiemment le retour de ses aînés. Lorsqu'ils franchirent enfin le seuil de la porte, William remarqua aussitôt l'absence de Clara-Eve. Édouard lui mentionna que ses sœurs et lui l'avaient attendue, mais elle n'était jamais sortie de l'usine. Ils en avaient conclu qu'elle avait sans doute eu un malaise qui l'avait poussée à rentrer plus tôt à la maison. Inquiet, William décida de se rendre chez Émilienne, convaincu que sa fille y était. Il arriva en trombe chez sa belle-sœur, dont les deux plus jeunes enfants jouaient sur le boulevard du Havre sans surveillance. « Elle ne changera jamais », se dit-il en prenant le plus jeune dans ses bras et en ordonnant à l'autre de le suivre. Dès qu'elle le vit entrer dans le logement, Flavie le libéra des enfants en s'excusant de ne pas les avoir surveillés. Elle préparait le souper et croyait à tort qu'ils jouaient dans la chambre du fond.

— Y a pas de souci, assura William qui se garda de répondre que ce n'était pas à elle de préparer le souper ni de voir à la sécurité des enfants, mais bien à sa mère. Je suis venu voir si vous n'auriez pas vu Clara par hasard ?

— Non, je l'ai pas vue, répondit Flavie. Elle n'était pas à job aujourd'hui, je pensais qu'elle était malade.

— Où est ta mère, j'aimerais ça y parler deux minutes.

— Maman était couchée quand Honoré pis moi on est rentrés de la job. Elle n'est pas en grande forme ces temps-ci, elle dort pas mal.

— C'est Zéphir qui s'occupe des p'tits quand vous êtes à l'ouvrage pis que ta mère est couchée ? Me semble qu'il est jeune pas mal pour ça ? Pis ton père lui, y est où ?

— Y est allé se coucher direct en rentrant. Y en mène pas large, papa, depuis un bout...

— Pis, pour Clara, t'aurais pas une p'tite idée où elle pourrait être ?

— Non, mon oncle, j'ai vraiment aucune idée.

— Est-ce que tu sais à qui je pourrais demander ? C'est quoi le nom de ses amis ? Vous devez connaître le même monde, vu que vous êtes toujours ensemble ?

— Ben, à ma connaissance, y aurait peut-être Clémentine Loof, Béatrice Lamoureux, Donat Lefebvre et peut-être Henri Brunet.

— Y en a pas d'autre ?

— Peut-être, je saurais pas vous dire mon oncle. Moi, c'est eux autres que je connais.

— Merci Flavie, et si jamais elle vient ici ou si tu viens à savoir où elle est, téléphone-moi à maison.

— Soyez pas inquiet, mon oncle, c'est certain que je vous appelle si j'ai des nouvelles.

— J'espère ben Flavie, répondit-il en quittant le logement.

Ne sachant par où commencer ses recherches, William décida d'abord de longer le boulevard du Havre afin de vérifier chaque ruelle. Il se dirigea ensuite vers la rue Alexandre pour longer le canal lorsqu'il aperçut quelques jeunes qui semblaient flâner à la pointe des Anglais. Il s'arrêta, attacha ses chevaux, et alla à leur rencontre.

— Clara-Eve! s'exclama-t-il en reconnaissant sa fille. Veux-tu ben me dire ce que tu fais icitte à traîner avec deux jeunes hommes au lieu d'être à maison? Pis veux-tu ben me dire c'est quoi cet accoutrement-là? Qu'est-ce que t'as fait à tes cheveux?

— C'est rien ça papa, c'est juste un p'tit air de changement. C'est la grosse mode à Montréal. J'voulais vous en faire la surprise.

— Pour être une surprise, c'est une surprise, mais j'pas certain que ce soit une bonne surprise moi. Pis, tu me présentes pas à tes amis Clara?

— Papa, je vous présente Caleb Simard et Henri Brunet.

— Bon, maintenant que les présentations sont faites, toi tu vas me suivre à maison, pis tout de suite à part ça! Pis vous autres, j'ai pas intérêt à vous revoir traîner avec ma fille, est-ce que vous m'avez ben compris?

William empoigna le bras de sa fille et quitta la pointe des Anglais sans laisser le temps aux deux jeunes hommes de répondre. Clara-Eve rouspéta qu'ils ne faisaient rien de mal et qu'elle désirait rester avec ses amis. William, furieux, ne l'écouta pas.

— Laisse-moi te dire que tu me déçois ma fille, dit William en prenant place dans la carriole. Pis pas mal à part ça. Ça fait un p'tit bout que je te reconnais plus, que je te trouve effrontée. Je m'étais dit que ça finirait par passer, que tu finirais par reprendre tes esprits et faire comme du monde, mais on dirait ben que je me suis trompé !

— Vous trouvez pas que vous exagérez un peu papa ? J'ai juste pris mon argent pour m'acheter des affaires à mon goût, pis me faire couper les cheveux. J'aime ça moi être à la mode. Les temps changent, papa, pis moi j'ai l'intention de suivre les changements.

— La question n'est même pas là, Clara ! Ta robe est trop courte, il lui manque du tissu en longueur. Même tes manches sont trop courtes. Y a une façon décente de s'habiller dans la vie, pis c'est pas de même certain. Tant et aussi longtemps que tu vivras sous mon toit, tu vas t'habiller comme ta mère te dit de t'habiller. C'est pas plus compliqué que ça ! Pis, c'est la même maudite affaire pour tes cheveux. C'est à ta mère de te les couper, pis à personne d'autre. Y as-tu pensé à ta mère ? Tu veux la faire mourir drette là ? Pis le pire dans tout ça, c'est que le pire justement, c'est même pas ton accoutrement ! En fait, je sais même pas c'est quoi le pire. Penses-tu que ça se fait de flâner toute seule avec des garçons ? Tu sauras ma fille qu'un nom, t'en as juste un, pis qu'une fois que tu le salis, ben y est souillé pour ben longtemps. Qu'est-ce que tu fais de ta vertu hein ? T'as envie que tout le monde jase de toi ? Que tu puisses pas te trouver un bon parti parce que tout le monde pensera que t'es pas une fille fiable ?

— Papa, on faisait juste jaser. On faisait rien de mal.

— Une fille ne traîne pas toute seule avec des garçons point final ! Pis, t'étais où aujourd'hui Clara ? T'es pas rentrée à l'ouvrage ?

— Non, papa. Encore là, j'ai rien fait de mal. J'étais avec Madeleine Lebrun, on était chez sa cousine. C'est elle qui m'a coupé les cheveux. Elle est bonne. Elle coupe les cheveux de pas mal de filles de l'usine. Je m'excuse papa, je pensais pas que ça vous choquerait de même. J'avais juste vraiment, mais vraiment envie d'aller magasiner chez Dion avec Madeleine pis d'aller chez sa cousine. J'ai pas pensé plus loin...

— L'ouvrage, c'est important Clara ! C'est la priorité. Tu peux pas décider un bon matin de pas rentrer parce que tu préfères faire autre chose. C'est pas ça la vie, ma fille ! Malade ou pas, tu rentres à l'ouvrage. Qu'il mouille, qu'il fasse tempête, tu rentres à l'ouvrage. Même si ça te tente pas, tu rentres à l'ouvrage. Y a juste les maudits sans-cœur pis les bons à rien de pas fiables qui rentrent quand ça leur tente. Tu veux que je te dise quel genre de vie a ce monde-là ? Une maudite vie de misère. Je t'avertirai pas une autre fois Clara, que je te reprenne plus jamais à manquer une journée d'ouvrage parce que, crois-moi, tu trouveras pas ça drôle.

— J'ai compris papa, répondit-elle en baissant les yeux.

— Là, asteure, je pense que j'arrive au pire, poursuivit-il. Peux-tu m'expliquer ce que t'as fait hier soir ?

— Ben, j'étais chez Émilienne, bafouilla-t-elle.

— Tu vois, c'est ça le pire. Regarder ma propre fille me mentir en pleine face. Je sais ce que tu as fait hier soir. Écoute-moi bien Clara, je te laisse de nouveau la chance de me répondre sans me mentir comme si j'étais le dernier des imbéciles et de m'expliquer ce que tu as fait hier soir et pourquoi tu l'as fait. Tu serais mieux de bien réfléchir avant de me répondre parce que ma patience commence à être pas mal épuisée.

— J'étais avec Madeleine pis les deux garçons. On a un peu traîné dehors.

— Je vais te poser clairement la question ; pourquoi avez-vous fait du grabuge chez la veuve Lefebvre ? C'était quoi l'idée ?

— Je sais pas papa, répondit-elle, visiblement honteuse. On trouvait juste ça drôle, rien de plus. Madeleine dit qu'elle manque de respect à tout le monde en refusant de sortir de chez elle. Que c'est parce qu'elle aime pas le monde et que si elle nous aime pas sans raison, vaut mieux lui en donner une.

— Mais c'est donc ben stupide comme raisonnement ! Te rends-tu compte de ce que tu viens de dire ? Ç'a aucun bon sens de penser de même ! Là, je vais te dire ce que tu vas faire. Premièrement, je veux plus jamais te voir avec cette Madeleine, c'est pas une bonne influence, c'est ben évident. Je veux plus te voir traîner ni avec elle ni avec les garçons. Toi pis moi, on va se rendre drette là chez la veuve Lefebvre et tu vas lui présenter tes excuses. Tu lui diras que tu vas te présenter chez elle tous les soirs cette semaine pour tout nettoyer et que tu vas payer pour faire réparer sa fenêtre. Tu lui diras que tu es prête à faire des tâches pour elle comme pénitence. Pis pour repayer la poche de farine pis la mélasse que tu m'as volées, tu vas t'arranger pour ranger la cuisine après les repas en plus de faire le ménage à grandeur dans maison tous tes samedis de congé pour le reste du mois. T'es ben mieux de te tenir tranquille sinon je vais t'envoyer chez la sœur de ta mère à Saint-Antoine. Tu vas voir que Marceline est pas mal plus sévère que nous autres pis qu'y a pas grand mauvais coup à faire en campagne. Est-ce que tu m'as ben compris ?

— Oui, papa. Soyez pas inquiet, j'ai compris.

— Je l'espère ben !

Surprise de voir des gens arriver chez elle à six heures du soir, Geneviève Lefebvre s'empara nerveusement de son balai. En réalisant qu'il s'agissait de William Leduc, elle le déposa contre le mur et sortit le rejoindre. Ce dernier s'excusa de sa visite inopinée, puis demanda à sa fille d'en expliquer la raison. La veuve Lefebvre, indulgente, accepta que Clara revienne nettoyer son terrain puisqu'elle avait déjà ramassé le gâchis qu'ils avaient causé la veille. Eva, quant à elle, se montra moins compréhensive à l'endroit de sa fille lorsqu'ils rentrèrent enfin.

— Mais, pour l'amour du saint ciel, veux-tu ben me dire ce que t'as fait à tes cheveux ? demanda-t-elle stupéfaite. Pis, comment t'es attriquée là ? C'est quoi cette robe-là ? C'est indécent comme ça s'peut pas ! T'es complètement tombée sur la tête ma foi du bon Dieu !

— Maman, dites-moi pas que vous savez pas que c'est la grosse mode à Montréal, que toutes les filles s'habillent de même asteure ? Vous passez votre temps à feuilleter votre catalogue Eaton, dites-moi pas que vous trouvez pas ça beau ?

— C'est peut-être ben beau dans le catalogue Eaton ou à Montréal, mais certainement pas icitte à Valleyfield, pis encore moins dans ma maison !

— Je veux vraiment pas vous obstiner maman, mais y a une couple de filles à Valleyfield qui sont habillées à dernière mode. Demandez à Édouard, il va vous le dire lui!

— C'est pas ça la question Clara! T'aurais dû nous en parler avant de te faire couper les cheveux. Tu peux pas décider ça toute seule. T'as juste dix-sept ans pis t'es à notre charge. C'est encore à nous autres à décider pour toi! Pis là, dis-moi donc comment tu vas faire pour te faire des chignons hein? T'es toujours ben pas pour te présenter en public, pis encore moins à l'église les cheveux courts de même?

— Je sais pas quoi vous dire maman, j'ai pas pensé mal faire. Je pensais pas que ça vous choquerait de même.

— Laisse-moi te dire que pour l'heure, je suis plus que choquée. Je pense que tu serais mieux d'aller dans ta chambre pis de prendre le temps de penser un peu. Tu mangeras demain, c'était à toi d'être là pour le souper.

— Mais maman...

— Y a pas de maman qui tienne! coupa sèchement Eva. Allez, déguerpis dans ta chambre, ça presse.

Eva sortit se calmer à l'extérieur accompagnée de Laura-Marie. Elles prirent place chacune dans une berçante. Laura caressa la main de sa mère en lui disant que sa sœur finirait bien par entendre raison, qu'elle peinait également à la voir se rebeller ainsi.

— Je comprendrai jamais comment deux personnes peuvent être à la fois si semblables et si différentes, soupira Eva.

— Vous savez maman, je sais bien que Clara et moi sommes pareilles. Je veux dire, on pourrait facilement nous prendre l'une pour l'autre, mais c'est juste en apparence ça parce qu'en réalité elle est la personne qui me ressemble le moins. Nous n'avons rien en commun. J'ai toujours rêvé qu'un jour nous puissions être proches, que nous pourrions être comme les jumelles Lavoie. Vous savez, elles semblent être inséparables comme si elles ne faisaient qu'une seule et même personne. Clara et moi, c'est plutôt le contraire. Je vous avouerais même que j'ai toujours pensé qu'elle me détestait.

— Mais qu'est-ce que tu dis là Laura ? Ta sœur ne te déteste pas, elle a seulement un caractère plus fort que le tien.

— Maman, elle m'a souvent dit que son plus grand malheur dans la vie, c'est que je sois née en même temps qu'elle.

— Tu sais bien qu'elle ne le pensait pas, voyons donc. Ça doit pas être toujours facile d'être deux. Ça t'arrive pas de te dire que tu aimerais être toi avant d'être la jumelle de ta sœur ? Depuis que vous êtes petites qu'on dit « les jumelles », c'est peut-être de notre faute aussi, on aurait sans doute dû dire « les filles » à place.

— Moi, ça me dérange parce que ça dérange Clara. J'aurais aimé être la jumelle de Fleur-Ange, de Marguerite ou même d'Élianna. C'est être la jumelle d'une jumelle qui ne veut pas être jumelle que je trouve difficile.

— Tu sais, Laura, les choses finiront par s'arranger. Ta sœur réalisera un jour la chance qu'elle a de t'avoir. C'est précieux d'avoir une personne telle que toi dans sa vie. Être jumelle, c'est un cadeau de Dieu, c'est ne jamais être seule peu importe ce qui peut arriver.

— J'espère que vous dites vrai maman. Pour l'heure, le seul avantage que je vois à être sa jumelle, c'est que je n'ai pas besoin de me faire couper les cheveux pour voir ce que j'aurais l'air les cheveux courts.

— Au moins, y a ça de bon, répondit Eva en riant.

— Vous savez maman, Clara disait vrai tantôt, y a quand même une couple de filles à l'usine qui ont une coiffure comme la sienne. Il paraît que c'est la nouvelle tendance et que dans pas longtemps, pas mal toutes les filles porteront les cheveux courts. Moi, j'pas trop certaine encore si j'aime ça ou non. Je vous avouerai que j'aimerais ça être moins gênée et avoir le courage de troquer mes habits pour ceux de Clara. Je trouve ça beau quand même, mais ça doit être gênant sans bon sens de montrer ses jambes comme ça.

— C'est plus que gênant, c'est indécent. Je suis ben inquiète pour les jeunes, je me demande ben où est-ce qu'on s'en va comme ça. Bon, je vais rentrer voir ce que ton père fait, dit-elle en se levant. Laura, je veux juste te dire que j'aurais été plus qu'heureuse de t'avoir comme jumelle, mais Dieu a fait que je sois ta mère et j'en suis ben fière.

Eva n'était pas au bout de ses peines concernant Clara-Eve. Elle écouta William lui raconter ce qu'elle avait fait chez la veuve Lefebvre en se demandant ce qu'elle avait fait au bon Dieu pour que sa fille agisse de cette façon. Elle fut soulagée d'apprendre que Geneviève Lefebvre ne leur en tenait pas rigueur et qu'elle avait accepté l'arrangement proposé par William. Plongée dans ses pensées, elle n'écouta plus son mari. Elle ressentait une désagréable impression de déjà-vu. La relation entre ses filles ressemblait étrangement à celle qu'elle avait avec Émilienne. Deux antipodes, deux personnalités diamétralement opposées. Eva ne pouvait qu'espérer que, contrairement à sa sœur, sa fille finisse par s'assagir.

* * *

À sa grande surprise, Clara-Eve appréciait la présence de la veuve Lefebvre. Lors de ses premières visites, elle peinait à la regarder tant cette dernière l'intimidait. Bien qu'elle affectionnât sa solitude, Geneviève dut s'avouer qu'elle aimait que cette jeune fille si vive soit venue illuminer son environnement si sombre depuis la mort de son mari. Mis à part ses clientes, par lesquelles elle se sentait jugée même si elles s'abstenaient de tout commentaire, Geneviève n'était à l'aise avec personne. Ces femmes qui venaient en douce la rencontrer ne s'intéressaient pas à elle et encore moins à son histoire. À leurs yeux, elle n'était qu'une triste femme pouvant apporter des réponses à leurs angoisses existentielles. Elle n'était rien de plus que la tireuse de cartes que personne ne se vantait de consulter. Peu habituée à tisser de nouveaux liens, ce n'est que lors du troisième soir que Geneviève osa aborder la jeune inconnue.

— Ma tarte aux fraises vient de sortir du four, t'en voudrais une part? demanda-t-elle timidement.

— Euh, non merci, répondit Clara en évitant le regard de son hôte.

— T'es certaine? Je ne t'empoisonnerai pas tu sais.

— Ah! Mais j'ai jamais pensé ça. Je dois faire mon ouvrage sans vous déranger, mon père a été ben clair là-dessus.

— Tu ne me déranges pas, c'est moi qui te dérange dans ton ouvrage pour t'inviter à te joindre à moi. Et si je ne me trompe pas, ton père m'a dit de ne pas hésiter à te confier des tâches. Je te confie celle de m'accompagner à la table pour discuter devant une pointe de tarte chaude. Pour tout te dire, je l'ai un peu cuisinée pour toi. Ben, pas juste pour toi là, pour moi aussi, mais je ne l'aurais pas préparée que pour moi toute seule. Allez, entre faire une petite pause.

Elles discutèrent maladroitement devant une part de tarte fumante, déposée dans une jolie assiette ornée de délicates roses. En avalant sa généreuse bouchée, Clara réalisa que son hôtesse avait sorti sa vaisselle du dimanche. Elle regarda tout autour. Contrairement à l'extérieur qui paraissait négligé, l'intérieur était plutôt bien entretenu. De délicats centres de table en dentelle étaient posés sur toutes les surfaces, accueillant des vases en verre taillé, des bibelots de porcelaine et même de petites piles de livres dispersées ici et là. Ça sentait bon aussi. Une subtile odeur de cannelle. Clara posa son regard sur le portrait d'un beau jeune homme ornant le mur en face d'elle.

Geneviève en profita pour briser la glace en lui parlant brièvement de son Antoine, la rassurant sur le fait qu'elle vivait en marge de la société non pas parce qu'elle était une sorcière, mais bien parce qu'elle préférait vivre sa peine à l'abri du regard des autres. Elle mentionna au passage qu'elle ne vivait que dans l'attente du jour où elle retrouverait son mari aux portes du paradis. Clara-Eve éprouva de l'empathie à son égard. Elle l'écouta attentivement, sensible à la peine présente dans chacun de ses mots. Elle la quitta ce soir-là en se disant que ses amis avaient tort de la craindre et surtout de la médire de la sorte. Geneviève Lefebvre n'était en fait qu'une pauvre femme portant encore le deuil de l'homme de sa vie.

Édouard tenta de se rapprocher de Clara, espérant ainsi parvenir à la raisonner un peu. Sa mère semblait préoccupée par l'attitude désinvolte de l'une de ses jumelles et il n'aimait pas la voir se faire tant de mauvais sang. Pendant plusieurs jours, il se montra avenant avec sa cadette, lui portant une attention particulière, mais cette dernière demeura sur ses gardes. Patient, il chercha une façon de l'amadouer. Il est vrai qu'il espérait secrètement que sa sœur lui présente son amie Clémentine. La jeune Allemande à l'époustouflante beauté lui faisait perdre tous ses moyens chaque fois qu'il la croisait. Il avait maintes fois tenté de l'aborder, mais en était chaque fois incapable. Si seulement Clara-Eve acceptait de servir d'entremetteuse, peut-être trouverait-il le courage d'aborder la jeune femme. Ce soir-là, sa sœur semblait d'agréable humeur; il en profita pour l'aborder.

— Pis, comment se passent tes visites chez la sorcière ? C'pas trop une torture ?

— Geneviève n'est pas une sorcière, répondit sèchement Clara.

— Je voulais pas te heurter, j'pensais juste que...

— Ben, tu pensais mal. C'est vraiment une femme impressionnante et elle est très gentille. C'pas parce qu'elle préfère son veuvage à un remariage qu'elle n'est pas une femme respectable.

— Mais ne penses-tu pas que ce n'est pas une bonne chose de s'isoler des autres de la sorte ?

— Pourquoi ? Ça donne quoi de se forcer à être parmi des gens qui nous méprisent ? Elle ne fait pas semblant et ça prend ben du courage selon moi pour décider de ne pas faire semblant.

— T'as sûrement raison, mais je pense que la vie est beaucoup plus belle et plus facile lorsqu'on est entouré. Pour tout te dire Clara, moi j'aimerais ben ça me marier pis fonder une famille. Je vais avoir vingt ans bientôt, je me sens prêt à ça, pas toi ?

— Pantoute ! Je veux pas me marier moi ! Je voudrais aller travailler à Montréal et être libre de faire ce que je veux quand je veux. J'ai pas envie d'être prise dans un mariage avec des enfants pendus à ma jupe. Je laisse ça aux autres comme à Laura, c'est plus son genre. Elle n'a pas d'ambition si ce n'est que d'être mariée à Yuska. Tu parles d'une ambition toi, épouser un sauvage. Je comprendrai jamais pourquoi de toutes les jumelles que j'aurais pu avoir, y a fallu que je tombe sur elle.

— Tu ne devrais pas parler comme ça tu sais.

— Pourquoi ?

— Parce que c'est blessant pour Laura, pis ça briserait le cœur de maman si elle t'entendait.

— Maman me déteste déjà et peu importe ce que je pourrais dire ou faire, y a rien qui pourrait changer ça.

— Tu dis n'importe quoi Clara ! Maman ne te déteste pas voyons !

— T'as jamais remarqué qu'elle est plus sévère avec moi qu'avec vous autres ? Qu'elle n'est jamais d'accord avec moi ? Qu'elle soupire souvent lorsque je parle ?

— J'ai jamais remarqué ça non, mais j'ai souvent remarqué qu'elle semblait s'inquiéter pour toi. Que c'est toi qui cherches à la provoquer, à la faire réagir. Que tu cherches souvent la confrontation même sur des sujets ben banals. Moi, je pense que t'as juste plus de caractère que nous autres, pis c'est toute.

Édouard avait peut-être raison. Il est vrai qu'elle prenait un malin plaisir à faire réagir sa mère. Elle aimait que sa mère s'intéresse à elle en tant que Clara et non en tant que la jumelle de sa sœur. Elle voulait être à l'opposé de ce qu'était Laura. Elle n'avait jamais voulu être deux. Laura était si douce, si docile que la seule façon qu'elle avait trouvé de se dissocier d'elle était d'être exactement tout le contraire. Elle ignorait comment faire valoir son unicité sans provoquer, sans devenir l'opposée de sa jumelle.

CHAPITRE 5
L’odeur de la putréfaction

L’été s’achevait, laissant William complètement épuisé. Le pauvre homme ne savait plus à quel saint se vouer. Sa participation au commerce illicite d’alcool avait à ce point enrichi ses coffres qu’il ne savait plus où dissimuler l’argent de ses gains. Bien que sa femme n’ait pas encore découvert le pot aux roses, elle commençait toutefois à trouver que son mari s’absentait de plus en plus de la maison pour des raisons qu’elle ne comprenait pas toujours. Il s’était absenté quelques jours ici et là, prétextant qu’il avait décroché des contrats de photographie relativement payants chez de riches clients anglophones demeurant dans les environs de Franklin. Sachant à quel point il adorait faire de la photographie, elle le laissait à son art au détriment du magasin général. Elle se gardait bien de lui dire qu’elle était débordée et qu’elle peinait à assumer la charge du magasin en son absence.

Désormais expérimentés, William et ses compagnons usaient de nombreux stratagèmes afin de transporter l’alcool jusqu’à la frontière des États-Unis.

C'était presque devenu un jeu d'enfant. Un nombre impressionnant de bouteilles étaient tantôt cachées dans un cercueil ainsi que dans chaque recoin du corbillard de Jérôme Mathieu, tantôt dans des barils remplis d'anguilles ou encore dans des poches de farine. Bien que des rumeurs voulant que certains passeurs fussent brutalement attaqués et leur cargaison volée, pour William et ses acolytes, leurs escapades au seuil du sol américain se déroulaient chaque fois sans la moindre anicroche. William culpabilisait toujours pour tous les mensonges qu'il racontait à sa femme et tout ce qu'il lui cachait, mais, étrangement, sa double vie lui procurait une certaine exaltation. Il aimait ce sentiment d'euphorie qui l'animait chaque fois qu'il revenait de ses virées. Il ressentait enfin l'impression d'être financièrement en sécurité. Certes, il était physiquement et mentalement épuisé. Il n'était pas aisé de jongler avec les livraisons du magasin, ses contrats de photographie et sa participation active au commerce d'alcool. Ce n'était que pour un certain temps. Bientôt, il pourrait se retirer, mais il devait encore mettre en réserve un peu plus d'argent afin que sa famille soit à l'abri de tous soucis financiers, et ce, jusqu'à la fin de ses jours. Finalement, tout cela était un mal pour un bien.

* * *

Eva se sentait bien seule depuis quelque temps. Elle ne pouvait expliquer pourquoi, mais tous ceux qui l'entouraient semblaient préoccupés par ce qu'ils vivaient. Tous sauf elle. Sa belle-mère, qui s'était toujours montrée disponible pour elle, passait désormais tout son temps libre avec Gustave Sauvé. C'était une bonne chose en soi, puisque Berthe semblait plus heureuse que jamais. Elle avait d'ailleurs confié à sa bru que Gustave espérait qu'ils se marient dans l'année courante, mais qu'elle hésitait encore à accepter sa demande. Eva, persuadée que sa belle-mère resterait avec eux jusqu'à la fin de ses jours, lui avait bredouillé d'écouter son cœur. En vérité, elle se surprit à espérer que Berthe refuse de se remarier, préférant demeurer chez eux. Que serait son quotidien sans celle qu'elle considérait comme sa propre mère, comme sa complice de toutes ces années? « C'est effrayant de penser comme ça », se dit-elle, consciente que Berthe méritait de vivre pleinement ce bonheur qui s'offrait à elle.

* * *

« C'était Louisa au téléphone, elle te demande de la rejoindre chez Émilienne le plus rapidement possible », lui souffla Marie-Renarde à l'oreille tandis qu'elle servait un client. Elle s'excusa auprès de ce dernier, le confiant aux bons soins de Marie-Renarde, et quitta immédiatement le magasin. Louisa n'avait pas l'habitude de se montrer alarmante. Eva marcha d'un pas rapide en direction du logement de sa sœur aînée en se demandant bien ce qu'elle avait encore fait. Elle était probablement encore en crise et Louisa peinait sans doute à la contenir. Dans ses mauvaises périodes, Émilienne pouvait se montrer incohérente. Il lui arrivait souvent de frôler la folie. Si la plupart étaient convaincus qu'elle était tout simplement folle, certains pensaient qu'elle était seulement alcoolique, désorganisée et mal engueulée. Ceux qui la connaissaient vraiment savaient qu'elle était, en fait, un amalgame de tout cela.

En arrivant devant le logement de sa sœur, Eva remarqua la porte ouverte. Elle monta l'escalier en enjambant deux marches à la fois. Louisa vint la rejoindre dès qu'elle la vit franchir le seuil de la porte. Elle la prit par le bras et l'entraîna sur le perron.

— Louisa, veux-tu ben me dire ce qui se passe ? Je suis inquiète sans bon sens.

— C'est effrayant c'qui se passe icitte ! Tu sais que je viens faire mon tour presque à tous les jours ? Ben, figure-toi donc que ça fait quelques jours que chaque fois que je viens, Victor pis Émilienne sont couchés. Je cogne dans leur porte, pis ça prend une éternité avant qu'elle sorte pour, chaque fois, me mettre aussitôt à la porte en me disant qu'ils sont malades et veulent dormir. Je trouvais que ça puait la charogne, mais au début je ne me suis pas trop inquiétée avec ça parce que tu sais comme moi que ça sent pas toujours bon dans place. Mais là, depuis hier, l'odeur est à faire vomir.

— Ouin, j'ai remarqué, coupa Eva. C'est vraiment écœurant comme odeur !

— Quand Émilienne est sortie de sa chambre tantôt, poursuivit Louisa, elle était dans un état épouvantable et sentait la mort. Les petits étaient encore laissés à eux-mêmes. Je me suis choquée après pis elle m'a dit que c'était pas de sa faute si Victor était mourant et qu'elle devait s'en occuper.

— Victor est mourant ? demanda aussitôt Eva, inquiète par l'état de son beau-frère.

— Non, en fait, c'est ça l'affaire... Victor est mort, pis si tu veux mon avis, ça doit faire plusieurs jours déjà.

— Hein ? Mais, qu'est-ce que tu dis là Louisa ? s'exclama Eva, abasourdie. Victor est mort ?

— Oui Eva, il est mort ! C'est une vraie vision d'horreur qu'il y a dans cette chambre-là. J'pourrais pas te dire, si c'est parce que ça fait longtemps ou si c'est à cause de la chaleur, mais il ne se ressemble plus, on dirait qu'il est en train de se liquéfier ou je sais pas quoi. Je te l'dis, j'ai failli tomber sans connaissance. Regarde, j'en tremble encore.

— Ma pauvre Louisa, je suis tellement désolée que tu aies vu ça. Émilienne est où là ? Pis les enfants ?

— Émilienne est avec Victor. Elle est couchée à côté, pis elle arrête pas de le flatter. Je sais pas quoi faire avec, elle m'écoute pas, elle est dans son monde. J'ai demandé à la voisine de prendre les p'tits pour l'heure, après je sais pas, je les amènerai peut-être à maison. J'ai téléphoné au chef de police, il s'en vient avec le coroner. J'avais hâte que tu arrives, je savais plus pantoute quoi faire d'autre, là.

— T'as fait ce qu'il fallait Louisa. As-tu une idée de ce qui est arrivé à Victor ? C'est toujours ben pas Émilienne qui l'aurait...

— Ben voyons donc ! coupa Louisa. Tu devrais avoir honte, Eva Leduc, de même oser penser à ça ! Émilienne est peut-être bizarre, mais elle ne ferait jamais de mal à personne et encore moins à Victor.

— Je m'excuse, Louisa, je sais plus ce que je dis. Reste ici pour attendre le chef de police pis le coroner, je vais aller sortir Émilienne de la chambre.

— Je vais y aller avec toi, tu seras jamais capable toute seule de la raisonner. J'pense ben qu'on va devoir la sortir de force. Je te le dis, elle n'est pas toute là.

Le cœur battant, Eva avança dans le corridor qui lui sembla interminable. Bien que l'idée de voir son beau-frère décédé l'effrayât, elle se garda de le dire à Louisa.

Sur le seuil de la chambre, la scène qui s'offrit à elle la bouleversa. L'indescriptible odeur lui leva aussitôt le cœur. Jamais elle n'avait senti une telle puanteur. C'était en fait un mélange de putréfaction avancée, de sueur et d'urine. Victor était étendu sur le dos, les yeux ouverts, le teint verdâtre. Émilienne, couchée sur le côté, enlaçait son époux.

— Émilienne, murmura Eva en s'approchant doucement de sa sœur. Viens avec Louisa et moi dans la cuisine, veux-tu ? Émilienne, viens, répéta-t-elle.

— Elle ne te répondra pas, dit Louisa.

— Émilienne, tu dois venir avec Louisa et moi. Victor est malade, le docteur s'en vient le voir, mais on a besoin que tu nous expliques depuis combien de temps il est comme ça. Émilienne, regarde-moi s'il te plaît. Si tu veux que le docteur puisse le soigner, faudrait que tu lui laisses la place pour travailler. Émilienne, m'entends-tu ? demanda-t-elle en lui touchant tendrement l'épaule.

— J'pense qu'ils sont à la porte Eva, j'ai entendu cogner. Je vais aller leur ouvrir, je reviens.

— Émilienne, faut absolument que tu prennes sur toi pis que tu viennes avec moi dans cuisine. Le docteur Jalbert est arrivé là, faut lui laisser la place maintenant.

Émilienne ne broncha pas. Elle ne réagit pas lorsque le coroner et le chef de police entrèrent dans la chambre. Eva essuya du revers de sa manche les larmes qui coulaient le long de ses joues.

— Bonté divine, lança le chef de police, ça sent la mort à plein nez icitte !

— Madame Landreville, je vous prierais de sortir du lit, ordonna gentiment le coroner.

— Elle ne bougera pas de là, dit Louisa. On dirait qu'elle ne nous entend pas.

— Elle est en état de choc, répondit le coroner. Le décès ne date visiblement pas d'aujourd'hui. Sans l'avoir examiné, je peux vous dire que cet homme est décédé depuis plusieurs jours déjà.

— Émilienne, tu dois venir avec Louisa et moi. Tu ne peux pas rester là, insista Eva en tirant légèrement sur le bras de sa sœur.

— Madame Landreville, vous devez libérer cette chambre pour que nous puissions récupérer le corps de votre époux, coupa le chef de police. Si vous ne coopérez pas, vous nous donnerez aucun autre choix que de vous sortir nous-mêmes et croyez-moi, je préférerais que vous vous leviez par vous-même.

Pour toute réponse, Émilienne agrippa davantage le corps de Victor. Le chef de police fit signe de la tête au coroner qui comprit aussitôt qu'ils devraient la séparer du corps du défunt. Dès qu'ils s'approchèrent d'elle, Émilienne s'allongea sur Victor en passant ses bras sous lui. Le chef de police se plaça au-dessus d'elle afin de l'extirper du lit. Émilienne enfouit sa tête dans le creux du cou de son mari et hurla à s'époumoner. Le cadavre du pauvre homme étant secoué afin de le libérer de l'emprise de sa veuve, un liquide nauséabond s'en dégagea. Après quelques minutes qui leur parurent interminables, le chef de police parvint finalement à sortir Émilienne du lit. Eva détourna le regard, incapable de supporter la vue de sa sœur. Louisa fit de même lorsqu'elle crut apercevoir des asticots sur le torse dénudé de la dépouille. Émilienne se débattit, ne voulant que retourner auprès de Victor. Le coroner l'agrippa par un bras et le chef de police se chargea de l'autre. Ils la soulevèrent jusqu'à la cuisine où Eva tira une chaise.

— Écoutez-moi bien, Madame Landreville, insista le coroner. Vous allez attendre ici, avec vos sœurs pendant que nous ferons notre travail. Si vous ne collaborez pas, je me verrai dans l'obligation de vous faire admettre à l'hôpital. Soyez assurée que je suis sensible à votre peine, mais vous devez prendre sur vous. Je devrai faire transporter la dépouille de votre époux à mon laboratoire. Je ferai ensuite appel à un fossoyeur. Avez-vous une préférence pour le salon funéraire à contacter ?

— Il n'en est pas question, hurla Émilienne. Personne ne sortira d'ici avec Victor ! Vous ne voyez pas qu'il est trop faible pour sortir ?

— Madame Landreville, poursuivit patiemment le chef de police, votre mari est décédé. Pouvez-vous nous dire à quand remonte la dernière fois où vous l'avez vu vivant ?

— Il est vivant, répondit-elle en fixant le mur devant elle.

— Avec tout le respect que j'ai pour vous, lança Eva, vous n'obtiendrez absolument rien d'elle. Pourriez-vous, je vous prie, vous occuper de Victor ? Louisa et moi, on va s'occuper de notre sœur.

L'homme de loi acquiesça d'un signe de la tête et se retira en compagnie du coroner dans la chambre du défunt pour un premier examen sommaire du cadavre. Louisa prit place sur la chaise à droite d'Émilienne pendant qu'Eva approchait une chaise à sa gauche. Les deux sœurs lui prirent chacune une main. Émilienne ne réagit pas, se contentant de fixer le mur.

Une heure plus tard, deux brancardiers transportèrent le corps de Victor. Le coroner et le chef de police saluèrent poliment les sœurs. Émilienne ne les regarda pas. Aussitôt qu'ils furent partis, Louisa verrouilla la porte d'entrée, mit une marmite d'eau à bouillir pendant qu'Eva fouillait dans une pile de vêtements déposés à même le sol afin d'y trouver une chemise et une robe pour Émilienne. Elles installèrent sur la table tout le nécessaire pour la toilette de leur aînée. Cette dernière, vêtue d'une simple chemise de corps entièrement souillée d'une substance brunâtre, faisait peine à voir. Eva vida l'eau bouillante dans la cuve de métal posée sur la table et y ajouta de l'eau froide. Elle retira ensuite la chemise de corps d'Émilienne. Louisa la couvrit d'un drap. Les deux sœurs prirent chacune un linge de coton, qu'elles mouillèrent et sur lequel elles frottèrent un bout de pain de savon. Elles lavèrent doucement Émilienne. Malgré plusieurs lavages, la peau d'Émilienne dégageait encore une indescriptible odeur de mort. Eva tenta de peigner ses cheveux, mais des nœuds s'étaient formés. Elle demanda à Émilienne si elle pouvait les couper, mais cette dernière ne répondit pas. Après plus d'une heure à tenter désespérément de défaire les nœuds, les deux sœurs décidèrent de lui couper les cheveux à la hauteur des épaules. Sa longue tignasse tomba sur le sol en masses compactes.

Lorsque Émilienne fut lavée, changée et coiffée, les deux sœurs nettoyèrent sommairement les lieux. Elles retirèrent les draps et couvertures du lit conjugal, et les jetèrent dehors avec la chemise de corps d'Émilienne.

Le tout n'étant pas récupérable, elles le feraient brûler plus tard.

— Qu'est-ce qu'on fait d'Émilienne pis de ses p'tits ? demanda Louisa.

— Je sais ben pas, répondit Eva. Elle n'a pas l'air d'être à la veille de reprendre sur elle si tu veux mon avis. Pis pour les p'tits, j'sais pas ce que t'en penses, mais ça ne me semble pas être une bonne idée de les faire revenir dans place tout de suite. Ça va prendre une couple de jours pour faire partir l'odeur qu'il y a icitte. D'après moi, ça leur ferait du bien d'aller ailleurs quelque temps.

— Je peux prendre les plus jeunes avec moi si tu veux, j'ai le temps de m'en occuper, j'passe le plus clair de mon temps dans la maison à frotter. Je peux prendre les plus vieux aussi, mais j'pas ben certaine d'avoir la place pour tout le monde.

— Non, c'est correct, prends les plus jeunes si tu t'en sens capable, je vais amener Flavie et Honoré à maison. Mais qu'est-ce qu'on fait avec Émilienne ? Peut-être que ça lui ferait du bien de passer quelque temps à l'hôpital ?

— On peut pas lui faire ça Eva ! Elle a besoin de nous autres, pas d'être abandonnée aux soins des bonnes sœurs. On est sa famille, c'est à nous autres de veiller sur elle. Je vais la prendre à maison, c'est toute.

— Non, je vais la prendre moi. Tu es trop bonne pis trop douce avec elle. T'as de la misère à mettre tes culottes quand elle te monte sur la tête. J'pas inquiète que tu pourrais en prendre soin, je suis juste inquiète que ça finisse par te mettre à terre. Pis avec les p'tits, j'pense que t'en auras déjà assez sur les bras comme ça. Je vais téléphoner au magasin et demander à William de passer nous chercher. On vous déposera chez vous en même temps.

— Non, ça va être correct, je vais ramasser quelques affaires pour les p'tits, pis je vais passer les chercher chez la voisine. On va marcher jusqu'à la maison, ça va me faire du bien de prendre un peu d'air frais.

— J'vais te préparer une petite *grocery*. Je vais te la faire livrer par William demain. Je vais t'envoyer un peu de linge neuf aussi, ça leur fera pas de tort.

— T'es ben fine Eva, mais c'est pas nécessaire. J'capable de les nourrir pour un temps.

— Je sais que t'es capable, c'est pas la question…

CHAPITRE 6

La peur des étranges

L'ensevelissement de Victor avait eu lieu quelques jours plus tôt. Une dizaine de personnes furent présentes. Confuse et dans un état léthargique, Émilienne était demeurée à la maison, sous la bonne garde de Berthe. Elle était tranquillement sortie de son mutisme. Elle passait encore ses journées à fixer le vide en se berçant inlassablement, elle répondait à présent lorsqu'on s'adressait à elle. Tous les matins, depuis son arrivée chez les Leduc, Berthe insistait auprès d'Émilienne afin d'aller faire le tour des rues avoisinantes. « L'air frais replace toujours les idées », lui répétait-elle chaque jour. Émilienne, docile, la suivait sans rouspéter. Berthe en profitait pour passer devant la maison de son cher Gustave qui, fidèle à ses habitudes, attendait sur son perron pour saluer sa belle. Habituellement, il se rendait chez elle le matin et ils partaient faire une promenade. Cependant, puisque Berthe était en compagnie d'Émilienne, ce dernier se contentait de la saluer au passage chaque matin. Certains soirs, elle le rejoignait chez lui pour prendre le thé ou tout simplement pour bavarder longuement de leur prochaine vie commune, mais depuis quelques jours, Berthe préférait accorder tout son temps libre à Émilienne pour laquelle elle éprouvait une sincère empathie. Elle ne pouvait oublier ce fameux matin où elle s'était réveillée auprès du corps refroidi de son cher Jérôme. L'idée que la pauvre Émilienne soit demeurée des jours durant auprès du corps en décomposition de son mari lui donnait des frissons d'horreur, mais elle se consolait en se disant qu'elle n'avait alors visiblement pas toute sa tête. En ce moment, Émilienne avait besoin d'être soutenue et c'est ce qu'elle tentait de faire. Elles terminèrent leur promenade par un arrêt au magasin. Émilienne demeura silencieuse, se contentant de suivre Berthe.

— Non, mais n'est-ce pas une magnifique journée ? demanda Berthe en entrant dans le commerce.

— D'après moi, on en est aux dernières journées d'été. Les soirées sont à veille d'être plus fraîches, répliqua Eva.

— Loin de moi l'idée de m'obstiner avec toi Eva, mais on aura un été des Indiens cette année. Sans vouloir t'offenser, Marie-Renarde, ajouta-t-elle.

— Y a pas d'offense, Madame Leduc. Je suis d'accord avec vous sur le fait que l'été nous réserve encore des surprises.

— Bon, c'est ben des créatures ça, s'obstiner pour la température, taquina William.

Marie-Renarde alla rejoindre Émilienne qui se tenait à l'écart à l'arrière du magasin. Elle posa sa main sur son bras en lui chuchotant que tout irait bien. Émilienne, surprise, la regarda sans broncher. Marie-Renarde lui sourit et ajouta « ça te va vraiment bien les cheveux courts, ça met ton magnifique visage en valeur ». Hébétée, Émilienne se contenta de toucher le bout de ses cheveux, réalisant à peine qu'ils étaient coupés. Au même moment, Rosaire Roy entra dans le magasin en saluant discrètement les gens présents. Il se dirigea vers William et lui demanda s'il était possible de lui parler en privé. Ce dernier lui fit signe de le suivre à l'extérieur.

— Vous êtes de passage par icitte ? demanda William en sortant.

— Oui, depuis quelques jours. J'ai fait le tour des commerces en espérant me trouver de l'ouvrage et je me suis présenté le matin à la Cotton, tout d'un coup qu'il manquerait quelqu'un. J'ai espoir de finir par trouver quelque chose, j'aimerais ça déménager ma famille par icitte.

— Je vous le souhaite ben Monsieur Roy. Vous vouliez me parler ?

— En fait, je me demandais si vous n'auriez pas un petit coin à me prêter pour que je puisse y passer la nuit. J'pas ben difficile vous savez, je peux dormir à même le sol.

— C'est pas que je veux pas, mais avec ma belle-sœur pis ses enfants qui sont à maison depuis quelque temps, on commence à manquer un peu de place. Pis ma femme est un peu nerveuse ces temps-ci. Je suis pas certain qu'elle soit ben à l'aise avec l'idée d'offrir le gîte à un étranger.

— Je comprends ça, Monsieur Leduc, vous en faites pas. Pensez-vous que ça l'incommoderait que je dorme avec vos chevaux ? Je dors sur le bord du canal depuis que je suis arrivé dans le coin et les moustiques s'en donnent à cœur joie.

— D'après moi, elle n'y verra pas d'inconvénient, mais l'écurie est pas ben grande, vous savez.

— J'pas ben gros, j'ai pas besoin de grand place. Ce serait juste pour une nuit, je repars demain vers la fin de l'après-midi. Pis si jamais vous aviez besoin d'aide dans votre ouvrage, n'hésitez pas. Ça va me faire plaisir de vous donner un coup de main, gratis à part ça. Y a juste demain matin de bonne heure que je serai pas disponible, je vais retourner attendre à la Cotton, sinon je suis paré à vous aider.

— Vous pouvez toujours m'aider à charger mes livraisons si ça vous tente, j'en ai une couple à faire encore.

— Avec grand plaisir !

Le soir venu, William invita Rosaire Roy à se joindre à eux pour le repas, ce qui contraria visiblement les membres de sa famille. Eva accueillit le visiteur sans rien dire, mais William devina à son expression que cela ne l'enchantait pas. Berthe fut la première à se lever pour tendre la main à Rosaire. Son apparence particulière ne sembla pas la heurter outre mesure. Elle demanda à William d'aller chercher une chaise sur le perron tout en s'excusant pour le repas qui était, selon elle, trop modeste pour recevoir un invité. Rosaire la rassura en lui disant que le repas semblait beaucoup plus copieux que ce qu'il avait l'habitude de manger et qu'il se trouvait particulièrement chanceux de pouvoir le partager avec eux.

— Y a tu juste moi qui trouve que ça sent mauvais tout d'un coup ? demanda Clara-Eve.

— C'est peut-être moi, Mademoiselle, répondit Rosaire. J'ai pas eu l'occasion de me rafraîchir depuis quelques jours déjà. Je peux aller prendre le repas à l'extérieur si ça vous incommode.

— Mais il n'en est pas question, rétorqua William, offusqué par la remarque de sa fille. Si cela t'incommode Clara, tu n'as qu'à te retirer.

— Désolée, je disais juste ça comme ça !

— Ben t'aurais intérêt à penser un peu plus avant de parler ! rétorqua William.

— Qu'est-ce qui s'est passé avec vos ongles ? Vous les avez perdus ? demanda Élianna.

— Élianna ! C'est impoli de demander ça, fit remarquer Berthe.

— Ne vous en faites pas, Madame Leduc, c'est une question qui se pose. C'est en effet intriguant lorsqu'on n'a pas l'habitude de voir des gens comme moi. Je suis né comme ça, poursuivit Rosaire, en souriant à l'enfant. Je ne suis pas le seul comme ça. Si tu regardes comme faut, je n'ai pas de sourcil non plus et j'ai très peu de cheveux.

— Et pourquoi êtes-vous comme ça ? demanda Marguerite.

— Je ne saurais pas dire. Mes parents sont comme ça, mes frères et sœurs aussi. Il y a quand même beaucoup de gens comme moi dans mon village. On sait pas pourquoi on est comme ça, mais rassurez-vous, nous sommes du bon monde malgré notre apparence.

— Par chez nous, on raconte que vous êtes comme ça parce que vous vous reproduisez entre vous autres, lança Émilienne.

— Je sais ce qu'on raconte, mais c'est faux, Madame. Je n'ai aucun lien de parenté avec ma femme et pourtant, notre fille est comme nous.

— Ça reste inquiétant, ajouta-t-elle. On raconte aussi que vous auriez la lèpre. Moi, je trouve ben courageux mon beau-frère de vous laisser entrer dans sa maison. On sait pas quelle maladie vous pourriez nous donner.

— Émilienne ! objecta William. Je ne suis pas courageux, je ne crois simplement pas en ces balivernes-là. Monsieur Roy est, selon moi, un homme qui mérite le respect.

— Je ne fais que dire tout haut ce que tout le monde pense tout bas.

— Je suis contente de voir que tu sors enfin de ta torpeur, ma sœur, mais je crois que ce n'est peut-être pas approprié de dire ça devant notre invité et encore moins devant les enfants.

— Je suis vraiment désolé de vous occasionner tant de soucis, dit Rosaire en s'adressant à ses hôtes. Je vous suis reconnaissant pour votre hospitalité. C'est pas courant pour moi de me faire si gentiment inviter à partager un si bon repas. Sachez, Madame, que je comprends vos inquiétudes à mon égard et que j'aimerais trouver les mots pour vous rassurer. Je sais ben que mon apparence peut vous dégoûter et j'en suis désolé.

— Je ne vous trouve pas dégoûtant moi, déclara la petite Élianna. Je vous trouve très gentil, Monsieur Roy.

— Je vous trouve très gentille aussi, Mademoiselle.

Élianna répondit par un large sourire. William, heureux de l'ouverture d'esprit de sa cadette, la regarda avec une fierté à peine dissimulée. Son regard bifurqua vers Eva. Elle n'était pas à l'aise de recevoir Rosaire Roy à sa table, c'était évident. Ce n'était pas le genre de sa femme de se fermer ainsi. William savait qu'elle lui reprocherait de ne pas l'avoir consultée avant d'inviter l'homme à se joindre à eux. C'est effectivement ce qu'elle fit le soir venu lorsqu'ils se retrouvèrent dans leur chambre à coucher. « Tu n'as pas l'air de comprendre que ces gens-là sont dangereux, lui dit-elle. Ce n'est pas pour rien qu'ils vivent regroupés ensemble ! Personne n'en veut ailleurs. Tu vois ben que même ici personne ne veut de lui, sauf toi ! » William lui répondit que ce n'était qu'une fausse peur collective. Il compara Rosaire à Marie-Renarde, lui rappelant à quel point elle avait eu peur de cette dernière avant même de la connaître. Pour les gens du coin, elle avait longtemps représenté à tort un certain danger. Persuadé que Rosaire Roy était victime d'une semblable discrimination, il insista auprès de sa femme afin qu'elle lui donne une chance. Elle accepta de faire confiance à son mari et lui promit de faire un effort pour se montrer plus ouverte envers l'étranger bien qu'elle demeurât convaincue qu'il était porteur de malheur.

* * *

Deux semaines plus tard, Émilienne décida qu'il était grand temps de retourner chez elle. C'est à contrecœur que ses aînés quittèrent le domicile de leurs hôtes. Ce dernier mois passé auprès d'eux les avait rendus véritablement heureux. L'ambiance qui régnait dans la maisonnée des Leduc n'était en rien comparable à ce qu'ils avaient connu. Chez eux, personne ne chantait après les repas. Personne ne discutait des heures durant des sujets d'actualité. Ordinairement, chez eux après le repas du soir, leurs parents buvaient et cela finissait la plupart du temps en inlassable dispute. Ils étaient d'ailleurs très étonnés de voir autant d'amour et de tendresse entre leur tante et leur oncle. Pas une seule dispute n'était survenue durant leur séjour. Ils avaient également réalisé avec surprise que leurs cousins et cousines s'occupaient très peu de la routine du soir des plus jeunes. Leur tante Eva veillait seule aux soins de ses cadettes contrairement à leur mère qui comptait sur leur aide pour veiller constamment sur les plus petits. Le plus surprenant pour eux fut l'absence totale d'alcool dans la maison. Au moment du départ, Flavie remercia sa tante Eva en pleurant à chaudes larmes en se faisant violence pour ne pas la supplier de la garder avec elle. L'idée de se retrouver dans leur logement, avec sa mère et ses jeunes frères et sœurs, l'angoissait énormément. Se doutant que sa mère s'accrocherait désespérément à sa bouteille de gin en oubliant de prendre soin de ses enfants, de préparer les repas et de nettoyer les lieux, elle n'avait aucune envie de la suivre. Eva la consola en lui disant qu'elle serait toujours la bienvenue. Quand Émilienne et ses aînés eurent quitté les lieux, Eva essuya ses larmes puis alla rejoindre Marie-Renarde au magasin. Cette dernière, en pleine conversation avec Martin Lefort, sembla mal à l'aise de la voir arriver. Légèrement penchée sur le comptoir, elle se redressa aussitôt. L'homme s'empara de ses achats et sortit en saluant les deux femmes.

— Est-ce que c'est moi ou il t'a fait un clin d'œil en sortant ? demanda-t-elle à son amie.

— Non. En fait, je sais pas.

— T'as donc ben l'air étrange Marie-Renarde, fit-elle remarquer. Me caches-tu quelque chose ?

— Non. Oui mais non. Je sais pas. Il est charmant, non ?

— Tu sais qu'il est marié ?

— Oui, mais cela n'empêche pas qu'il est charmant !

— Charmant, mais marié, insista Eva. Vous aviez l'air pas mal familier lorsque je suis entrée et c'est pas correct ça. C'est pas dans tes habitudes d'être si à l'aise avec les hommes, non ?

— On faisait rien de mal, on discutait de la chasse à l'outarde.

— D'accord, si tu le dis. Je voudrais juste pas que tu te fasses des accroires. Oublie juste pas qu'il est marié.

— Inquiète-toi pas.

— C'est pas toi qui m'inquiètes…

Un client entra dans le magasin au grand soulagement de Marie-Renarde qui n'avait pas envie de poursuivre la conversation. En vingt ans d'amitié, elle n'avait jamais fait aucune cachotterie à son amie envers qui elle avait une absolue confiance. Pourtant, elle savait qu'elle ne serait pas d'accord avec les sentiments qu'elle avait tranquillement développés pour Martin Lefort. Ce fut rapide, elle avait ressenti dès leurs premières interactions une certaine attirance physique envers lui. Il avait le tour de la mettre dans tous ses états. C'était plus fort qu'elle, chaque fois qu'elle l'apercevait sur le seuil de la porte du magasin, elle sentait ses joues devenir chaudes. Elle se mordit la lèvre inférieure en se disant qu'elle ne pourrait jamais partager son secret avec sa chère amie. Connaissant Eva et ses valeurs, elle savait que cette dernière n'approuverait pas ce qui s'était passé la veille. Comment lui dire qu'il l'avait rejoint chez elle en fin d'après-midi pendant que Yuska était encore à l'usine. Elle fut la première surprise par cette visite inopinée. Leur attirance mutuelle fut si forte, qu'ils se retrouvèrent rapidement dans sa chambre à coucher à commettre le péché d'adultère. Bien que Marie-Renarde ait connu un mariage heureux, elle devait avouer que ce n'était en rien comparable avec l'aventure torride vécue la veille dans les bras de Martin Lefort. Ils avaient d'ailleurs convenu de se revoir cet après-midi.

— Coudonc, qu'est-ce qui te fait sourire comme ça ? demanda Eva.

— Je songeais à ce que Yuska m'a dit hier soir, mentit-elle. Il m'a dit que Laura-Marie était plus belle que le soleil levant.

— Penses-tu qu'il a des sentiments amoureux pour elle ?

— Je ne sais pas. Peut-être que Yuska aime ta fille, mais qu'il n'ose pas se l'avouer. Il y a toujours eu une énergie particulière entre les deux. Petits, ils étaient toujours ensemble. Je me suis souvent demandé si cette grande harmonie entre eux n'aurait pas repoussé Clara.

— Je pense pas Marie-Renarde. Mes jumelles n'ont jamais été proches. Même petite, Clara repoussait Laura. Je me souviens, elles devaient avoir deux ans la première fois que j'ai dû les séparer parce que Clara tirait les cheveux de Laura. Pauvre petite, lorsque j'ai réussi à les séparer, Clara avait une grosse poignée de cheveux dans la main. Elles n'ont jamais été sur la même longueur d'onde, ces deux-là. Même au berceau, elles ne pleuraient jamais en même temps. Si une était réveillée, l'autre dormait. Si une nous faisait de beaux sourires en jasant, l'autre pleurait à chaudes larmes.

— Mes grandes sœurs étaient inséparables. Nnonon disait souvent qu'elles étaient une seule âme séparée en deux corps.

— Nnonon ?

— Nnonon, ma mère. Petites, elles étaient un seul élément. Elles étaient en parfaite harmonie. Il n'y avait pas de place pour moi ni pour personne d'autre.

— Tu ne m'as jamais parlé d'elles, fit remarquer Eva.

— Je préfère oublier.

— Pourquoi ?

— J'ai beaucoup pleuré leur départ. Au lever du soleil, elles n'étaient plus là. C'était peu de temps après la mort de Nnonon. J'ai demandé à ma grand-mère où étaient mes sœurs, elle m'a répondu que je devais le demander à mon père. Lorsque mon père est revenu des jours plus tard, il m'a dit qu'elles étaient en ville pour travailler. Plus tard, il m'a vendue. Je pense qu'il les a vendues aussi. J'espère que c'est un homme bon qui les a achetées et qu'elles étaient ensemble. Notre père buvait beaucoup. Il se battait souvent contre des mauvais esprits.

— Oh ! Marie-Renarde, comme c'est triste. Je suis désolée d'apprendre ça.

— C'est ma route de vie. J'ai chassé la tristesse de mes souvenirs. Je me concentre sur les chances que j'ai eues. Sur mon mari, sur notre amitié. Ma véritable famille n'est pas celle auprès de qui j'ai grandi, mais celle auprès de qui je vieillis.

— Tu sais que tu es dans presque toutes mes prières, toi aussi. Je veux même pas m'imaginer ce qu'auraient été ces dernières années sans ta présence dans ma vie. Je me suis si souvent dit que Dieu t'a placée sur ma route lorsque j'en avais le plus besoin.

Les deux amies se turent, un client entra dans le magasin. Eva, émue, servit l'homme. Marie-Renarde nettoya le comptoir en songeant que sa liaison avec Martin Lefort pourrait lui faire perdre ce qu'elle avait de plus précieux, mis à part son fils. Une passion éphémère aussi torride fût-elle ne valait certainement pas la peine d'être vécue si cela risquait de heurter sa si précieuse amitié. Consciente qu'elle ne devrait pas s'amouracher d'un homme marié, et ce, pour une multitude de raisons, elle devait s'avouer qu'elle était incapable de chasser de son esprit l'objet de ses péchés.

Dans les semaines qui suivirent, Marie-Renarde ne put tenir son amant à distance, si bien qu'elle demanda à Eva de réduire son horaire de travail, insistant pour terminer désormais après le dîner. Elle avait prétexté manquer de temps pour vaquer à sa propre besogne quotidienne. En vérité, son amant venait la rejoindre chez elle en après-midi et repartait souvent une heure avant le retour de Yuska. Marie-Renarde ne se reconnaissait plus. Elle qui était ordinairement si indépendante, si ancrée dans ses convictions, voilà qu'elle vivait dans l'attente de l'instant où elle se retrouverait dans les bras de son amant. Même brèves, leurs rencontres la comblaient de bonheur. Auprès de Martin, elle devenait une tout autre femme. Elle devenait sensuelle, passionnée, insatiable. En sa présence, elle perdait tous ses moyens. Chaque fois qu'il était près d'elle, ses joues s'enflammaient. Lorsqu'il se présentait au magasin, Eva les rejoignait sans tarder. Se doutait-elle de quelque chose ou veillait-elle tout simplement à l'honneur de son amie ? Marie-Renarde n'en était pas certaine. La semaine précédente, elle l'avait invitée à veiller à la maison, prenant soin d'inviter Jérôme Mathieu à les rejoindre. Marie-Renarde savait que son amie désirait qu'elle s'intéresse à lui, mais peine perdue. Martin Lefort occupait tout son esprit. « Jérôme est un bon parti à prendre », lui avait fait remarquer Eva alors qu'elles étaient à l'écart des hommes. Marie-Renarde lui avait simplement répondu qu'il lui paraissait aussi fou qu'un coyote, ce qui signifiait qu'il avait un bon sens de l'humour et qu'il était d'agréable compagnie.

Il était évident que le jeune homme lui portait un réel intérêt, mais ce n'était malheureusement pas réciproque. Bien que ce dernier fût charmant, il était trop fou, trop jeune et il n'était pas Martin.

CHAPITRE 7

Magnanimité

Le matin du 31 décembre 1920, Berthe s'arma de courage et annonça aux siens qu'elle comptait épouser Gustave Sauvé le printemps venu. Tous se montrèrent ravis pour elle. Tremblante, elle attendit la bénédiction de son fils qui manifesta sa joie. Soulagée, elle fondit en larmes, expliquant à quel point elle craignait de les décevoir, de les abandonner. Eva lui assura qu'après toutes ces années passées à prendre soin d'eux, à les aider au quotidien, il était grand temps qu'elle pense à elle. William insista pour que Gustave se joigne à eux pour le réveillon du soir. Berthe, gênée, refusa prétextant que ce n'était pas convenable. William enfila son manteau et se rendit chez le prétendant de sa mère afin de l'inviter malgré le refus de cette dernière. L'homme accepta de les rejoindre pour célébrer avec eux la venue du Nouvel An.

Eva et Berthe cuisinaient depuis la matinée afin de terminer les préparatifs du réveillon. Le menu avait été élaboré par Eva deux semaines plus tôt. Les deux femmes avaient déjà préparé des mokas, des tartes, du sucre à la crème et des chaussons de viande qu'elles avaient congelés dans les armoires de la cuisine d'été. Chez les Leduc, comme dans plusieurs familles canadiennes, on célébrait modestement Noël, préférant festoyer en grand au jour de l'An. Jamais la maison des Leduc n'avait été aussi remplie que ce soir-là. Leurs invités étaient nombreux: Émilienne et ses enfants, Louisa et son mari, Marie-Renarde et Yuska. Clara-Eve avait même insisté pour inviter la veuve Lefebvre qui, ne voulant pas décevoir sa nouvelle amie, avait accepté l'invitation.

Tout en déposant l'oie rôtie sur la table, Eva invita ses convives à se servir. Ce qu'ils firent sans se faire prier, sauf Geneviève Lefebvre. Percevant son inconfort, Alexis, le mari de Louisa, s'empara de son assiette afin de la remplir de tout ce qui se trouvait sur la table. Geneviève le remercia d'un timide sourire. Clara, se penchant vers elle, lui signifia qu'elle était heureuse qu'elle soit là. Geneviève, qui regrettait légèrement d'avoir accepté l'invitation, ne croyant pas être à sa place, se contenta de lui répondre un « moi aussi ». En vérité, elle avait accepté l'invitation sans grand enthousiasme. Elle avait tout d'abord décliné, mais avait fini par céder devant les supplications de Clara. Émilienne, assise en face d'elle, se montra d'une gentillesse sans faille. Elle s'intéressa à elle, lui posa des questions et la complimenta même sur sa beauté, ce qui ne manqua pas de surprendre Eva, qui était plutôt habituée aux remarques déplacées de sa sœur.

Lorsque le repas fut terminé, les femmes ramassèrent et les hommes déplacèrent la table dans un coin pour libérer l'espace. Rapidement, Alexis se mit à jouer un air sur son accordéon, accompagné de

William à l'harmonica. Émilienne, dont l'entourage avait oublié qu'elle avait une superbe voix, se mit à chanter. Les jeunes se mirent aussitôt à danser. Eva observa Laura-Marie qui dansait avec Yuska. Elle se pencha vers son amie et lui glissa « ces deux-là sont clairement amoureux ». Marie-Renarde acquiesça en souriant. Elle ressentit aussitôt un pincement au cœur. Elle aussi était amoureuse. Toute la journée, elle avait tenté en vain de chasser Martin de son esprit. L'idée qu'il soit auprès de sa famille la peinait. Pensait-il à elle autant qu'elle pouvait penser à lui ? L'image de lui faisant l'amour à sa femme la rendit aussitôt jalouse. Elle se consola en repensant à ce que son amant lui avait confié : il n'avait plus de contact physique avec son épouse depuis la naissance de leur dernier enfant. Pour Marie-Renarde, ce n'était pas que charnel, c'était désormais plus que cela. Eva s'empara du bras de Marie-Renarde, l'obligeant gentiment à se lever pour danser avec elle. Les deux amies, bras dessus bras dessous, dansèrent et rirent parmi les enfants. Louisa tira sur le bras de son mari qui refusa de la suivre, elle décida donc d'aller danser sans lui. Clara-Eve demanda à Geneviève si elle désirait danser. Elle refusa en prétextant qu'elle avait une faiblesse aux chevilles. Un mélange de musique et de rires raisonna chez les Leduc jusqu'au petit matin. Après être allé reconduire Marie-Renarde et Geneviève, tandis que Louisa et son mari ramenaient Émilienne et ses enfants, William rentra chez lui complètement exténué, mais satisfait de sa soirée. Pendant son absence, Eva, Berthe et son futur époux s'étaient chargés de remettre la table et les chaises à leur place. Gustave prit congé en les remerciant pour leur hospitalité.

Le lendemain matin, dès leur réveil, les enfants décrochèrent leurs bas de Noël tricotés par Berthe à l'occasion de leur premier jour de l'An. Contrairement aux autres enfants, les Leduc avaient toujours eu la chance de trouver des attentions particulières dans leurs bas. D'ailleurs, dans leurs années de vaches maigres, William et Eva s'étaient estimés privilégiés de posséder un magasin général et de pouvoir ainsi offrir un petit quelque chose à leurs enfants. Cette année, ils avaient rempli les bas de leurs filles aînées d'un flacon d'eau de senteur et d'une épingle à cheveux ornée d'une pierre scintillante. Élianna trouva une jolie poupée de chiffon confectionnée par Berthe. Marguerite, douée en dessin, reçut un petit calepin et un fusain. Bien qu'Édouard eut insisté pour ne rien recevoir, prétextant qu'il était un homme, Berthe lui avait tout de même tricoté deux paires de bas. Une fois les cadeaux distribués, William donna sa bénédiction paternelle à chacun des membres de sa famille.

Ils prirent ensuite un copieux petit déjeuner, puis William et Eva sortirent faire leur traditionnelle tournée du jour de l'An. Sur le chemin du retour, ils croisèrent Jérôme Mathieu qui leur raconta qu'il venait de récupérer le corps du petit dernier de la veuve Tremblay.

— C'est effrayant, dit-il. Le p'tit était maigre sans bon sens. C'est ben pour dire hein, je sais pas si Larin s'habitue à aller chercher des enfants, mais moi je pense ben que je serai jamais capable de m'y faire.

— T'en fais pas, je pense pas que Larin aime ben ça aller récupérer des enfants. Ça doit lui faire la même affaire qu'à toi, répondit William.

— Ouin, j'imagine. En tous les cas, la pauvre veuve Tremblay faisait ben pitié. Est tellement maigrichonne qu'elle fait peur. J'ai pour mon dire que son p'tit dernier est sûrement mort de faim ou la faim l'a rendu trop faible pour passer à travers l'hiver, je saurais pas dire.

— T'es pas sérieux ? demanda Eva. C'est donc ben triste. Elle a combien d'enfants ?

— Je sais pas, j'ai pas compté, mais je dirais peut-être une dizaine. À ce que j'ai compris, elle a ben de la misère à nourrir sa famille depuis la mort de son mari au printemps dernier. Ses deux plus vieux travaillent à l'usine, mais ce ne serait pas suffisant pour faire vivre toute la maisonnée. Elle espère que sa plus vieille trouve rapidement une place qui l'engage, mais ç'a pas l'air évident. Reste que c'est encore une belle femme Germaine, j'espère qu'elle trouvera rapidement un nouvel époux. C'est certain que c'est pas tous les hommes qui veulent s'embarquer en ménage avec une femme ayant autant d'enfants à charge. Elle a demandé à ce que le p'tit soit enterré dans le cimetière des pauvres, elle n'a pas les moyens de faire autrement. Je lui ai dit de ne pas s'inquiéter, que j'allais m'occuper de ça. Je sais pas, William, si ça te tente d'embarquer avec moi pour payer de quoi de décent au p'tit ?

— Ben certain que j'embarque ! T'as besoin de quoi ?

— Je vais faire le tour des commerçants des alentours, je me disais qu'on pourrait se cotiser pour lui offrir un p'tit bout de terrain, un cercueil qui a de l'allure pis une petite pierre tombale.

— Écoute mon Jérôme, on va l'enterrer dans mon lot. T'es d'accord Eva ?

— C'est ben certain !

— Pour le reste, je vais passer te voir plus tard pis voir ce que je peux faire.

William et Eva retournèrent chez eux en silence. William proposa à Eva de préparer une boîte de victuailles pour la veuve Tremblay. Eva accepta tout en lui demandant s'ils en avaient les moyens. Elle aimait aider son prochain, mais craignait toujours que les siens en paient le prix. William au contraire était reconnu pour avoir le cœur sur la main. Il pensait toujours aux autres en premier en se disant qu'il trouverait une solution pour sa propre famille en cas de besoin. De plus, il savait qu'il possédait une petite fortune dont Eva ignorait l'existence. William rassura Eva en lui disant que le chiffre d'affaires du magasin n'avait pas été aussi élevé depuis près d'une décennie. Ils remplirent plus de dix caisses de bois de nourriture et du nécessaire de bases tel que des bas, des couvertures et même des tuques et des foulards. En terminant de remplir la dernière caisse, William y cacha des bonbons à l'intention des enfants et un pain de savon de senteur pour la veuve Tremblay. Mal à l'aise à l'idée de heurter la fierté de Germaine Tremblay, Eva pria son mari de s'y rendre sans elle. « Il n'en est pas question ! Tu viens avec moi, ordonna-t-il gentiment. C'est une mère, elle saura mettre sa fierté de côté pour le bien-être de ses enfants. » Elle accepta de l'accompagner. Devant le logement de la veuve Tremblay, William attacha sa jument aux piquets de la clôture. Ils montèrent l'escalier en se demandant comment cette dernière les accueillerait. Après tout, ils ne se connaissaient que de vue. Germaine Tremblay se montra surprise en leur ouvrant la porte.

— Bonjour, Madame Tremblay, dit William en lui tendant la main. Je me présente, William Leduc et voici ma femme Eva.

— Oui, je sais qui vous êtes, vous avez un magasin l'autre bord du canal, non ?

— Oui, c'est exact Madame Tremblay, sur la rue du Marché, plus précisément. Nous avons eu vent du malheur qui vous afflige et nous sommes venus vous transmettre nos condoléances.

— Rentrez donc, ne restez pas sur le perron, dit-elle en ouvrant entièrement la porte.

— Merci, c'est gentil, répondit William en entrant.

— J'aimerais vous offrir quelque chose à boire de chaud pour vous réchauffer, mais pour tout vous dire je n'ai pas grand-chose. Mais venez vous asseoir, je vais regarder si je ne trouverais pas quelque chose.

— Ce n'est pas nécessaire, Madame Tremblay, insista William. Nous sommes venus vous dire que nous aimerions, si vous acceptez bien sûr, vous offrir une parcelle de notre lot pour la mise en terre de votre regretté fils.

Prise d'un vertige, Germaine Tremblay posa sa main sur le mur.

— Nous sommes désolés, poursuivit doucement William. Nous ne désirons pas vous troubler, nous aimerions seulement vous aider en tant que parents et en tant que chrétiens. Nous avons pensé vous apporter quelques affaires de notre magasin. Si vous nous le permettez, nous descendrions les chercher.

— Je ne peux pas accepter votre aide, déclara-t-elle aussitôt. Les temps sont durs pour tout le monde, vous savez…

— Madame Tremblay, je vous assure que ce n'est rien, que c'est simplement quelques petites affaires qu'il nous fait plaisir de vous offrir pour vos enfants, dit Eva. Il est du devoir de tous et chacun de se soutenir dans l'épreuve et de s'entraider autant que nous le pouvons.

— Je ne suis pas en position de refuser, se résigna Germaine Tremblay. Voulez-vous que mes plus vieux descendent chercher ce que vous avez apporté ?

— S'ils veulent venir m'aider à tout monter, je ne dirais pas non. En échange de leur compagnie, je vous offre celle de ma charmante épouse.

— Vous avez besoin qu'ils vous aident à tout monter ? demanda Germaine, inquiète. Vous parliez de quelques petites affaires ?

La pauvre veuve sanglota lorsqu'elle réalisa que les caisses de bois s'entassaient dans sa petite cuisine. Elle n'osait pas se lever pour en vérifier le contenu, mais ses enfants crièrent de joie en les inspectant sans gêne. Eva la pria de bien vouloir vérifier si ce qu'ils avaient apporté lui convenait. Germaine, en pleurs, leur assura que peu importe ce que les caisses contenaient, cela lui convenait puisqu'elle n'aurait pu espérer autant de générosité. En découvrant les bonbons, une fillette aux cheveux blonds bouclés se mit à pleurer.

— Regardez, maman, des *candys* ! s'exclama un garçon, la voix tremblante.

— Vous n'auriez pas dû, c'est ben trop, lança Germaine Tremblay. J'aurai jamais du restant de ma vie pour vous rembourser tout ça.

— Rassurez-vous Madame Tremblay, il n'est pas question de remboursement. C'est un cadeau de la part de ma femme pis moi.

— C'est la Providence qui vous envoie, ça peut juste être ça. Pardonnez-moi, j'ai l'air d'une vraie folle, je sais pas quoi vous dire. Je suis partagée dans mes pensées. Autant que je peux être peinée d'avoir perdu aujourd'hui même mon fils adoré, autant je peine à réaliser la chance que j'ai que des étrangers puissent se montrer si généreux envers mes enfants et moi. Soyez assurés que mes p'tits pis moi on va prier le bon Dieu tous les jours de notre vie pour qu'ils vous bénissent. C'est pas mêlant, jamais de ma vie personne ne s'est montré aussi bon envers moi. Je comprends même pas ce qui m'arrive.

— Maman, est-ce qu'on peut manger maintenant? demanda une petite fille d'environ sept ans.

— Dans pas long, Charlotte. Là, maman parle avec des anges de Dieu envoyés par Clément.

— Méprenez-vous pas Madame Tremblay, ma femme pis moi sommes simplement de bons chrétiens pour qui aider son prochain est quelque chose d'important. On vous souhaite du courage pour la suite et on espère que l'année 1921 se montre plus clémente à votre endroit.

— Je vous remercie ben gros. Si vous voulez que mes garçons ou ma fille vous donnent un coup de main à votre magasin pour vous repayer, n'hésitez pas.

— Madame Tremblay, vous n'avez rien à nous payer, insista Eva.

— Juste pour être certain, êtes-vous d'accord pour que votre fils soit inhumé dans notre lot?

— Ça me gêne sans bon sens, mais aucune mère ne veut que la dépouille de son fils repose éternellement dans une parcelle sans nom.

Clément Tremblay, âgé de vingt-deux mois, fut mis en terre quelques jours plus tard. Le bambin eut droit à des obsèques décentes grâce à la générosité de William, de Jérôme Mathieu et du boulanger Boucher. Les trois hommes s'étaient rapidement accordés sur le fait qu'ils allaient prendre en charge tous les frais. Ils payèrent à trois les frais de la modeste, mais jolie, pierre tombale. Jérôme Mathieu offrit le cercueil et paya le fossoyeur. Ils n'eurent pas besoin de parler, il était évident qu'ils espéraient par ce geste alléger leur conscience quant à la provenance de cette petite fortune qu'ils accumulaient depuis des mois. Quelques semaines plus tard, Jérôme Mathieu annonça qu'il ne facturerait plus pour les funérailles d'enfants. Qu'il offrirait, tout comme Larin, ses services gratuitement lorsque le défunt était un enfant.

CHAPITRE 8
Folle témérité

Malgré le froid glacial de la soirée du 23 février 1921, Éphèbe Boucher et William se rejoignirent au salon funéraire de Jérôme Mathieu. Ils devaient discuter de leur prochain voyage à la frontière des États-Unis, mais surtout de la nouvelle loi créant la Commission des liqueurs, adoptée le jour même par le gouvernement libéral de Taschereau.

— Ça change rien pour nous autres, lança Jérôme Mathieu.

— J'ai pour mon dire que ce sera tout le contraire, rétorqua William.

— Y est pas épais Taschereau, y a flairé la bonne affaire. Qui est-ce qui va s'en mettre plein les poches d'après vous autres? demanda Éphèbe Boucher. J'ai aussi pour mon dire que ça va changer ben des affaires.

— Avec le permis, ils vont contrôler la quantité qu'on achète, on va être surveillés. On pourra plus en passer l'autre bord autant qu'on veut. Il va y avoir la police des liqueurs, j'pas certain moi que j'ai le goût de prendre le risque de finir en prison.

— Calme-toi, Leduc, coupa Jérôme, ils vont commencer par nettoyer Montréal avant de s'en venir par icitte.

— Ils vont peut-être commencer par nettoyer Montréal, mais ils vont aussi se mettre à surveiller les frontières. Ils surveilleront aussi l'achat d'alcool à Montréal, pis c'est drette par là qu'on passe nous autres. On achète en ville, pis on revend à la frontière, je sais pas pour toi, mais moi ça me dit qu'on est dans leur chemin d'un bord ou de l'autre. Pis moi mon chien est mort, j'aurai plus le droit d'en vendre au magasin, je pourrai donc plus en acheter en gros.

— Si j'ai ben compris, tu pourras toujours vendre de la bière à défaut de pouvoir vendre du fort, fit remarquer Ephèbe Boucher. Mais, pour l'heure, on a encore une bonne réserve à faire passer l'autre bord.

— Je pense que c'est peut-être signe qu'on devrait penser à arrêter.

— Es-tu fou Leduc ? lança Jérôme Mathieu.

— Moi, je continue pis je suis prêt à me mettre à en produire du fort, c'est pas ben ben plus compliqué que de faire du pain ! Les barils que j'ai faits avant Noël sont pas méchants pantoute au goût, t'en penses quoi toi, le croque-mort ?

— Ben, comme je te disais l'autre fois, je trouve que ça fait la job en masse.

— Je vous le dis les gars, moi j'arrête au printemps. J'pas prêt à prendre la chance de me faire pogner.

— Comme tu veux mon Leduc, moi j'pas prêt à arrêter, ni maintenant ni au printemps. On dira ce qu'on voudra, mais force est d'admettre qu'on a gagné en moins d'un an ce qu'on aurait pris une vie à gagner. J'ai pas peur de la police et encore moins de la police des liqueurs. Pis si jamais ça devient risqué, ben je verrai rendu là. En attendant, tout ça ne change rien pour moi, déclara Ephèbe Boucher.

William retourna chez lui. Il était grand temps qu'il mette fin à ce commerce illicite qu'il entretenait depuis plusieurs mois. Mine de rien, celui lui pesait constamment sur la conscience. En plus de mentir à Eva comme jamais il ne lui avait menti auparavant, il craignait d'être excommunié, voire de finir en enfer. Il est vrai que cela lui avait permis d'amasser une somme considérable, mais est-ce que cela valait vraiment le risque qu'il courait ? Il savait que le prix à payer pourrait être élevé et il craignait de finir par tout perdre s'il se faisait prendre. Eva l'attendait en se berçant dans la cuisine.

— Misère que t'es belle ma femme, lui dit-il en l'embrassant tendrement. T'as ton p'tit sourire en coin qui me rend fou. Qu'est-ce qui te rend heureuse comme ça ?

— Ah ! C'est des affaires de femme ça mon mari. J'peux pas vraiment t'en parler.

— J'haïs donc ça les secrets de bonne femme moi ! Allez, dis-moi-le donc, j'en parlerai pas promis.

— C'est Louisa. Je viens de lui parler au téléphone. Est heureuse ma sœur, pis ça me rend heureuse moi aussi.

— Pis qu'est-ce qui la rend heureuse au point que ça te rende heureuse toi aussi ?

— Figure-toi donc qu'est partie pour la famille ! Après toutes ces années à prier pour que ça arrive ! T'avais raison, l'année 1921 nous réserve de belles surprises, mon William.

— Ah ben ! C'est une sacrée de bonne nouvelle ça !

— Dieu est bon, il faut simplement lui laisser le temps de faire les choses.

Le lendemain, Eva laissa à Marie-Renarde la charge du magasin et alla voir ses sœurs. Elle arrêta d'abord chez Émilienne qu'elle trouva à quatre pattes frottant énergiquement son plancher. Surprise, Eva remarqua que le logement brillait de propreté. En fait, de mémoire, jamais elle n'avait vu la place aussi propre. Émilienne, tout sourire, lui confia qu'elle se sentait bien et qu'elle était confiante face à l'avenir. Une heure plus tard, Eva se rendit chez Louisa qui trépignait de bonheur. Elle ne tenait pas en place, répétant sans cesse qu'elle savait que Dieu finirait par lui accorder la grâce de porter la vie. Eva, ravie, l'écoutait en souriant. Louisa lui confia qu'elle espérait que son enfant à naître soit un garçon afin d'offrir un héritier à son mari qui ne cachait pas son désir d'avoir un fils. Rassurée par le bonheur de ses sœurs, Eva se dirigea vers l'atelier de William. Il lui proposa aussitôt de la prendre en photo. Bien qu'elle refusât habituellement de poser pour son mari, elle accepta de lui faire plaisir et de se prêter au jeu. Après une série de clichés, William se dirigea vers la porte de son atelier où il enclencha le verrou. Eva, devinant les intentions de son mari, se mit à rire de bon cœur. Elle tenta de sortir de l'atelier. Il lui bloqua le chemin et l'enlaça tendrement. Elle céda à ses avances. Son désir étant à son paroxysme, William enleva la culotte de sa femme d'un geste rapide. Il s'empara de ses lèvres comme s'il les découvrait pour la première fois. Elle détacha le bouton de son pantalon qui tomba aussitôt sur le sol. Elle s'empara de son membre durci qu'elle empoigna fermement. Il la souleva et la déposa sur sa table d'un bras, propulsant de l'autre sur le sol tout ce qui s'y trouvait. Il la pénétra doucement, comme elle aimait. Ils firent l'amour dans l'atelier, oubliant le monde extérieur. Comme après chacun de leurs ébats, elle se rhabilla timidement. Son époux lui faisait toujours le même effet malgré toutes ces années partagées. Le regard qu'il posait sur elle après l'amour la gênait. Elle défroissa sa jupe d'un geste sec de la main, replaça ses cheveux, puis embrassa William en lui murmurant qu'elle n'avait su lui résister cette fois-ci, mais qu'elle y parviendrait la prochaine fois qu'il lui viendrait l'idée de la prendre ailleurs que dans leur chambre à coucher. William rit en lui répondant qu'elle n'y parviendrait jamais. Elle alla rejoindre Marie-Renarde au magasin. En traversant le petit chemin séparant l'atelier du magasin, Eva secoua la tête en se disant qu'il ne faudrait pas que cela vienne aux oreilles du curé. Dès qu'elle entra dans le magasin, Marie-Renarde pouffa de rire en lui faisant remarquer que les boutons supérieurs de sa blouse n'étaient pas boutonnés. Eva se sentit rougir et se tourna aussitôt pour les boutonner. Marie-Renarde lui mentionna qu'elle aimerait discuter avec elle. Inquiète, Eva la rejoignit derrière le comptoir. Marie-Renarde lui expliqua qu'elle aimerait prendre quelques semaines de congé, sentant sa santé plus fragile que d'ordinaire.

— Comment ça plus fragile que d'ordinaire? demanda Eva. As-tu consulté le docteur? Tu m'inquiètes là.

— Ne t'en fais pas Eva, c'est rien de grave. Je suis plus fatiguée et un corps fatigué est plus fragile. Je sais que l'ouvrage ne manque pas ici et je me sens mal de te laisser tomber comme ça.

— Tu as déjà été pas mal généreuse de ton temps avec nous autres durant toutes ces années et on peut pas dire qu'on t'a payée chèrement pour toutes ces heures que tu nous as données. Prends le temps qu'il faut et t'en fais pas pour moi, je saurai me débrouiller.

Deux semaines s'étaient écoulées depuis. Eva gérait difficilement le travail au quotidien. Elle ne pouvait pas compter sur son mari non plus, puisqu'il était débordé avec ses contrats de photographie en atelier et ceux à l'extérieur de la ville. Quelques fois par mois, il s'absentait deux ou trois jours de la maison afin de se rendre à la campagne. Selon lui, ces contrats représentaient une source lucrative de revenus qu'il ne pouvait pas refuser. Pour tout dire, Eva se sentait dépassée par le travail au magasin. Elle en parla donc à William qui proposa de retirer Édouard de l'usine et de le mettre en charge de la gestion des commandes. Eva accepta. Le soir venu, ils en discutèrent avec Édouard qui ne se montra pas convaincu par l'idée. William le rassura en lui disant qu'il lui verserait un salaire équivalant à ce qu'il gardait sur sa paie chaque semaine après leur avoir remis sa contribution aux dépenses familiales. Puisque Édouard hésitait encore, William lui offrit un dollar de plus. Édouard accepta. Plus tard, William fit part à Eva de son désir d'acheter une automobile. Eva refusa. Ils n'en avaient pas les moyens. Il parvint à la convaincre deux semaines plus tard. Il offrirait son attelage à leur fils, ce qui lui permettrait d'être plus indépendant.

William immobilisa sa nouvelle Ford T devant le magasin, arborant un large sourire. Édouard et Eva accoururent aussitôt. Berthe, qui observait la scène de la fenêtre de la cuisine, enfila son manteau et alla à leur rencontre.

— Mais quel étrange engin, déclara-t-elle. Ça avance comment ? Y a pas de chevaux pour le tirer ?

— Ça avance avec un moteur, maman, répondit William en riant.

— On peut aller faire un tour papa ? demanda Édouard avec enthousiasme.

— C'est ben certain, mon gars. Ouvre la portière et embarque en arrière, ta mère va embarquer en avant à côté de moi.

— Une autre fois William, répondit Eva. Il faut que je m'occupe du magasin.

— Tu peux y aller sans crainte ma fille, lança Berthe. Je vais m'en occuper du magasin.

— Allez, t'as plus d'excuse, dit William en lui faisant un clin d'œil. Embarque, ma belle, je t'emmène faire un tour de machine.

— Toi, là ! T'es un vrai gamin quand tu veux quelque chose, répondit-elle en prenant place sur la banquette avant.

Empruntant la rue Victoria, père et fils échangeaient fébrilement sur le son du moteur. Ils comparaient la vitesse et la distance parcourues en automobile et celles avec leur attelage. Eva ressentait une certaine fierté, appréciant le regard admiratif des gens sur la grande rue. Après tout, se promener en machine était un privilège réservé à ceux qui en avaient les moyens. Ils traversèrent la ville, faisant demi-tour à la Grande-Île. William démontra une certaine confiance, mais il craignait de se tromper de pédale ou de levier. Maîtriser un tel engin s'avéra plus difficile qu'il n'y paraissait.

— Un jour, mon gars, si tu travailles fort, t'en auras une belle machine comme ça. En attendant, t'auras ton attelage juste à toi. C'est déjà pas mal pour partir dans la vie. J'en avais pas, moi, à ton âge. Tu pourras t'en servir pour tes livraisons du magasin et, qui sait, pour promener ta femme dans un proche avenir.

— Vous me donnez votre attelage papa ? demanda Édouard, surpris.

— C'est ce que ta mère pis moi avons décidé. T'es maintenant responsable du soin des chevaux et de l'entretien de la voiture.

— Vous en faites pas, pour en avoir soin, je vais en avoir soin, pis pas à peu près. Je vous suis ben reconnaissant.

— Je suis content que tu sois au magasin avec ta mère. Ça me rassure de te savoir là avec elle. Ce magasin-là, ta mère pis moi, on l'a parti de rien pour l'amener à ce qu'il est aujourd'hui. C'est notre héritage pour vous autres.

— J'étais pas certain au début. Je ne pensais pas que c'était une bonne idée de lâcher l'usine pour travailler pour vous autres. Mais je suis content de l'avoir fait, répondit Édouard en descendant de l'automobile.

— J'ai une idée, attendez-moi ici quelques minutes, lança William.

Il courut jusqu'à son atelier et revint les bras chargés du trépied et de sa caméra qu'il déposa sur le sol. Il s'installa rapidement et prit quelques clichés, de sa femme et leur aîné, prenant tour à tour place derrière le volant. Aimant immortaliser les moments de bonheur, il leur donna carte blanche pour le surprendre. Eva, assise près de son fils, fit mine d'avoir peur pendant que ce dernier riait de bon cœur. Édouard proposa ensuite à ses parents de les photographier ensemble. William, qui n'avait pas l'habitude d'être devant la caméra, se prêta au jeu avec une certaine aisance.

CHAPITRE 9

Les fiançailles de Fleur-Ange

— Tout va bien maman ? demanda Édouard qui entrait dans le magasin.

— Oui, mon garçon, j'étais juste perdue dans mes pensées, répondit-elle. La liste des commandes de la journée est sur la pile de caisses. Il y en a quatre de prêtes à être livrées.

Édouard chargea ses commandes, puis partit faire sa tournée en saluant son père qui le regardait de la fenêtre de son atelier. Les clients se succédèrent au grand découragement d'Eva qui courait dans tous les sens pour les servir. C'était souvent ainsi les jours d'hiver où la température se montrait clémente. Remarquant l'achalandage, William traversa au magasin afin d'aider sa femme. Il s'installa derrière le comptoir. Il ne fut pas surpris d'entendre les clients qui entraient s'exclamer sur l'automobile garée dans l'allée. Il n'en fallait pas plus pour que s'amorce une longue discussion sur sa nouvelle Ford. Peu intéressée par les composantes de l'engin, Eva se tint à l'écart, laissant les hommes discuter entre eux. Elle en profita pour regarnir les étalages. William, qui l'observait du coin de l'œil, nota qu'elle avait les traits plus tirés qu'à l'ordinaire. Le dernier client sortit, laissant au couple un petit moment de répit. William monta au deuxième étage pour aller chercher de la marchandise entreposée. Alors qu'il redescendait les mains chargées, la veuve Tremblay entra, accompagnée de l'aînée de ses filles.

— Bien le bonjour, Madame Tremblay, lança Eva.

— Bonjour, Madame Leduc, répondit-elle en souriant.

— Nous ne voulons pas vous déranger dans votre ouvrage. Nous passions pour vous offrir ce petit présent en guise de notre reconnaissance.

— Ce n'était pas nécessaire, répondit Eva en essuyant ses mains sur son tablier.

— C'est juste un petit quelque chose, c'est rien comparativement à ce que vous nous avez offert, dit-elle en lui remettant un petit paquet recouvert de papier brun et d'un bout de ficelle.

— Mais c'est beaucoup trop, s'exclama Eva en découvrant un magnifique camée en ivoire.

— Il appartenait à ma mère, rétorqua fièrement madame Tremblay.

— Je peux pas accepter ça, c'est un héritage familial, et je vous le répète, ça nous a vraiment fait plaisir de vous aider dans la mesure de nos moyens.

— Madame Leduc, vous savez, une mère a sa fierté. J'y ai longuement réfléchi et je dois à mon tour vous faire un présent, insista-t-elle. Je ne peux pas profiter de votre grande charité sans vous offrir quelque chose en échange.

— Écoutez-moi, dit Eva en déposant la broche dans la main de la veuve et en la recouvrant de ses mains.

J'insiste vraiment sur le fait que cette magnifique broche doit rester dans votre famille. Il est hors de question de vous dépouiller de ce bien de valeur. Vous devez me croire, cela nous a probablement fait plus plaisir à nous qu'à vous. Notre récompense, nous l'avons eue ce jour-là en voyant vos enfants jubiler de joie face à nos présents.

— Madame Tremblay, dit William, permettez-moi de vous faire une offre qui pourrait satisfaire votre conscience. Je comprends votre désir de repayer votre dette, et ce, même si cette dette n'existe pas. Est-ce que votre fille serait intéressée à travailler ici ? Disons pour une semaine ou deux ? Nous pourrions même lui verser un petit salaire. Eva a beaucoup d'ouvrage dernièrement et un petit coup de main ne serait pas de refus.

— C'est ben certain que ma Catherine va vous aider ! Ça va lui faire plaisir à part ça pis à moi aussi ! Est ben travaillante ma fille, je suis certaine qu'elle saura vous donner un bon coup de main.

— Ça vous convient Mademoiselle ? demanda William.

— Comme ma mère vous l'a dit, ça va me faire plaisir de vous donner un coup de main. C'est vrai que l'ouvrage ne me fait pas peur, mais pour être franche avec vous, j'ai jamais travaillé. Je connais pas les tâches à faire dans un magasin.

— Ne vous en faites pas avec ça, Mademoiselle Tremblay, je vais vous montrer, répondit Eva en souriant. Vous verrez que c'est pas trop compliqué.

— Je vous en prie, appelez-moi Catherine. Et ne me vouvoyez pas. Ça me gêne sans bon sens, je n'ai pas l'habitude.

— Vous voudriez qu'elle commence quand? demanda la veuve Tremblay.

— Maintenant, si cela vous convient évidemment, répondit William en souriant.

— Maintenant? Oui, mais non... Avoir su, elle aurait mis sa robe du dimanche.

— Ne vous en faites pas, elle est parfaite comme cela, nous ne sommes pas le grand magasin Dion, nous autres. On est du monde ben simple qui aime le monde simple.

— Alors, elle peut commencer sur-le-champ si vous le voulez. J'enverrais un de mes plus vieux la chercher pour ne pas qu'elle marche seule à la noirceur. Mais ils finissent à six heures. Je ne sais pas si vous voulez qu'elle parte plus tôt?

— Ne vous en faites pas avec ça Madame Tremblay, la rassura William. J'enverrai mon fils Édouard la reconduire, si vous n'y voyez pas d'inconvenance ou j'irai la porter moi-même si vous préférez.

— Je ne vois absolument rien d'inconvenant là-dedans Monsieur Leduc.

— Ma femme et moi lui donnerons sept piastres pour les trois prochaines semaines, est-ce que cela vous convient? Je suis prêt à vous le verser aujourd'hui même si cela peut vous aider un peu. C'est ben certain qu'elle gagnerait le double à l'usine, mais c'est ce que nous sommes en moyen de payer. Il faut aussi dire que ma femme va la former à l'ouvrage et que cela lui donnera une certaine expérience pour le jour où elle essayera de se faire engager à quelque part.

— Le salaire a ben du bon sens, Monsieur Leduc, mais j'insiste pour que vous ne la payiez pas. Comme je vous disais, j'ai quand même mon orgueil de femme pis de mère et je me sentirais vraiment plus en paix si elle travaillait pour notre quittance.

— Madame Tremblay, c'est important d'être rémunéré pour l'ouvrage travaillé, rétorqua William.

— J'insiste vraiment, Monsieur Leduc. Vous ne pouvez pas priver une pauvre femme de l'occasion d'être en paix avec sa conscience et de retrouver un peu de son honneur. Advenant que vous en avez encore besoin dans l'avenir, là vous pourrez la payer si c'est ce que vous voulez. Mais, pour l'heure, j'insiste pour que ces deux prochaines semaines soient notre quittance.

— Nous ferons comme vous voulez Madame Tremblay. Par contre, j'insiste à mon tour pour pouvoir la remercier avec de petites choses provenant du magasin.

— J'accepte, Monsieur Leduc. Vous voudriez qu'elle soit ici à quelle heure le matin ?

— Nous ouvrons à sept heures, mais elle peut venir plus tard aussi.

— Non, elle sera ici à sept heures tapant.

La veuve Tremblay les salua, puis s'entretint quelques minutes avec sa fille à l'extérieur. Elle la somma de leur faire honneur, d'écouter attentivement les directives de ses nouveaux patrons et d'être d'une politesse exemplaire. Catherine la rassura en lui disant qu'elle saurait être à la hauteur de la situation et qu'elle était enthousiaste de travailler au magasin. Nerveuse, elle rejoignit William et Eva. Les mains tremblantes et le cœur battant, elle suivit Eva qui lui fit visiter le magasin en expliquant la logique derrière chaque emplacement. Elle l'écouta attentivement. Elle avait tant à apprendre. William retourna à son atelier, laissant à Eva le soin de montrer les rudiments du magasin à leur nouvelle employée. À son retour, Édouard fut surpris de voir une jeune inconnue derrière le comptoir. Eva fit les présentations en expliquant brièvement la situation à son fils en omettant de mentionner comment elles s'étaient rencontrées. Édouard n'avait pas à savoir que la mère de Catherine peinait à nourrir ses enfants. Édouard lui serra la main en lui souhaitant la bienvenue puis retourna à son travail. Vers cinq heures, William lui demanda d'aller ramener Catherine chez elle. Pendant ce temps, les filles rentrèrent de l'usine. Clara-Eve se montra contrariée en apprenant qu'une étrangère travaillait désormais au magasin. Selon elle, ce travail revenait à l'une d'entre elles. William lui expliqua que ce n'était que pour deux semaines et que c'était avant tout pour aider sa famille.

Le repas terminé, Clara-Eve demanda la permission de se rendre chez Geneviève Lefebvre et Laura-Marie, d'aller chez Marie-Renarde. Puisque Édouard s'offrit pour les conduire, William et Eva acceptèrent. Avec l'accord de ses parents, Fleur-Ange invita Mathias à veiller à la maison. Le jeune homme, qui appréciait les soirées passées chez les Leduc, se présenta peu de temps après avoir reçu l'appel de sa belle. Il réfléchissait depuis des semaines aux mots qu'il utiliserait pour demander à William la main de sa fille. Il savait que Fleur-Ange espérait qu'il fasse rapidement sa grande demande. Ils voulaient tous les deux la même chose, soit se marier et avoir de nombreux enfants. Il était persuadé qu'elle serait une épouse dévouée et une mère aimante. Ils se fréquentaient depuis près de deux ans. Ils en avaient longuement discuté et ils en étaient venus à la conclusion qu'ils étaient prêts à faire le grand saut. Il demanderait un logement à la Montreal Cotton où il continuerait à travailler tandis que Fleur-Ange conserverait son emploi de standardiste chez Bell jusqu'à ce qu'elle parte pour la famille. Ils avaient mis près de deux cents dollars de côté en prévision de leur vie de jeunes mariés. Pour ce faire, Mathias devait demander la main de Fleur-Ange à William et il repoussait ce moment depuis quelques semaines déjà. Ce soir-là, en arrivant chez les Leduc, il comprit que Fleur-Ange espérait qu'il trouve le courage de le faire. Plus la soirée avançait et plus Mathias était nerveux. Il transpirait abondamment et avait les mains moites. Il jeta un coup d'œil à Fleur-Ange, puis demanda à s'entretenir avec William. Il frotta ses mains sur son pantalon, inspira profondément et, s'armant de courage, il récita le discours qu'il avait si souvent pratiqué. Il expliqua à William que Fleur-Ange était selon lui la jeune fille la plus merveilleuse des alentours, qu'il promettait d'en prendre soin jusqu'à la fin de ses jours et de travailler tous les jours très fort afin de s'assurer qu'elle ne manque de rien dans l'avenir. Ils comptaient s'installer dans un des logements de l'usine. Son père ébéniste s'était engagé à lui fournir les meubles et il avait de l'argent de côté pour acheter le nécessaire. Surpris, William jeta un coup d'œil à Eva qui souriait, signe qu'il avait sa bénédiction. Il demanda alors à Fleur-Ange si c'était ce qu'elle désirait. Elle lui répondit « y a rien que je désire plus que ça ». Il accepta donc aussitôt. Tous se réjouirent de la bonne nouvelle sauf Clara-Eve qui, dès son retour, éclata de rire en disant à Fleur-Ange qu'elle était miséreuse d'aspirer si tôt à une vie de famille. Pour toute réponse, Fleur-Ange tourna les talons et lui lança qu'il n'y avait qu'une seule miséreuse dans la famille et que ce n'était pas elle.

— Te rends-tu compte William que nous allons marier notre fille prochainement ? demanda Eva en se mettant au lit.

— Pour être franc avec toi, j'ai pas vu ça venir. Tu le savais toi qu'ils désiraient se marier ces deux-là ?

— Non. En fait, je me doutais ben qu'ils ne se haïssaient pas, mais j'étais loin de me douter qu'ils étaient prêts à faire le grand saut. Penses-tu qu'on a accepté trop rapidement ? Elle n'est pas trop jeune pour se marier ?

— Elle a dix-neuf ans notre fille, Eva. T'étais plus jeune que ça, le jour de notre mariage.

— T'as ben raison. On dirait que le temps a filé sans que je m'en aperçoive.

— Si ça peut te rassurer, j'ai pas vu le temps passer moi non plus. Dans pas longtemps, nous serons deux vieillards passant nos journées dans nos berçantes en regardant nos petits-enfants grandir.

CHAPITRE 10
Précieuse Berthe

Berthe se leva de bonne humeur. Elle mit l'eau à bouillir sur le poêle puis marqua d'un X le dernier jour de février. Dans moins d'un mois, elle se réveillerait tous les matins auprès de son deuxième mari. Les préparatifs pour le mariage allaient bon train. Les bans venaient d'être publiés dans le journal, signe que le grand jour approchait à grands pas. Il lui arrivait de se demander si c'était une bonne chose, si elle n'était pas trop vieille pour cela, mais chaque fois, elle chassait ses craintes. Dieu lui offrait une seconde chance. En préparant la table pour le déjeuner, elle songea que l'agitation matinale qui régnait chez son fils lui manquerait assurément. Elle aimait particulièrement cet instant où la cuisine passait brusquement d'un silence absolu à un agréable tintamarre. Elle aimait peigner les cheveux d'Élianna, les démêlant pour qu'Eva puisse les tresser facilement. Elle se plaisait même à entendre les plus vieux se tirer la pipe. Elle ressentait un certain pincement au cœur en songeant qu'elle se réveillerait seule avec Gustave, qu'ils déjeuneraient sans entendre le rire de ceux qu'elle aimait tant. Elle se consola, sachant qu'elle serait tout près, qu'elle pourrait les visiter tous les jours.

Comme tous les matins, les jumelles quittèrent la maison en premier pour l'usine. Une heure plus tard, ce fut au tour de Fleur-Ange de se rendre chez Bell. Depuis qu'il ne travaillait plus à l'usine, Édouard aimait se rendre utile en reconduisant ses jeunes sœurs à l'école. Eva embrassait ses cadettes, lorsqu'un bruit sourd la fit sursauter. Elle se retourna et laissa échapper un cri en apercevant Berthe qui gisait sur le sol. Édouard accourut aussitôt auprès de sa grand-mère. Quelques secondes plus tard, William, qui s'habillait dans la chambre, arriva en trombe sur le seuil de la cuisine.

— Appelle le docteur! somma Eva paniquée. Toi, Édouard, va tout de suite reconduire les petites à l'école.

— Je veux pas y aller maman, je veux rester ici avec vous. Qu'est-ce qu'elle a grand-maman? demanda Élianna en pleurant.

— Fais ta grande fille Élianna et écoute ton frère. Soyez pas inquiètes, les filles, ça va ben aller. On va s'occuper de grand-maman, dit-elle en soulevant délicatement la tête de Berthe.

Édouard poussa ses sœurs hors de la maison. Il les emmena à l'école en les rassurant. Il revint aussitôt. Pendant ce temps, William tournait en rond dans la cuisine, en suppliant à voix haute le docteur d'arriver rapidement.

— Dis-moi qu'elle respire encore! lança-t-il à sa femme.

— Je sais pas si c'est son cœur ou le mien que j'entends battre, répondit Eva en appuyant son oreille sur la poitrine de Berthe. Restez avec nous Berthe, implora-t-elle. Nous avons besoin de vous. William, qu'est-ce que je dois faire pour l'aider, là ? Y peux-tu arriver le docteur, là !

— Je sais pas, Eva. Je sais vraiment pas, répondit-il en ouvrant la porte. On va laisser la porte ouverte, peut-être que l'air froid va la ramener. Le docteur arrive Eva ! s'écria-t-il. Ça va aller, il va savoir quoi faire, lui. Dépêchez-vous Docteur, cria-t-il à l'homme lorsqu'il descendit de son automobile. C'est ma mère, je pense qu'elle a un malaise, poursuivit-il.

— Que s'est-il passé ? demanda le docteur en s'agenouillant près de Berthe.

— Je sais pas, je lui tournais le dos, répondit Eva. J'ai entendu un bruit, je me suis retournée et je l'ai vue sur le sol. Elle avait l'air de bien aller ce matin. Je comprends pas ce qui s'est passé pour qu'elle se ramasse à terre comme ça.

— Est-ce qu'elle est correcte Docteur ? demanda William en craignant la réponse.

— Je suis désolé William, répondit-il en retirant son stéthoscope.

— Mais vous ne tentez même pas de la sauver, cria William. Vous ne pouvez pas dire ça sans rien faire pour la secourir !

— Je crois fortement qu'elle est décédée avant même d'atteindre le sol, rétorqua le docteur. Je suis vraiment désolé, il n'y a rien que je puisse faire pour l'aider. C'est fort probablement son cœur…

— Alors, sortez d'ici ! ordonna William.

Sensible à leur peine, le médecin leur offrit ses condoléances et sortit. Édouard immobilisa sa voiture à chevaux à la hauteur du docteur qui montait dans son véhicule. Celui-ci baissa le regard. Édouard comprit aussitôt. Il attacha les chevaux et alla rejoindre ses parents qui pleuraient dans les bras l'un de l'autre. En le voyant arriver, ils lâchèrent leur étreinte pour l'entourer de leurs bras. « Viens m'aider mon gars, dit William en déposant sa main sur l'épaule de son fils, nous allons mettre ta grand-mère sur son lit. » Ils tremblèrent en transportant le corps encore chaud de cette femme qu'ils aimaient tant. Eva, qui les précédait, retira la couverture. Ils la déposèrent délicatement sur son lit. Eva plaça son chapelet entre ses mains qu'elle joignit ensemble et referma ses paupières demeurées entrouvertes. William tira la couverture jusqu'à sa poitrine. Eva se mit aussitôt à genoux près d'elle et se mit à prier. On frappa à la porte. C'était Catherine Tremblay qui, après avoir attendu près d'une heure devant le magasin, avait décidé d'aller leur demander si elle devait rentrer chez elle. Édouard la fit entrer. William lui demanda de se rendre au magasin avec elle et de prendre en charge l'ouvrage de la journée. Édouard voulait rester près d'eux pour les aider. Il ne se sentait pas suffisamment à l'aise pour prendre le magasin en charge. « Mon gars, si tu veux nous aider, fais ce que je te demande. Je sais que tu en es parfaitement capable », insista William. Édouard se rendit donc à contrecœur au magasin accompagné de Catherine qui ne comprenait pas ce qui se passait.

William et Eva prièrent auprès du corps de Berthe pendant un certain temps avant de se résoudre à téléphoner à Jérôme Mathieu pour qu'il vienne récupérer la dépouille. Ce dernier se présenta dans l'heure accompagné de son jeune employé. Il leur offrit ses sympathies, puis les deux hommes déposèrent le corps de Berthe sur un brancard. Ils le recouvrirent ensuite d'un drap noir et sortirent.

— J'arrive pas à comprendre ce qui a pu se passer, confia William à sa femme lorsqu'ils se retrouvèrent seuls. Pourquoi elle ? Pourquoi maintenant ? Elle était plus heureuse que jamais. Elle semblait pourtant en pleine forme.

— Je sais mon mari, je sais…

— Gustave ! Faudrait ben que j'aille le mettre au courant.

— Veux-tu que j'y aille avec toi ?

— C'est comme tu veux Eva, je ne suis même plus en mesure de penser, tellement la peine pis la colère s'entremêlent dans mon esprit.

En les voyant arriver, le vieil homme comprit aussitôt qu'un malheur était arrivé. Leur mine atterrée en disait long. Il sentit ses genoux faiblir lorsque William lui annonça la terrible nouvelle. Eva l'aida à s'asseoir dans les marches de son perron. William lui proposa de les accompagner à la maison, mais Gustave refusa, préférant vivre sa peine à l'écart des autres. Ils le saluèrent, puis retournèrent chez eux. Peu de temps après, leurs cadettes rentrèrent en trombe dans la maison, impatientes d'en savoir plus sur l'état de santé de leur grand-mère. Elles fondirent en larmes en apprenant qu'elle était désormais auprès de Dieu. À leur retour, les jumelles et Fleur-Ange assimilèrent difficilement la triste nouvelle.

En ce 28 février 1921, la famille Leduc porta le deuil d'une femme qui avait marqué la vie de chacun de ses membres.

CHAPITRE 11

Trahisons

Berthe Leduc reposait auprès de son Jérôme adoré depuis plus de deux semaines lorsque le notaire Valiquette convia William et Eva à la lecture du testament. En prenant place face à l'homme de loi, William agrippa la main de sa femme. Dissimulant sa peine, il se redressa, prêt à entendre les dernières volontés de sa défunte mère. Le notaire commença la lecture du testament d'un ton monotone. « Prenez tout d'abord en considération qu'il s'agit du dernier testament de Madame Berthe Leduc. Il fut rédigé ici même par moi, maître Valiquette, le 8 septembre 1913. Moi, Berthe Leduc, désire que l'argent qu'il me restera le jour où je partirai rejoindre mon époux soit séparé à parts égales entre mes petits-enfants vivants. Je désire que mes bijoux soient confiés à Eva Leduc, épouse bien-aimée de mon fils William. Advenant qu'elle soit malheureusement décédée, qu'ils soient distribués à parts égales entre ses filles. Je désire que toutes les courtepointes ou autres de mes créations soient mises en vente et que le profit soit distribué à mes petites-filles. En ce qui concerne ma maison, je désire qu'elle soit mise en vente au moment où ma bru Eva Leduc jugera bon et que la somme obtenue soit versée à parts égales entre mes petites-filles. Je laisse aux bons soins d'Eva Leduc de juger du moment opportun pour remettre, en totalité ou en partie, l'héritage destiné à ses filles. Que mon fils bien-aimé me pardonne. Il s'agit ici d'affaires de femmes. Que les biens ayant appartenu à mon défunt mari, ainsi que les photographies de famille soient confiés à mon fils William. En terminant, si Dieu m'en laisse le temps, j'écrirai une lettre à chacun que je cacherai dans le double fond de ma malle de mariée. Si elles ne s'y trouvent pas après la lecture de ce testament, c'est que Dieu m'aura rappelé à lui avant que je ne puisse mettre sur papier tout le bien que j'aimerais leur dire. Signé Berthe Leduc en ce 8 septembre 1913.

Consterné par ce qu'il venait d'entendre, William se leva, remercia le notaire et invita Eva à le suivre. Une fois à l'extérieur, il laissa échapper un long soupir.

— Je suis tellement désolé Eva, je comprends pas ses intentions. Je comprends pas pourquoi elle laisse tout aux filles, pis pratiquement rien à Édouard. Je te le dis, je comprends pas.

— T'en fais pas pour ça, William, je ne lui en veux pas pantoute. Ta mère avait ses raisons.

— Mais quelles raisons ? J'ai toujours considéré qu'Édouard était mon fils. J'ai jamais, au grand jamais, fait de différence entre les filles et lui. Tu l'sais ça, hein ?

— C'est ben certain que je l'sais William. Ta mère était une femme d'une grande sagesse, elle n'a pas fait ça pour rien. Faut pas lui en vouloir, on va finir par comprendre la raison derrière tout ça.

Eva se retint d'en dire davantage. Ce n'était pas le moment. Elle lui raconterait tout, mais pas maintenant. Elle se contenta de lui tenir la main, jusqu'à leur maison. Avant d'arriver, William lui confia son désir d'attendre quelque temps avant de retirer les effets de sa mère dans la chambre qui jusqu'à tout récemment était la sienne. Il n'était pas prêt. Eva acquiesça. Il se rendit ensuite à son atelier tandis qu'Eva se dirigeait vers le magasin. Elle entra, s'assura que Catherine maîtrisait la situation, puis tourna les talons en direction de chez Marie-Renarde. Elle avait désespérément besoin de se confier à son amie, d'entendre ses précieux conseils. Elle avait depuis près de vingt ans le privilège de se confier quotidiennement aux deux femmes les plus sages qu'elle connaissait. Elles la consolaient, la conseillaient, la guidaient. En l'espace de quelques semaines, elle avait perdu tour à tour leur présence dans son quotidien. Certes, elle parlait régulièrement au téléphone avec Marie-Renarde, mais ce n'était pas comme avant. Elle se dirigea vers son logement d'un pas décidé. Si la santé de Marie-Renarde ne lui permettait pas pour l'heure de se rendre au magasin, elle irait chez elle. Tous les jours, s'il le fallait. Elle monta l'escalier en fer forgé, frappa et entra chez son amie comme elle avait l'habitude de le faire.

Elle s'immobilisa dans l'entrée, surprise de constater la présence de Martin Lefort. Pire, sa main touchait la joue de Marie-Renarde. Réalisant que leur promiscuité était inconvenante, elle décida de quitter les lieux. Martin Lefort objecta qu'il était sur son départ. Visiblement mal à l'aise, il salua les deux femmes et sortit aussitôt.

— C'est quoi ces affaires-là ? demanda aussitôt Eva d'un ton inquisiteur.

— C'est mes affaires ça, Eva.

— Depuis quand t'as des affaires dont tu veux pas me parler ? Qu'est-ce qui se passe avec lui, Marie-Renarde ?

— Rien que tu n'approuverais, alors je préfère te garder à l'écart.

— Me garder à l'écart ? C'est ben évident que vous étiez en train de vous minoucher !

— Eva, tu sais que je tiens à toi. Tu es comme ma sœur, mais tu n'as pas à me faire la leçon. Je suis une grande personne, je sais ce que je fais.

— Mais qu'est-ce que tu fais au juste ? Tu commets le péché avec un homme marié ? L'adultère est un péché capital, tu sauras !

— Tu oublies que mon dieu n'est pas le même que le tien. Le Grand Esprit nous enseigne à écouter notre cœur et à agir selon ce que nous dicte notre propre esprit. Je l'aime, peux-tu comprendre ça ? Il me fait du bien, comme aucun homme avant lui. Je ne vis que dans l'attente de le retrouver.

— Et sa femme ? T'as pensé à elle là-dedans ?

— Au début, oui. J'y pensais tout le temps. Mais maintenant, j'y pense le moins possible. Ce qui se passe chez lui, c'est entre sa femme et lui. Et ce qui se passe chez moi, c'est entre lui et moi.

— Mais c'est pas aussi simple que ça ! Tu dois mettre fin à ça dès maintenant ! Ç'a pas d'allure cette histoire-là !

— Je suis désolée, mais je ne peux pas.

— Tu peux pas, ou tu veux pas ?

— Les deux.

— Je peux pas être complice de ça. La pire affaire qui pourrait m'arriver, c'est que William me soit infidèle. Juste à l'imaginer, j'ai le cœur qui débat. Je peux pas imaginer que tu puisses faire ça à une autre femme. T'es une personne avec de belles valeurs, Marie-Renarde, je comprends pas comment tu peux faire ça…

— Ils sont tous les deux malheureux dans ce mariage-là. Ils ne s'aiment pas. Ç'a rien à voir avec votre histoire, à William et toi. Ça fait longtemps qu'elle ne désire plus se donner à lui.

— Mais tu le sais pas ça ! Tu peux pas juste te fier à ce qu'il te dit. Marie-Renarde, écoute-moi, il faut que tu mettes fin à ça. C'est une p'tite ville, ici. Tout se sait, dans le temps de le dire. Tu peux pas salir ton honneur, pour un homme marié ? C'est un courailleux, tu veux pas de ça dans ta vie…

— Je comprends que ça te choque, que je te déçois et ça me brise le cœur. Mais je veux de ça dans ma vie, je veux de cette énergie qu'il y a entre nous deux. J'ai besoin de ces étoiles qu'il met dans mes yeux. Je me sens plus vivante que jamais et je ne veux pas renoncer à ça.

— Alors, tu devras renoncer à notre amitié.

— Une véritable amie ne me placerait jamais devant ce choix-là.

— Une véritable amie ne me placerait pas dans une telle position. Tu m'as menti Marie-Renarde, t'as vécu tout ça en cachette. Pourquoi ne m'en as-tu pas parlé depuis le début ? Je t'aurais raisonnée, ben avant que tu te laisses entraîner dans une histoire qui ne fait pas de sens.

— Parce que je n'avais pas envie que tu me raisonnes justement. J'avais envie de penser à moi, pour une fois. De ressentir ce que je ressens en ce moment. Je ne voulais pas te décevoir, je ne voulais pas que tu en viennes à me demander de choisir entre vous deux. Tu veux connaître toute la vérité ? demanda-t-elle en pleurant. Un petit oiseau est venu se poser contre mon cœur.

— C'est pas vrai, répondit Eva, abasourdie par ce qu'elle venait d'entendre. Mais comment tu vas faire ? Marie-Renarde, tu seras pointée du doigt. Tu ne peux pas avoir un enfant hors des liens sacrés du mariage, c'est impossible.

— C'est tout à fait possible.

— Je sais pas comment ça marche par chez vous, mais par icitte non, c'est impossible !

— Par chez nous ! Vraiment, Eva ? Je ne suis plus chez nous maintenant ? Je redeviens une sauvage pour toi ? C'est comme ça que tu me vois ? Comme une sauvage qui porte un bâtard ? Je vais te laisser le temps d'accepter tout cela. Lorsque ce sera fait, tu sauras me trouver. Maintenant, j'aimerais que tu partes !

Eva ne se fit pas prier et sortit en laissant Marie-Renarde en larmes. Comment son amie pouvait-elle avoir entretenu une relation secrète aussi longtemps sans qu'elle s'en rende compte ? Réaliser qu'elle avait un jardin secret, dont elle lui avait refusé l'accès, la peina terriblement. Elle courut jusque chez elle. L'air glacial lui brûla les poumons. Elles ne s'étaient jamais disputées et voilà que leur amitié se terminait ainsi.

* * *

Les jours passèrent et Eva demeura ancrée dans sa colère. William tenta de la persuader que les histoires de couchette de son amie ne la regardaient pas, qu'elle ne devait pas intervenir, encore moins renier leur amitié, mais Eva ne l'écouta pas. Ne sachant plus quoi dire pour apaiser la colère de sa femme, il lui suggéra de prendre le temps de penser à tout ça. Il lui rappela gentiment que le temps avait la réputation de bien arranger les choses. Consciente de son acrimonie des derniers jours, Eva s'excusa et promit de faire des efforts pour améliorer ses humeurs. William lui dit qu'il l'aimait, peu importe ses humeurs. Eva se rendit au magasin, laissant William à son travail. Édouard et Catherine préparaient les commandes lorsqu'elle les rejoignit.

— J'suis content de vous voir arriver maman, lança-t-il. Est-ce que vous pourriez dire à Catherine qu'elle n'a pas à me dire quoi faire. Figurez-vous qu'elle veut me dicter l'ordre de mes livraisons.

— C'est pas pour mal faire, Madame Leduc, mais je pense qu'il perd du temps en se rallongeant par deux fois vers la maison de Martineau. J'ai pour mon dire qu'il devrait organiser sa route autrement pour y aller qu'une seule fois.

— Mais qu'est-ce que tu connais aux routes? demanda Édouard avec condescendance.

— Quand tu parcours la ville de bord en bord pour te trouver de l'ouvrage, pis à pied à part de ça, crois-moi que tu sais comment pas te rallonger pour rien.

— Elle n'a pas tort, Édouard, pourquoi t'y rends-tu deux fois au lieu de faire toutes les livraisons d'un coup?

— C'est parce que madame Thibault aime que je passe tôt le matin tandis que le veuf Leclerc préfère l'après-midi. Je fais ma route selon leurs préférences.

— Ne fais pas ça, mon garçon. Organise ta route selon ta propre idée, ils s'habitueront. Avec les clients, plus tu leur en donnes et plus ils en veulent. Il faut leur donner le meilleur des services tout en mettant nos limites, sinon ils finissent par t'avaler tout rond. À partir d'aujourd'hui, travaille en organisant bien ton temps. C'est le secret pour venir à boutte de tout faire.

— Mais je vous l'dis, ils seront pas contents.

— Ben, ils feront avec, pis c'est toute.

— Tu vois, ça a du sens ce que je te disais, lança fièrement Catherine en souriant à Édouard.

— J'ai jamais dit que ça n'avait pas de sens, j'ai dit que ce n'était pas à toi de me dire quoi faire.

— Comme je disais, je pensais pas mal faire, je voulais juste t'aider.

— C'est gentil, mais les livraisons, c'est mon affaire, je m'y connais.

— Bon, les jeunes, arrêtez de vous obstiner pour des niaiseries. Pis Édouard, on doit se compter chanceux d'avoir Catherine pour nous aider avec toute l'ouvrage qu'on a. Elle a le magasin à cœur, pis on peut rien demander de plus.

— Vous avez raison maman, avoua péniblement Édouard avant de retourner à ses commandes.

Plus tard ce jour-là, William vint la rejoindre. Il lui murmura qu'il aimerait qu'ils discutent. Intriguée, Eva confia le magasin à Catherine, puis sortit en compagnie de William. À l'extérieur, il lui confia être prêt à regarder le contenu du coffret de sa mère. Il flottait encore une odeur d'eau de senteur à la rose dans la chambre de Berthe. La pièce, d'une propreté immaculée, semblait figée dans le temps. William prit place sur le lit, défroissant la courtepointe de Berthe avec la paume de la main. Eva s'assit sur le sol et ouvrit le coffre.

— Ça me rend nerveux sans bon sens, dit William.

— Je sais, moi aussi. Je n'étais pas pressée non plus de découvrir le contenu de son coffre. Ça me donnait l'impression qu'elle était encore là à attendre de nous livrer un message.

— Peut-être qu'il n'y a rien non plus dedans.

— Chose certaine, il y a cette courtepointe, fit remarquer Eva. Regarde comme elle est magnifique, dit-elle en la sortant du coffre. Il y a des initiales dans le coin ici. Oh ! William, elle l'a confectionnée pour son mariage, regarde il y a ses initiales et celles de Gustave. Penses-tu qu'on devrait la remettre à Gustave ?

— D'après moi, c'est ce que ma mère voudrait. Quoique, je suis plus certain de comprendre ce qu'elle voudrait ou pas.

— Pourquoi dis-tu ça William ?

— J'ai beau y réfléchir, retourner la question de tous bords tous côtés. Je comprends pas pourquoi elle a déshérité Édouard. Ça me rentre pas dans tête.

— Elle ne l'a pas vraiment déshérité.

— Eva, tu étais là comme moi ! Si c'est pas déshériter quelqu'un ça, je sais pas ce que c'est. Comment tu veux qu'on lui explique ça ? On est toujours pas pour lui dire que sa grand-mère a presque tout laissé à ses sœurs, pis rien à lui ?

— Je trouverai quoi lui dire, en temps et lieu. On continue de regarder ce que le coffre contient ?

Eva retira quelques vêtements soigneusement pliés, une brosse ancienne ayant appartenu à la grand-mère de Berthe et s'attarda sur une boîte contenant plusieurs photographies conservées dans du papier de soie. Elle les tendit à William, qui les découvrit avec attention. Il regarda longuement certains portraits immortalisant la jeunesse de ses parents sur de petites plaques métalliques. Eva attendit qu'il dépose les portraits dans leur boîte pour retirer du coffre une autre boîte contenant des mouchoirs de coton sur lesquels Berthe avait brodé le prénom de ses petites-filles. Eva passa délicatement son doigt sur les broderies. Sa belle-mère lui manquait terriblement. Elle l'avait aimée plus qu'elle avait aimé sa propre mère. Blanche étant morte depuis plus de quinze ans, durant toutes ces années, Berthe l'avait remplacée dans la vie d'Eva. Elle s'était avérée être une grand-mère présente, une précieuse confidente, mais surtout une grande amie. Il ne restait plus rien dans le coffre mis à part une petite boîte en carton brun entourée d'une ficelle qu'Eva dénoua avec précaution. Elle retira délicatement les lettres adressées à ses enfants, puis remit à William celle qui portait son nom. La main tremblante, elle ouvrit la sienne.

Valleyfield, 9 juin 1914

Ma belle-fille adorée, Si seulement tu savais à quel point je remercie Dieu de t'avoir mise sur le chemin de mon fils. J'ai su dès notre première rencontre que je t'aimerais comme ma propre fille. Les années passées à vivre avec vous ont été pour moi une véritable bénédiction. Grâce à toi, j'ai eu l'immense privilège de voir naître mes petits-enfants, de les voir grandir et d'en prendre soin tous les jours. Au moment où tu lis ces lignes, je ne suis plus de ce monde, Dieu m'a rappelée à lui. Ne me pleurez pas, je suis auprès de mon Jérôme et de ma chère fille

Ada et de Gaston, mon cadet. Lorsque le moment sera venu, je vous accueillerai à bras ouverts, en attendant, j'entendrai chacune de vos prières. Ma chère Eva, je sais que William peinera à comprendre ma décision, par rapport à mes legs, mais je sais que toi tu comprendras la raison qui m'a poussée à prendre cette décision. Notre Édouard adoré n'est pas en peine. Nous le savons toutes les deux. Je te demande pardon si cela te place dans une situation embarrassante. Je désire simplement que mes petits-enfants partent à chance égale dans la vie. Je suis confiante que tu sauras gérer ceci avec délicatesse. Une maman sait toujours ce qu'il faut faire et à quel moment le faire. William se posera certainement des questions. Il ne comprendra sans doute pas. Je suis consciente qu'il m'en voudra peut-être. Si tu ne te sens pas capable de lui expliquer, je comprendrai et accepterai ta décision même si cela engendre de la colère de sa part à mon égard. Prends soin de mon fils, ma belle Eva. Embrasse les petits pour moi aussi souvent que tu le pourras. Vous me manquerez.

Avec tout mon amour, Berthe Leduc

Eva essuya ses larmes du revers de sa manche, replia la lettre et la rangea dans son enveloppe. Que devait-elle faire ? Devait-elle dire la vérité à William ? Lui pardonnerait-il de l'avoir tenu à l'écart de son secret ? Pas maintenant, elle n'en avait pas la force. Elle leva les yeux. William pleurait. Elle se contenta de prendre sa main sans rien dire. Il lui tendit sa lettre.

Valleyfield, 13 juin 1914

Mon cher fils,

Chaque jour qu'il m'a donné de vivre, je prie Dieu pour le remercier d'avoir fait de moi ta mère. Enfant calme et obéissant, tu es devenu un homme juste et bon. Tu me remplis de fierté depuis le jour de ta naissance. J'ai passé ma vie à te regarder et tu peux être fier mon fils de chacune de tes actions. Il m'est difficile de penser que, si tu lis cette lettre, c'est parce que je ne suis plus là. Ne sois pas triste, William, l'heure était venue pour moi de rejoindre Dieu. Console-toi, je suis maintenant auprès de ton cher père, de ta sœur et de ton petit frère. Je suis confiante qu'on se retrouvera au paradis, tu as assurément déjà gagné ton ciel. Je n'ai pas de conseil à te donner si ce n'est que de toujours agir en accord avec ce que te dicte ta conscience. Pardonne aussi souvent que nécessaire. Tu es un homme généreux, mon fils, et cela m'a toujours rendue fière.

Il est probable que tu ne comprennes pas pourquoi je lègue la majorité de mes avoirs aux filles. J'aimerais seulement te dire que c'est important pour moi qu'elles commencent leur vie avec une dot qui leur permettra de s'assurer une qualité de vie décente. La vie n'est pas facile pour les femmes et je tiens à les mettre à l'abri. Je ne suis pas inquiète pour Édouard, je sais qu'il s'en sortira bien. Je fais peut-être erreur, mais il sera, je pense, ta relève à l'épicerie. Son avenir est en quelque sorte déjà assuré. Cela n'a rien à voir avec l'affection que je lui porte qui est égale à celle que je porte aux filles. Mon fils adoré, merci pour ces années à vivre au sein de ton foyer. Merci de m'avoir permis de voir mes petits-enfants grandir, de faire partie activement de votre vie familiale.

Ta mère qui t'aimera toujours
Berthe Leduc

— Est-ce que je peux lire la tienne ? demanda William.

— C'est pas que je veux pas William, c'est que c'est pas mal des affaires de femmes qu'elle m'a écrit. Non !

En fait, c'est pas vrai. Il y a quelque chose que tu dois savoir... Je sais pas trop comment te dire ça.

— Tu m'inquiètes là, répondit William.

— Y a rien à être inquiet, c'est juste que je me suis laissée prendre dans un petit secret qui a fini par en être un gros. Je t'en ai pas parlé au début parce que je savais que tu n'approuverais pas et, de fil en aiguille, la situation est devenue de plus en plus compliquée. Ç'a rapport avec Édouard. Je sais pourquoi Berthe a presque tout légué aux filles. C'est à cause de Géraldine Gendron...

— Je suis pas certain de te suivre là...

— Tu te souviens de la lettre qu'elle m'a envoyée après sa première visite au magasin? T'étais pas content... Quelques semaines plus tard, elle m'en a envoyé une autre. J'ai pas osé te le dire. Je voulais pas que ça te fâche ou pire encore que ça te fasse de la peine. J'ai répondu à sa lettre. Ç'a été plus fort que moi, je m'imaginais être à sa place et ça me brisait le cœur. Elle me faisait vraiment pitié. C'était juste une mère en peine, qui n'avait plus rien dans la vie à chérir à part l'espoir. Je sais que c'est difficile à comprendre, mais elle savait. Tu sais, elle a su dès qu'elle l'a vu qu'Édouard était son petit-fils. Il était la seule chose qui lui restait. J'ai pas été capable, William, d'y fermer mon cœur. J'ai essayé, je te jure que j'ai essayé. Mais j'arrêtais pas de me dire que ça pourrait être moi. On choisit pas nos enfants, on est pas responsable des fautes qu'ils commettent. On leur donne le meilleur de nous-mêmes. S'ils ne le prennent pas, c'est pas de notre faute.

— Je comprends pas Eva où tu veux en venir avec tout ça, s'énerva William. T'as juste répondu à sa lettre? Tu lui as répondu quoi?

— Pas juste à cette lettre-là, avoua-t-elle. Ça s'est pas fait du jour au lendemain. Au début, je voulais rien savoir d'elle, j'étais méfiante. J'ai pas eu pitié tout de suite.

— Mais t'as toujours ben fini par la prendre en pitié au point d'en faire ton secret, au péril du nôtre, s'insurgea- t-il. Dis-moi que c'est encore notre secret !

— William, je suis tellement désolée...

— Non, ne me dis pas que tu lui as dit !

— Pas directement, non. Mais elle le savait. Édouard était le portrait tout craché de son fils. Elle n'était pas folle ! J'ai jamais confirmé ouvertement ses doutes, mais je l'ai fait en acceptant qu'elle le voie.

— Qu'elle le voie ? Elle l'a vu quand ?

— Lorsqu'elle était de passage à Valleyfield et qu'elle séjournait à l'hôtel. Elle passait au magasin pendant que tu faisais les livraisons ou on se rejoignait sur le bord de l'eau au bout de Victoria.

— T'as fait ça dans mon dos ? T'avais pas le droit de faire ça. C'est comme si tu m'avais tassé pour laisser la place à son ordure de fils. As-tu pensé à moi là-dedans ? Pis Édouard, as-tu pensé à lui ?

— J'ai pas fait ça contre toi, William... Elle n'était pas comme son gars. Même que c'était une gentille dame.

— Ç'a duré combien de temps, vos cachotteries ?

— Jusqu'à sa mort.

— Et elle est morte quand au juste ? demanda-t-il, ébranlé.

— En 1909.

— Donc, vous vous êtes vues pendant quoi, cinq ans sans que je m'en rende compte ?

— Je sais pas, j'ai pas compté les années.

— Je comprends toujours pas le lien entre tous les mystères de ma mère !

— Géraldine Gendron a fait d'Édouard son seul héritier.

— Et ma mère le savait ?

— Oui, elle le savait.

— Qui d'autre le savait ?

— Marie-Renarde.

— Super ! J'étais donc le seul imbécile à ne pas être au courant.

— Dis pas ça, William.

— Tu veux que je dise quoi ? C'est toujours ben la réalité. Et Édouard, il le savait lui que la femme qu'il voyait était sa grand-mère ? Il est au courant de tout ça ?

— Non, il croyait que c'était une de mes tantes. Géraldine était toujours discrète sur l'affection qu'elle lui portait.

— Et l'héritage ? T'as été chez le notaire en cachette ?

— Je suis désolée, William.

— On parle de quel genre d'héritage ?

— Près de vingt mille dollars.

— Et t'as fait comment pour en disposer ? La banque ne t'aurait jamais laissée ouvrir un compte sans ma permission.

— Géraldine a fait de moi, quelques mois avant sa mort, l'administratrice de ses biens par procuration. Mon nom a été ajouté à son compte. Elle a rencontré le directeur et s'est entendue pour qu'à sa mort, son compte soit transféré à mon nom. Il me faut ta signature pour retirer de l'argent, mais pas pour le laisser là.

— J'en reviens juste pas ! Et dire que moi, j'étais fâché après ma mère. Depuis que nous sommes passés chez le notaire, que je ressasse ça dans ma tête en me disant qu'elle était injuste, qu'elle ne pouvait pas faire ça à Édouard. Dans le fond, elle savait ben trop qu'Édouard était plus riche que nous tous réunis.

— T'as le droit d'être fâché après moi.

— Je suis pas fâché après toi. J'ai juste peur qu'Édouard finisse par découvrir la vérité. Il faudra ben justifier ça, cet héritage empoisonné là.

— On trouvera, en temps et lieu.

— Édouard est mon fils. Pas le sien, le mien. Il n'est pas le petit-fils de cette femme. Il est le petit-fils de ma mère. Ça n'aurait pas dû se passer comme ça. Elle n'aurait jamais dû entrer dans notre vie. Tu n'aurais pas dû la laisser entrer.

William se leva et quitta la maison en direction de son atelier. Il y entra, referma la porte derrière lui, s'y adossa et pleura longuement. La soirée était avancée lorsqu'il retourna chez lui. Ce n'était pas tant le secret que sa femme avait gardé pour elle durant toutes ces années qui le bouleversait à ce point que le terrible secret qu'il gardait lui-même depuis presque aussi longtemps. Il ne pouvait pas en vouloir à Eva, il avait fait pire. Se sentant coupable, il décida de rejoindre sa famille qui devait s'apprêter à se coucher. Eva l'attendait assise à la table de la cuisine. Elle se leva et alla à sa rencontre. Il la prit dans ses bras, en lui disant qu'il l'aimait. Ils ne dirent rien de plus.

CHAPITRE 12

L'insupportable fatalité

Un jour ensoleillé annonça le mois d'avril et la fin d'un hiver qui s'était montré plutôt doux. Il n'en fallut pas plus pour que les amas de neige dispersés ici et là disparaissent. Confiants que le beau temps était définitivement installé, les gens rangèrent rapidement leurs habits hivernaux. William se prépara en prévision d'une escapade aux abords de la frontière américaine. Il avait annoncé à ses compagnons qu'il désirait se retirer de leur commerce illicite. Un mois encore et il tirerait sa révérence. Tout cela avait suffisamment duré, il ne désirait plus prendre de risques inutiles et en avait plus qu'assez de cette double vie qui l'obligeait à mentir effrontément à Eva. Il ne pouvait pas laisser tomber ses partenaires sans respecter les derniers engagements qu'il avait pris, mais une fois ceux-ci honorés, tout cela serait derrière lui. Il trouverait le courage de tout révéler à Eva. Mais pas maintenant, elle se ferait trop de mauvais sang. Elle méritait de connaître la vérité, mais il devait d'abord tourner la page. Il était persuadé qu'elle lui en voudrait de s'être mis dans une telle position, mais elle finirait par lui pardonner. Elle comprendrait ses motivations, il en était certain. Pour l'heure, il lui expliqua qu'il devait se rendre à Franklin, puis à Saint-Anicet afin de photographier cinq familles différentes. Il serait accompagné de Maurice Vinet qui comptait profiter de l'occasion pour visiter sa sœur à Franklin. Il estima son retour pour la fin de la semaine. C'était là un mensonge déguisé puisque Vinet comptait vraiment visiter sa sœur qui avait sollicité son aide pour quelques réparations essentielles sur sa maison en décrépitude. Son beau-frère étant fort vaillant, mais très peu manuel, il avait accepté de l'aider. Bien que la perspective de passer quelques jours loin de sa famille n'enchantait pas William, il accepta tout de même de mettre ses compétences de charpentier-menuisier au bénéfice de la sœur de Vinet.

Le lendemain, Eva travaillait au magasin lorsque Rosaire Roy se pointa. Il salua Catherine et Eva en retirant son chapeau. Eva s'empressa de lui répondre que William s'était absenté pour quelques jours. L'homme s'excusa du dérangement et sortit sans attendre. Catherine, étonnée de l'apparence du visiteur, demanda à Eva s'il était malade, ce à quoi elle répondit qu'il était un Zoulou et qu'ils avaient tous la même apparence. La jeune fille lui demanda s'il était dangereux. Eva soupira en répondant qu'elle ne croyait pas, mais qu'on racontait qu'ils étaient porteurs de malheur, pire encore, de la lèpre, mais que celui-ci semblait différent puisque aucun malheur ne leur était arrivé depuis qu'il les visitait. Rosaire revint une heure avant la fermeture. Il demanda à Eva s'il pouvait dormir dans l'écurie comme il l'avait fait précédemment. Elle refusa d'emblée, mais accepta finalement en se disant qu'il assurerait une surveillance en l'absence de William. Il lui offrit son aide pour la remercier de sa générosité. Elle déclina l'offre puisque sa journée de travail tirait à sa fin. Elle ferma le magasin à clef et Édouard alla reconduire Catherine chez elle. Eva les regarda s'éloigner, songeant que son fils se montrait plutôt avenant envers la jeune fille. Il semblait bien l'apprécier même s'il lui répétait souvent qu'elle était insupportable et qu'ils pourraient aisément se passer de ses services. Eva rentra à la maison. Marguerite l'accueillit et se plaignit qu'Élianna avait refusé de l'aider à couper les légumes. Elle ajouta qu'elle détestait veiller sur sa sœur à leur retour de l'école. Eva lui répondit que c'était son rôle de grande sœur et qu'elle comptait sur elle pour s'acquitter de cette tâche sans rouspéter. Édouard revint, accompagné de Fleur-Ange, Clara-Eve et Laura-Marie qu'il avait ramenées de l'usine. La veillée se déroula normalement. Les cadettes se chamaillèrent. Clara-Eve s'indigna de l'absence de son père, déclarant que les hommes pouvaient s'absenter aussi souvent que nécessaire alors que les femmes étaient condamnées à un emploi ordinaire. Pendant que ses filles lavaient la vaisselle, Eva mit de l'eau à bouillir pour son thé du soir. Marguerite insista pour se mettre au lit, se plaignant de soudains malaises. Eva lui toucha le front du revers de sa main. Sa fille était effectivement bouillante de fièvre. Elle l'aida donc à se mettre au lit, puis déposa un linge d'eau froide sur son front. Inquiète, elle téléphona au docteur qui, aux dires de son épouse, était absent depuis le matin. Eva demanda à Élianna si sa sœur avait manifesté un malaise à leur retour de l'école. La fillette répondit qu'elle s'était plainte d'avoir très mal à la tête. Eva se renseigna de l'état de santé de chacun de ses enfants. Tous lui répondirent qu'ils se sentaient bien. Elle fut rassurée. Elle retourna voir Marguerite qui gémissait dans son lit.

— Comment te sens-tu?

— J'ai mal partout et ça me brûle ici, répondit-elle en indiquant sa poitrine.

— Tu couves sans doute une mauvaise toux.

— Je sais pas, maman, je me sens vraiment pas bien.

— Je vais t'apporter du camphre, ça va t'aider.

Dans sa chambre, elle récupéra un morceau de camphre rangé dans le tiroir de sa commode. Elle le plaça dans un mouchoir propre qu'elle épingla sur la chemise de corps de sa fille qui s'était endormie. Préférant laisser Marguerite dormir seule, Élianna dormirait avec elle, cette nuit-là. Elle veilla en silence sur le seuil de la chambre de ses cadettes, pendant que ses aînés jouaient aux cartes dans la cuisine. Une toux grasse réveilla Marguerite. Inquiète de la détérioration manifeste de l'état de santé de sa fille, Eva lui prépara une mouche de moutarde et tenta en vain de rejoindre le docteur. Elle se tourna vers Édouard et lui demanda d'aller à sa recherche, mais remarqua qu'il avait mauvaise mine.

— Édouard, est-ce que ça va?

— Ne vous en faites pas maman, je suis juste un peu fatigué. Je vais aller m'étendre. À moins que vous ayez besoin que je fasse quelque chose pour vous aider?

— As-tu mal à tête?

— Non, mentit-il pour ne pas l'inquiéter. Voulez-vous que je fasse quelque chose pour vous avant d'aller me coucher?

— Non, va dormir mon grand.

— N'hésitez pas à me réveiller si vous avez besoin de moi.

— Merci mon garçon.

Eva ordonna à ses filles de se mettre au lit. Clara-Eve rouspéta avant de s'exécuter comme ses sœurs. Une fois ses enfants couchés, Eva tira sa berçante près de la chambre de Marguerite et resta aux aguets. Elle sursautait chaque fois qu'elle toussait. Vers minuit, la jeune fille la demanda en pleurant. Dans un accès de toux, du sang jaillit, éclaboussant sa courtepointe. Paniquée, Eva se rua sur le téléphone, espérant joindre le docteur. Son épouse, tirée du lit, lui répondit sèchement qu'il n'était pas encore rentré. Eva se rendit à l'écurie afin de solliciter l'aide de Rosaire Roy. En entendant la porte ouvrir, ce dernier se leva d'un bond.

— Monsieur Roy, je suis désolée de vous réveiller ainsi, mais j'ai besoin de votre aide!

— Ne vous excusez pas Madame Leduc, y a pas de mal. Qu'est-ce que je peux faire pour vous?

— J'ai besoin de rejoindre le docteur Jalbert au plus vite. Il n'est pas chez lui. J'ai cru comprendre qu'il était sur la route depuis ce matin. J'ai pas eu vent qu'une épidémie infligeait des gens de par icitte. J'ai lu dans la presse que la grippe espagnole aurait fait des ravages à Montréal, mais j'ai rien lu ni rien entendu par icitte! Mais là, ma Marguerite semble prise d'un mal inquiétant. Elle doit voir le docteur au plus pressant.

— Selon vous, je le trouverais où?

— J'en ai aucune idée, Monsieur Roy. Peut-être pourriez-vous arpenter les rues à la recherche de son automobile? Y en a pas beaucoup dans la ville. Si vous en trouvez une et qu'il y a de l'activité dans place, ça pourrait peut-être dire que c'est celle du docteur?

On risque rien à frapper aux portes. Ma fille dépérit rapidement, Monsieur Roy, je pense pas que ce soit un mal ordinaire.

— Je vais aller faire le tour de la ville pour vous. Madame Leduc, je vais vous ramener le docteur, vous avez ma parole.

— Je vous remercie. Attelez les chevaux, Monsieur Roy, ce sera plus efficace, lui dit-elle tandis qu'il s'apprêtait à quitter l'écurie.

Eva retourna auprès de ses enfants. En ouvrant la porte, elle entendit tousser plus d'un de ses enfants. Elle courut à l'évier et remplit trois verres d'eau. Elle se dirigea vers la chambre de Marguerite, posa les verres sur le bureau et releva le haut du corps de sa fille pour la faire boire. Elle déposa sa tête avec précaution sur son oreiller. Elle prit la couverture pliée au pied du lit, la roula et l'inséra sous l'oreiller, surélevant ainsi la tête de Marguerite. S'emparant des verres d'eau, elle monta à l'étage où se trouvaient les chambres de ses aînés. Elle se rendit auprès d'Édouard. Elle savait qu'il n'allait pas bien, elle l'avait entendu tousser en entrant dans la maison. Elle déposa les verres sur son bureau et lui toucha le front du revers de sa main. Sa peau était brûlante et moite. Eva prononça son nom à quelques reprises. Il ne se réveilla pas. Elle releva péniblement le haut de son corps. Il ouvrit les yeux. Elle insista pour qu'il prenne quelques gorgées d'eau. Il se recoucha aussitôt en lui disant de ne pas s'inquiéter, qu'il irait mieux après une bonne nuit de sommeil. Eva n'était pas dupe, elle savait que son fils tentait de la protéger en la rassurant ainsi. Elle entra dans la chambre où dormaient Fleur-Ange et les jumelles. Elle déposa le verre d'eau sur le bureau et s'approcha de Clara-Eve qui semblait dormir paisiblement. Se tournant vers Laura-Marie, elle entendit Fleur-Ange tousser. Elle s'assit sur le bord de son lit. Fleur-Ange ne dormait pas. Eva se leva pour atteindre le verre d'eau qu'elle tendit à sa fille. La jeune fille s'assit difficilement et prit le verre d'eau qu'elle avala goulûment. Elle souligna à sa mère qu'elle avait terriblement mal aux poumons. Eva l'aida à se recoucher, puis alla préparer des serviettes d'eau froide qu'elle déposa sur le front de ses trois enfants. En quittant la chambre de ses filles, elle se tourna vers Clara-Eve qui toussait à son tour. Durant ce qui lui sembla être une éternité, elle passa d'une chambre à l'autre afin de veiller, impuissante, sur ses enfants.

Elle sursauta lorsque Rosaire frappa à la porte. Elle se hâta de le faire entrer.

— Je suis désolé, Madame Leduc, j'ai pas trouvé la trace du docteur. Je vous assure que j'ai pourtant fait le tour de la ville.

— Ça sert à quoi d'avoir un docteur s'il disparaît lorsqu'on a besoin de lui !

— Comment va votre fille ?

— Son état empire pis y a plus juste elle qui m'inquiète, deux autres de mes enfants semblent affligés de ce mal.

— Est-ce que je peux faire quelque chose pour vous aider ?

— Non, je sais même pas quoi faire moi-même.

— Si vous voulez bien, je vais m'installer ici, dans le coin de votre cuisine. Je serai à votre entière disponibilité si jamais je peux faire quelque chose pour vous.

— Je sais pas trop...

— J'insiste, Madame Leduc.

Eva acquiesça. Rosaire Roy avait sans doute raison, sa présence pourrait lui être utile. Elle lui remit une couverture qu'elle alla chercher dans le coffre de sa chambre. Elle s'assit au pied de l'escalier en demeurant alerte, prête à se rendre à la chambre de l'enfant qui aurait besoin d'elle. Elle se réveilla en sursaut. Élianna lui secouait le bras.

— Maman, vous vous êtes endormie dans les marches de l'escalier, dit la fillette. Vous devriez aller vous étendre dans votre lit.

— Non, ça va aller, je dois me lever. Comment te sens-tu ma grande ? Tu te sens bien ?

— Oui, maman, je vais bien. Saviez-vous que l'ami de papa est couché sur le sol de la cuisine ?

— Oui, t'en fais pas, il est ici pour aider maman. Es-tu la seule debout ?

— Oui, tout le monde dort encore.

Eva se dirigea vers la cuisine. L'horloge indiquait huit heures moins le quart. Rosaire Roy se leva dès qu'elle pénétra dans la pièce, et demanda des nouvelles des enfants. Eva lui répondit que la nuit avait été difficile, qu'ils avaient toussé sans répit. Elle s'empara du téléphone et demanda à la téléphoniste de lui passer la ligne du docteur. Elle soupira de soulagement en entendant une voix masculine lui répondre. Elle supplia le docteur de venir le plus rapidement possible. Il promit de se rendre dans l'heure. Elle se rendit au chevet de Marguerite, qui semblait inerte. Elle la secoua brusquement jusqu'à ce qu'elle ouvre les yeux pour les refermer aussitôt. Elle alla remplir le pot de chambre d'eau froide. Elle prit au passage des serviettes qu'elle imbiba d'eau avant de les étaler sur le corps brûlant de sa fille. Rosaire se présenta dans l'embrasure de la porte, offrant son aide. Elle lui demanda de monter à l'étage pour s'enquérir de l'état d'Édouard et de Fleur-Ange. Devant l'air affolé de sa cadette, elle lui assura que tout irait bien. Elle lui dit d'aller surveiller l'arrivée du docteur Jalbert, espérant que celui-ci lui occupe l'esprit. Rosaire trouva Édouard dans un état lamentable. Il le souleva par les bras, l'incitant à s'asseoir dans son lit. « Tousse un bon coup mon homme, ça va faire sortir le méchant. » Il le recoucha ensuite en position semi-assise, l'informa de la visite prochaine du docteur, lui ordonna de tenir bon, puis se dirigea vers la chambre au fond du couloir. Il recula d'un pas dès qu'il y entra. Eva lui avait mentionné qu'une de ses filles était malade, elle ignorait donc que les trois souffraient du même mal. Il redescendit aussitôt l'avertir. Eva se sentit faiblir en apprenant la nouvelle. Mais qu'est-ce qui s'était passé pour qu'en l'espace de quelques heures tous ses enfants soient à l'agonie ? Elle maugréa contre le docteur de ne pas se hâter davantage. Elle monta à l'étage en demandant à Rosaire de l'aviser dès que le docteur arriverait. Impuissante, elle fit ce qu'elle put en attendant pour aider ses filles en refoulant ses larmes.

Une heure plus tard, le docteur se présenta enfin. Il examina chacun des enfants, puis rejoignit Eva dans la cuisine qui faisait les cent pas en compagnie de Rosaire et d'Élianna qui ne savaient que faire pour la calmer.

— Qu'est-ce qu'ils ont docteur ? demanda-t-elle, paniquée.

— Je crains qu'ils soient atteints de la grippe espagnole, répondit-il.

— Comment ça qu'est rendue par icitte du jour au lendemain ? Comment ça qu'elle a attaqué mes petits ?

J'ai pas entendu parler d'une seule personne qui en était malade, pis en une nuit, presque tous mes p'tits en sont affligés.

— Il n'y a pas que vos p'tits, Madame Leduc, qui soient atteints par cette grippe. Elle a fait de graves ravages dans la région ces derniers jours.

— Il y a des morts ?

— Oui, Madame.

— Beaucoup ?

— Oui, Madame.

— Combien ?

— Je ne saurais dire.

— Environ combien ? insista-t-elle.

— Beaucoup.

— C'est un véritable cauchemar, dit-elle en se prenant la tête entre les mains. J'ai l'impression de revivre le pire moment de ma vie. Y est hors de question que je laisse une autre épidémie m'arracher un de mes enfants ! Sauvez-les, docteur ! Donnez-leur quelque chose, faites quelque chose. Je vous en conjure, pour l'amour de Dieu, sauvez-les !

— Madame Leduc, il n'y a pas grand-chose que je puisse faire si ce n'est de leur donner de l'aspirine. Maintenant, sachez qu'il arrivera deux choses. De l'une, ils combattront la grippe, l'expectorant d'eux-mêmes. De l'autre, elle s'emparera de leurs poumons jusqu'à ce qu'ils ne puissent plus respirer.

— Mais c'est épouvantable ! s'écria-t-elle.

— Madame, les risques de contagion sont très élevés. Je ne peux qu'insister pour que vous couvriez votre bouche d'un mouchoir le plus possible, particulièrement près de vos enfants. Le bureau de la santé publique vous recommande une bonne hygiène des mains afin de prévenir la contagion. Donnez-leur de l'aspirine aux quatre heures. Faites des infusions de camphre que vous leur ferez respirer.

— Je peux pas croire que vous ne puissiez rien faire de plus !

— Je suis vraiment désolé, Madame Leduc. Pour tout vous dire, mes confrères et moi n'avons jamais rien vu de tel. Nous sommes autant impuissants que vous face à cette grippe meurtrière. Je reviendrai vous voir dès que je pourrai, mais sachez que ce ne sera peut-être pas aujourd'hui. J'ai la charge de beaucoup plus de patients que vous pouvez le penser, ajouta-t-il à voix basse avant de sortir.

Eva prit trois linges de coton dont elle se servait habituellement pour essuyer la vaisselle et en remit un à Rosaire. Elle se pencha vers sa fille, installa le mouchoir sur sa bouche, le noua à l'arrière de sa tête et lui ordonna de ne le retirer sous aucun prétexte. Elle utilisa le dernier linge pour couvrir sa bouche. Elle téléphona à ses sœurs, mais aucune téléphoniste ne semblait disponible pour transmettre ses appels. Elle pria Rosaire de se rendre à la pharmacie Larocque afin d'y acheter de l'aspirine et du camphre. Elle beurra ensuite deux tranches de pain de ménage qu'elle tendit à Élianna avant de retourner voir ses enfants.

Plus tard en après-midi, Marguerite délira. Elle murmurait des propos incohérents qu'Eva tentait de comprendre. Elle se cambra sous la violence de sa quinte de toux. Eva sursauta en voyant du sang couler de ses oreilles. Sa fille allait de mal en pis. Sa peau devint de plus en plus bleutée. Vers les cinq heures du soir, une mousse blanchâtre s'échappa de sa bouche et son corps était secoué de convulsions. Eva laissa échapper un cri. Marguerite cessa de respirer. Eva, qui était assise près de sa fille, se laissa glisser sur le sol en criant de plus belle. Rosaire Roy ne tarda pas à la rejoindre. Il tenta de la relever, mais elle s'écroula de nouveau. « Je sais que c'est difficile, Madame Leduc, mais vous devez rester forte. Vos autres enfants ont besoin de vous plus que jamais », dit-il en se penchant à sa hauteur. Il avait raison, mais la douleur qui la transperçait était si vive qu'il lui était impossible de se ressaisir. Elle demeura là, sur le sol, à pleurer avant de se résoudre à prendre la main qu'il lui tendait. Elle se releva difficilement, son corps lui faisant terriblement mal.

L'état des filles se dégrada rapidement au point qu'Eva songea à faire venir le curé afin qu'il procède à l'extrême onction. Elle rejeta l'idée, se refusant à les laisser partir. La nuit fut dantesque. Chaque râlement semblait annoncer l'arrivée inopinée de la grande faucheuse. Eva veilla sur ses enfants, alternant entre la chambre des filles et celle d'Édouard, jusqu'à l'aube où elle se décida à descendre au rez-de-chaussée afin de jeter un coup d'œil à Élianna qui dormait à poings fermés. Soulagée, elle remonta immédiatement à l'étage, guettant le moindre signe de changement. Lorsque Élianna se réveilla, Rosaire prit l'initiative de s'en occuper. Peu habile dans une cuisine, il lui mit à bouillir deux œufs durs. La fillette lui assura qu'elle n'avait pas faim, mais il insista pour qu'elle mange un peu. Il prépara une tasse de café qu'il monta à Eva qui, perdue dans son chagrin, sursauta à son approche. Rosaire lui proposa de passer avertir le croque-mort Mathieu du décès de la jeune Marguerite. Elle acquiesça d'un signe de la tête, incapable de prononcer le moindre mot.

Jérôme Mathieu se pointa en matinée. Sa nervosité, ses traits tirés et ses vêtements froissés témoignaient de la surcharge de travail à laquelle il faisait face ces derniers jours. Il lui offrit d'emblée ses condoléances et son employé vint le rejoindre. Ils sortirent peu de temps après avec la dépouille de Marguerite après avoir informé Eva que la mise en terre ne tarderait pas. Compte tenu du taux élevé de décès et pour éviter la contagion, il avait reçu l'instruction de procéder rapidement à l'inhumation des défunts. « Je vous en supplie Monsieur Mathieu, attendez le retour de mon mari avant de faire quoi que ce soit. » Jérôme posa sa main sur son épaule en lui promettant d'attendre William. Elle le remercia et retourna auprès de ses enfants en pleurant. L'état d'Édouard la rassura, il semblait stable. Elle ne pouvait pas en dire autant de ses filles. Elle se pencha vers Laura-Marie qui ouvrit les yeux et les referma aussitôt. Elle lui caressa les cheveux en lui disant de tenir bon. Fleur-Ange toussa à en perdre le souffle. Eva accourut à son chevet, releva le haut de son corps en lui criant de respirer. La jeune fille se remit à respirer au grand soulagement de sa mère.

Le lendemain matin, le docteur Jalbert se présenta de nouveau. Les nouvelles furent bonnes pour Édouard qui était, selon ses dires, hors de danger. Il ne se montra pas aussi optimiste concernant les filles. Il fut franc ; l'état de Fleur-Ange l'inquiétait particulièrement. Les jumelles semblaient stables, ce qui voulait dire qu'elles pouvaient prendre du mieux autant qu'elles pouvaient dépérir. Les prochaines heures seraient cruciales. Il encouragea Eva à poursuivre ses bons soins, lui souhaita bonne chance et partit. Eva se surprit à maudire William de ne pas être auprès d'elle, mais se ravisa en sentant son cœur se serrer en songeant qu'il apprendrait à son retour le décès de leur fille. Elle essuya ses larmes qui coulaient abondamment et retourna à l'étage en demandant à Rosaire de l'aider à monter les infusions de camphre. Ils installèrent les filles en position assise, et leur firent respirer les vapeurs provenant de l'infusion.

Plus tard ce jour-là, Élianna vint informer sa mère qu'Honoré, le fils aîné d'Émilienne, désirait la voir. Inquiète, Eva descendit à sa rencontre.

— Qu'est-ce qui t'amène ici, mon garçon ? demanda Eva en redoutant sa réponse.

— Je suis venu vous voir à la demande de maman, répondit-il en retirant son chapeau. Je suis venu prendre de vos nouvelles et vous en donner aussi. Maman veut savoir si la maladie est entrée chez vous.

— Oui, malheureusement, elle ne nous a pas épargnés. Il n'y a qu'Élianna qui semble y avoir échappé. Marguerite nous a quittés, poursuivit-elle avec un trémolo dans la voix. Je ne sais pas quoi dire pour les autres, si ce n'est qu'ils se battent pour leur vie.

— Je suis désolé, ma tante, d'entendre ça. Les nouvelles sont pas meilleures sur notre bord. On sait pas trop si Flavie s'en sortira. Elle est pas forte. Il ne reste que moi pis elle. Tous les autres sont morts.

— Quoi ! s'exclama Eva en se sentant faiblir. Ils sont tous morts ? Mais, c'est affreux !

— Ça s'est fait ben vite. Ils se sont mis à tousser pendant la nuit et le lendemain après-midi, ils étaient tous morts. Ils nous ont quittés les uns après les autres. Maman ne savait plus où donner de la tête. Elle a fait de son mieux pour les guérir, mais, selon le docteur, elle pouvait rien faire de plus que ce qu'elle a fait.

— C'est ben certain qu'elle n'aurait pas pu rien faire de plus, même le docteur ne pouvait rien faire pour les sauver. C'est épouvantable, ce qui nous arrive. Ta mère tient le coup ?

— Je dirais que oui, mais elle est ben en peine. Je vous le dis, ma tante, je l'ai jamais vu pleurer comme ça. Les p'tits ont été enterrés ce matin. Elle voulait y aller, mais elle était pas capable de se résoudre à quitter le chevet de Flavie. C'est moi qui y suis allé. J'ai ben l'impression qu'il y a plus de victimes qu'on pense. J'ai pas compté le nombre de corps qui ont été mis en terre, ce matin, mais il y en avait beaucoup. Le bonhomme Gingras qui était près de moi m'a dit que tous les croque-morts étaient à l'ouvrage dans le cimetière. Lui, il enterrait sa femme pis ses trois filles.

— Que Dieu nous vienne en aide, dit-elle en se signant.

— Maman m'a également chargé de vous demander si vous étiez au courant pour Louisa.

— Louisa ? Dis-moi pas qu'elle est malade, elle aussi ?

— Je suis ben peiné de vous apprendre qu'elle était de ceux qui ont été enterrés ce matin.

— C'est pas vrai ! s'écria Eva. Je comprends pas pourquoi on ne m'a pas mise au courant avant ! C'est arrivé quand ?

— Alexis est malade lui aussi, il n'a pas pu avertir personne. Je l'ai su parce que Larin l'a dit à maman quand il est venu chercher les p'tits. Le service du téléphone semble en panne, on n'était pas capable d'avoir la ligne pour vous appeler. Elle est morte avant-hier et Larin ne fournit pas. Il nous a dit qu'il n'avait pas le choix de procéder à des obsèques communes.

— Je sais, Mathieu m'a dit la même chose. Ça me fend le cœur de penser que ma p'tite sœur a été enterrée sans que sa famille, à part toi, puisse lui dire un dernier au revoir. Même chose pour les enfants. Tout ça, c'est une véritable tragédie. Dis à ta mère que je vais prier pour Flavie et que je passerai la voir dès que mes enfants iront mieux. Je te remercie d'être venu aux nouvelles mon beau Honoré.

Eva retourna auprès de ses enfants dès que son neveu fut parti. Elle s'agenouilla près du lit de Fleur-Ange, où elle pria durant des heures. Elle pria pour que ses enfants s'en sortent, pour que l'épidémie cesse de faire des ravages, pour que William revienne rapidement. Épuisée, assise sur le sol, elle posa la tête sur le matelas de Fleur-Ange et s'endormit jusqu'au matin. Elle fut réveillée par Laura-Marie qui murmurait « maman ». Les larmes aux yeux, elle lui demanda si elle avait soif, ce à quoi sa fille acquiesça. Eva descendit à toute vitesse à la cuisine. Rosaire, couché sur le sol, se releva en lui demandant si tout allait bien. Eva sourit en lui répondant que Laura-Marie était éveillée et qu'elle désirait boire de l'eau. Clara-Eve se réveilla à son tour ce jour-là suivie d'Édouard plus tard en soirée. Bien qu'ils fussent tous affaiblis par les derniers jours, Eva était persuadée qu'ils s'en sortiraient.

Rosaire et Élianna aidèrent Eva à leur prodiguer des soins. Peu après minuit, Fleur-Ange rendit l'âme. Eva se coucha près d'elle, lui caressa les cheveux en pleurant toutes les larmes de son corps. Elle en voulait terriblement à ce Dieu qu'elle aimait tant de lui avoir enlevé aussi cruellement ses deux filles. Certes, il avait épargné ses autres enfants, mais cela n'apaisait en rien la douleur qu'elle ressentait face à la perte de ses filles.

William ne revint que le lendemain matin. Il gara sa voiture dans l'allée du magasin et s'inquiéta immédiatement en apercevant l'écriteau « Fermé » sur la porte du magasin. Il accourut chez lui.

— Monsieur Leduc, vous voilà enfin ! s'exclama Rosaire Roy.

— Qu'est-ce qui se passe ici ? demanda William.

— Attendez-moi ici, Monsieur Leduc, je vais aller chercher votre femme. Je vous en prie, attendez ici.

— Attendre ici ? Chercher ma femme ? Mais qu'est-ce qui se passe ici ? Mais, vous allez où comme ça ?

Abasourdi, William regarda Rosaire emprunter l'escalier. Pour quelle raison se promenait-il librement dans sa maison ? Eva le laissait faire ? Pourtant, elle ne cachait pas qu'elle ne l'appréciait pas. Pourquoi le magasin était-il fermé à cette heure de la journée ? Il se passait assurément quelque chose, mais quoi ? Eva dévala l'escalier en sautant quelques marches.

— William, t'es enfin de retour, dit-elle en l'apercevant.

— Qu'est-ce qui se passe ? demanda-t-il. Pourquoi le magasin est-il fermé et que fait Rosaire ici ?

— Si tu savais ! Le malheur nous est tombé dessus, William ! La grippe espagnole a fait des ravages dans la ville. Il paraît qu'il y a tellement de morts que les croque-morts ne fournissent pas à les enterrer. Louisa est morte, presque tous les p'tits d'Émilienne aussi, sauf Honoré et Flavie qui, aux dernières nouvelles, luttait encore pour sa vie.

— Mais qu'est-ce que tu me dis là ? Et nos enfants Eva ? Comment vont nos enfants ?

— Élianna a été épargnée, elle n'a pas été malade. Les jumelles prennent du mieux, Édouard aussi. Notre belle Marguerite est décédée le lendemain de ton départ William ! Elle a été la première à tomber malade et la première à rendre l'âme, dit-elle en pleurant. Fleur-Ange...

— Quoi Fleur-Ange ? Qu'est-ce qu'elle a Fleur-Ange ?

— Elle est partie, parvint-elle à dire entre deux sanglots.

— Ça se peut pas ! s'écria William en se tenant la tête. Tous nos enfants allaient bien, il y a même pas quatre jours ! On meurt pas en quatre jours ! Pis la calvaire de grippe espagnole, comment ça qu'elle s'est rendue jusqu'icitte ? Il y a deux ans, *La Presse* disait qu'elle était enrayée, qu'il n'y avait plus de danger. Fait deux ans qu'on en entend pu parler, pis là en quatre jours, elle tue deux de mes enfants ? Dis-moi que c'est pas vrai Eva !

— J'aimerais tellement te dire que c'est pas vrai, William. J'aimerais tellement que ces derniers jours ne soient qu'un mauvais rêve. J'ai même maudit le Seigneur de m'éprouver comme ça. Pis je t'ai maudit toi aussi de ne pas être icitte avec moi ! Une chance que monsieur Roy était là, je sais pas ce que j'aurais fait sans son aide.

— J'ai rien fait, Madame Leduc, lança Rosaire qui se tenait en retrait dans le couloir.

William se rendit tout d'abord au chevet d'Édouard. Il ressentit un mélange d'émotions contradictoires. En le voyant apparaître au bout de son lit, Édouard fondit en larmes. William, incapable de retenir les siennes, serra son fils dans ses bras. Après lui avoir répété combien il était heureux de le voir, il se rendit auprès de ses filles qu'il embrassa en remerciant Dieu de les avoir épargnées.

CHAPITRE 13

Blâmer l'étrange

Tout Salaberry-de-Valleyfield portait le deuil des victimes de la grippe espagnole. Un morceau de crêpe noir flottait sur les portes de presque toutes les chaumières. L'épidémie avait ravagé de nombreuses familles, les décimant d'un ou de plusieurs de leurs membres. On racontait partout qu'une malédiction était peut-être la cause de cette tragédie. Si certains blâmèrent Dieu, manifestant leur colère en refusant de se présenter à l'église le dimanche suivant, d'autres accusaient ouvertement l'étrange d'en être le responsable. Le bruit courait que Rosaire Roy était celui par qui la maladie était arrivée en ville. Étant accoutumé à se faire appeler « le Zoulou » ou « l'étrange », Rosaire ne mesura pas l'ampleur des soupçons qui portaient sur lui. La veille, deux hommes qui passaient devant le magasin l'avaient pointé du doigt en le traitant de satané Zoulou et poursuivirent leur chemin en lui criant de retourner chez lui. Triste à l'idée que sa présence puisse gêner ses hôtes, il décida de rentrer chez lui. Il remercia William et Eva de lui avoir généreusement offert gîte et couvert, lui offrant même de dormir dans la chambre de Berthe. William lui serra fermement la main et l'attira contre lui, l'enlaçant amicalement. Il le remercia d'avoir veillé sur sa femme et ses enfants pendant son absence, lui répétant qu'il serait toujours le bienvenu. Eva, plus réservée que son mari, se contenta de prendre sa main entre les siennes, en lui disant qu'elle le garderait dans ses prières. À la tombée de la nuit, Rosaire prit la direction de la gare.

Le lendemain, le magasin Leduc tourna son écriteau du côté affichant « Ouvert » après plus d'une semaine d'inactivité. Catherine Tremblay, impatiente de retourner travailler, se présenta au magasin avant même son ouverture. Elle prit place sur le porche, où elle attendit nerveusement la venue d'Édouard, qui était généralement le premier arrivé. Elle sourit en se souvenant à quel point elle s'était sentie soulagée en le voyant au cimetière lors de l'enterrement des membres de leur fratrie respective. Ce jour-là, elle avait senti les battements de son cœur s'accélérer en l'apercevant au loin. Bien que le jeune homme l'énervât la plupart du temps, elle devait avouer que les journées passées sans le voir lui avaient paru interminables. Lorsqu'elle le vit enfin sortir de chez lui, elle se sentit fébrile. Lorsqu'il se dirigea vers le magasin, elle détourna le regard, feignant l'indifférence.

— Ça va ? demanda-t-elle nerveusement.

— Ça va comme ça peut aller après avoir failli mourir et après la mort de gens qu'on aime, répondit-il. Et toi, ça va ?

— J'te dirais que ça va comme ça peut aller après avoir perdu des gens qu'on aime. Mais ça va quand même bien lorsqu'on réalise qu'on est chanceux de pas en avoir perdu d'autres…

— Vu de même. Prête à travailler ?

— Plus prête que moi, ça se peut pas !

Eva les rejoignit sous peu. Édouard alla avertir les clients de leur réouverture, profitant de l'occasion pour prendre leur commande. À son retour, Eva lui demanda s'il s'était arrêté chez Marie-Renarde. Sachant sa mère trop orgueilleuse pour lui demander clairement des nouvelles de son amie, il lui tapota l'épaule en lui murmurant « ne vous inquiétez pas maman, elle va bien et Yuska aussi ». Eva fit mine d'être offusquée et retourna épousseter les étagères. Elle se signa discrètement en remerciant Dieu d'avoir épargné son amie.

La matinée fut anormalement calme. Aucun client ne se présenta. Eva aperçut Jérôme Mathieu entrer dans l'atelier de William alors qu'elle lui apportait son dîner. Elle frappa à la porte pour annoncer sa présence et entra sans attendre.

— Quelque chose ne va pas ? s'informa-t-elle en voyant leur air consterné.

— Il paraîtrait qu'ils ont repêché un corps dans le lac Saint-François proche de la pointe aux Anglais. Jérôme était sur place pis y pense avoir reconnu le gars.

— Il s'est noyé ?

— On sait pas grand-chose à date, répondit Jérôme Mathieu.

— Tu l'as reconnu ? C'est qui ? demanda-t-elle curieuse.

— C'est personne que tu connais, coupa William. De toute façon, vaut mieux pas s'avancer sans être certain. Des racontars, c'est toujours plus long à démentir qu'à partir.

— Voyons William, qu'est-ce que tu penses? Que je vais me hâter à le dire à tout le monde? Me prends-tu pour une commère? Tu me connais ben mal si tu penses que je suis du genre à partir des racontars. C'est quoi cette histoire-là? Je te connais ben trop, William! Pourquoi tu veux pas que je sache c'est qui?

— Je le connais pas, tu le connais pas, on le connaît pas!

— William Leduc, c'est qui?

— J'aimerais mieux être certain avant de t'en parler.

— William!

— Jérôme pense qu'il a reconnu Rosaire.

— Mon Dieu, non! s'écria Eva. Ça peut pas être lui, il avait même pas d'affaire près du lac.

— Je vais me rendre chez le coroner. Si c'est vraiment Rosaire, y a personne de mieux placé que moi en ville pour l'identifier. T'en fais pas Eva, je suis pas mal certain que c'est pas lui, que Rosaire est rendu par chez eux.

William et Jérôme se rendirent chez le coroner qui accepta de leur montrer le corps repêché plus tôt. William reconnut immédiatement Rosaire Roy qu'il identifia formellement. Il ne s'attarda pas davantage auprès du cadavre. À sa demande, le coroner le suivit dans l'autre pièce.

— Connaissez-vous la cause de sa mort? demanda William.

— Probablement accidentelle. Le pauvre homme a sûrement trop bu et est tombé dans le lac. Certaines personnes présentes ce matin sur les lieux s'entendaient pour dire qu'il était un quêteur d'ouvrage venu d'un village voisin. À ce que j'ai pu recueillir comme information, il aurait le coude léger.

— C'est ridicule! objecta William. Rosaire ne buvait pas! J'ai souvent été en sa compagnie et je ne l'ai jamais vu boire un verre. C'était un père de famille qui voulait se trouver de l'ouvrage pour faire venir sa famille par icitte. Il est parti de chez nous hier soir vers les sept heures. Il s'en allait à la gare prendre le train pour rentrer chez eux. Pis avez-vous vu les marques sur son visage ? Il avait pas ça hier soir en partant de chez nous. Allez-vous faire une autopsie ?

— Oui, Monsieur Leduc. Je m'apprêtais justement à procéder à l'autopsie lorsque vous êtes arrivés. Si vous n'avez pas d'objection, je me remettrais au travail.

— C'est ben certain, je suis désolé de vous avoir dérangé. Tenez-moi au courant, je veux connaître votre conclusion. De mon bord, je vais essayer de trouver une façon d'avertir sa femme.

Aussitôt sorti, William confia à Jérôme qu'il ne croyait pas à la thèse de l'accident. Rosaire ne pouvait pas s'être accidentellement noyé. Son visage tuméfié lui laissait croire qu'il avait eu une altercation. Tout le monde savait qu'il valait mieux ne pas longer le canal un soir d'avril puisqu'il faisait beaucoup plus froid au bord du lac. Pourquoi Rosaire, vêtu d'une simple veste en lainage usé, aurait-il emprunté ce chemin ? De retour au magasin, il se contenta de dire à Eva qu'il s'agissait bien de Rosaire, omettant de lui faire part de ses observations. Il demanda à la téléphoniste de rejoindre le magasin général d'Huntingdon. Lorsqu'il fut en communication avec le propriétaire du magasin, il lui demanda de trouver la femme de Rosaire et de lui faire le message de l'appeler en précisant que c'était urgent qu'il s'entretienne avec elle. Il songea qu'il serait préférable qu'il se rende l'avertir en personne, mais compte tenu des derniers événements, il ne désirait pas s'absenter de la maison. Si la veuve de Rosaire ne lui rendait pas son appel, il réfléchirait à la question, mais pour l'heure, il jugea qu'il ne pouvait en faire plus. Elzira Roy téléphona au magasin le lendemain. La pauvre femme, qui utilisait de toute évidence le téléphone pour la première fois, criait pour se faire entendre, ce qui obligeait William à éloigner le combiné de son oreille. Elzira hurla lorsque William lui annonça que son époux avait été retrouvé mort noyé dans le lac Saint-François. William lui demanda si elle voulait récupérer sa dépouille afin qu'il soit enterré dans le cimetière d'Huntingdon. Comme il s'y attendait, elle n'avait pas l'argent nécessaire pour le transport de la dépouille ni pour l'inhumation. Ils n'avaient pas encore acheté de terrain au cimetière. William lui proposa d'assumer tous les frais. La veuve de Rosaire pleurait tellement que William peinait à comprendre sa réponse. Il mit fin à leur conversation en lui promettant de lui ramener rapidement le corps de son époux. Il se rendit ensuite chez Jérôme Mathieu qu'il engagea pour se charger du corps. Les deux hommes retournèrent chez le coroner pour l'avertir que Mathieu récupérerait la dépouille une fois l'autopsie terminée. Le coroner ne s'y opposa pas. Il avait terminé et la mort de Rosaire était selon lui accidentelle. William s'en offusqua. Comment le coroner pouvait-il en venir à une telle conclusion ? Ce dernier lui expliqua qu'il s'était probablement blessé avant de tomber dans le lac. William insista sur le fait que Rosaire n'avait aucune blessure apparente lorsqu'il les avait quittés la veille et qu'il ne comprenait pas comment il aurait pu se blesser entre le moment de son départ et celui où il fut découvert. Selon le coroner, Rosaire avait probablement trébuché sur une roche, ce qui expliquerait sa blessure, se serait relevé, aurait eu une faiblesse et serait tombé dans le lac glacé. L'eau retrouvée dans ses poumons indiquait qu'il était vivant au moment de tomber dans le lac. Il était mort noyé, l'autopsie l'avait prouvé. Les deux hommes quittèrent le coroner après que William eut souligné qu'il n'était pas convaincu qu'il s'agissait d'une mort accidentelle et qu'il devrait y avoir enquête. Le coroner répliqua qu'il n'y avait pas lieu d'avoir enquête. Le dossier était clos.

Eva ne s'opposa pas à ce que William accompagne Jérôme Mathieu à Huntingdon pour procéder à la mise en terre de Rosaire. Partout en ville, les gens commentaient la mort de l'inconnu retrouvé noyé. Les rumeurs allaient bon train. On affligeait Rosaire de nombreux sobriquets dénigrants tels que le monstre du lac, le pestiféré, l'étrange ou l'affreux Zoulou. Certains allèrent même jusqu'à dire à leurs enfants que s'ils n'écoutaient pas, le monstre du lac viendrait les chercher pendant leur sommeil. Au magasin, les clients ne se gênèrent pas pour exprimer leur indifférence face à son décès. Selon eux, il avait eu ce qu'il méritait puisqu'il était celui par qui la grippe espagnole était arrivée en ville. Craignant de perdre sa clientèle, Eva se garda de prendre la défense de Rosaire jusqu'à ce que la veuve Lessard lance qu'il pouvait bien brûler en enfer. Incapable de se taire, Eva lui répondit illico que Rosaire Roy n'avait rien à voir avec l'épidémie de grippe espagnole et qu'il fallait être idiote pour croire les histoires à dormir debout qu'on racontait à son sujet. Elle ajouta que la grippe espagnole était probablement arrivée en même temps qu'un voyageur provenant de Montréal. Offusquée, la veuve Lessard quitta le magasin en promettant de ne jamais y remettre les pieds.

William revint à la maison le soir même, bouleversé par sa visite à Huntingdon. Il avait visité avec peine la modeste demeure de Rosaire et sa famille. Il ignorait que ce dernier vivait dans une situation si précaire dans un coin isolé de la ville où s'entassaient des maisons en décrépitude. C'était là qu'on obligeait à vivre les gens atteints des mêmes particularités physiques que Rosaire. La plupart d'entre eux n'avaient pas de cheveux, avaient une mauvaise dentition et avaient les mêmes ongles que son défunt ami. William avait remis discrètement deux cents dollars à Elzira Roy qui les refusa. Il insista en prétextant qu'il devait cette somme à son défunt mari pour des services rendus à son magasin. La veuve accepta finalement la somme en le remerciant. En revenant à Valleyfield, il s'était arrêté au poste de police en compagnie de Jérôme Mathieu. Il demanda au chef de police d'ouvrir une enquête sur la mort de Rosaire. Ce dernier refusa catégoriquement, car le coroner avait été clair: il s'agissait d'une mort accidentelle. Réalisant qu'il n'obtiendrait pas la collaboration du chef de police, il sortit en maugréant. Il devrait solliciter l'appui des citoyens afin d'exiger une enquête sur la place publique. Lorsque Eva lui raconta ce qu'il se disait partout en ville, il comprit que cela s'avérerait impossible.

CHAPITRE 14
La réconciliation

Eva coupait ses premières roses blanches estivales lorsqu'une averse torrentielle l'obligea à entrer dans le magasin. Elle y croisa Alexis Ducharme qui venait lui remettre les clefs de la maison de Berthe. Il informa Eva qu'il allait s'installer en chambre et pension à Beauharnois où il espérait être embauché à la Kilgour. Il la remercia pour ce qu'elle avait fait pour Louisa et lui. Il se retira en la saluant. Lorsque Eva retrouva William plus tard ce jour-là, elle lui demanda ce qu'ils devaient faire de la maison. William suggéra d'attendre avant de la mettre en vente. Eva acquiesça, un de leurs enfants désirerait peut-être y emménager un jour. Elle se rendit à la maison quelques jours plus tard afin de vérifier l'état des lieux. Elle tira les volets et ouvrit les fenêtres. Bien que rangée, la maison était sale et poussiéreuse. Alexis avait fait de son mieux pour l'entretenir, mais il ne possédait pas les talents de ménagère de sa regrettée épouse. Elle retira les draps du lit, les lava, puis les mit à sécher sur la corde. Ensuite, elle épousseta les meubles ayant jadis appartenu à Berthe. Que de souvenirs entre ces murs, se dit-elle en souriant. Elle y avait appris à tisser, s'y était préparée le jour de son mariage, s'y était confiée à cœur ouvert. Elle reprit les draps et alla faire le lit. Elle emballa les robes de Louisa ainsi que ses produits de beauté qu'elle décida d'offrir à Catherine. Elle demanderait à Édouard de les récupérer en allant reconduire la jeune fille chez elle. Une fois le ménage terminé, elle se rendit chez Émilienne pour prendre de ses nouvelles. Elle la trouva assise à la table de la cuisine, une bouteille de gin devant elle. Depuis la mort de ses enfants, Émilienne buvait dès son réveil jusqu'à ce qu'elle tombe endormie.

— Ah ben ! De la grande visite à matin, lança Émilienne en apercevant Eva.

— Il est deux heures de l'après-midi, répondit Eva.

— Bah ! Huit heures, deux heures, ça revient au même.

— Ça va pas mieux toi, on dirait.

— Ça ira jamais mieux ma belle Eva, jamais !

— Dis pas ça, Émilienne. Je sais que c'est pas évident, je te comprends. J'ai aussi perdu deux de mes petites.

— C'est là que tu te trompes ! Tu peux pas comparer mon histoire à la tienne. T'as pas perdu ton mari, ta sœur, pis presque tous tes p'tits en l'espace de quelques mois !

— J'ai perdu ma sœur moi aussi, tu sauras ! J'ai pas perdu mon mari, c'est ben vrai, mais ma vie est pas plus rose que la tienne. Je l'ai, moi aussi, cette peine-là, qui me ronge par en dedans. Pis je dis de la peine, mais c'est ben souvent une colère tellement noire qu'elle me donne envie de hurler. Je dois moi aussi me secouer tous les matins pour me lever et croire encore que Dieu est bon.

— Pars-moi surtout pas sur Dieu! C'est juste des conneries inventées par les curés pour nous contrôler. Y a pas de Dieu.

— Émilienne, tu devrais pas parler comme ça. Tu devrais te secouer un peu et te reprendre en main. T'es une sacrée belle femme, tu pourrais facilement te remarier. Honoré et Flavie vieillissent, ils partiront de la maison dans pas longtemps. Tu devrais réfléchir à ton avenir.

— Qu'est-ce que tu dis là? Je suis ben trop vieille pour me remarier.

— Tu viens d'avoir quarante-deux ans! Il te reste encore une vingtaine d'années devant toi. Ça, c'est si t'arrêtes de boire parce que c'est ben certain que si tu continues comme ça, tu vas finir par creuser toi-même ta tombe, pis plus vite que tu penses à part ça. On dirait Émilienne que t'as jamais été consciente de tes bons côtés. C'est vrai que tes mauvais côtés peuvent être irritants plus souvent qu'autrement, mais t'es capable aussi d'être une belle pis une bonne personne.

— J'pas certaine que ce soit des compliments que tu me dis là. On dirait que tu me donnes des fleurs pis que tu me lances le pot juste après.

— T'as raison, j'suis un peu maladroite dans ce que j'essaie de te dire. Je pense que t'as encore une couple d'années devant toi, pis que ça pourrait être des belles années si tu te donnais la chance d'être heureuse un peu. Chaque fois que tu bois, tu changes, tu deviens mauvaise. Plus tu bois et moins tu prends soin de toi pis de ceux qui t'entourent. Tu devrais reprendre tes esprits et faire quelque chose d'autre de tes journées que de boire à toute heure du jour. Tes enfants vont se marier, fonder leur famille. T'as pas envie d'être en forme pour eux ? T'as pas envie de pouvoir les aider, de faire partie de leur vie ?

— J'vais déjà avoir élevé ma famille, c'est pas vrai que je vais élever la leur.

— Ça fait presque un an que Victor est mort, ça t'a pas passé par l'esprit que tu pourrais refaire ta vie ?

— Non !

— Tu devrais y penser, tu verrais que c'est pas si fou que ça comme idée.

— J'pas rendue là pantoute. Je me disais l'autre fois que je pourrais mettre Honoré et Flavie dans la même chambre pis louer l'autre à des voyageurs. Je pourrais aussi prendre un travailleur de la Cotton en pension. Ça me ferait toujours ben ça de plus dans mes poches pis je rencontrerais du nouveau monde.

— Je suis pas certaine que ce soit une bonne idée, ça. C'est pas vraiment convenable, pour une jeune veuve comme toi d'accueillir des inconnus sous son toit. Le monde jaserait ben trop Émilienne. Ça entacherait ton honneur, c'est ben certain. Pis c'est de l'ouvrage tenir une pension, même si c'est une seule chambre. Faut que tu tiennes la place propre en tout temps, que tu sois avenante et que tu leur fournisses à manger. Me semble que ça va pas vraiment avec toi ça.

— Belle façon de me faire comprendre que tu me trouves pas propre, que je suis pas avenante pis que je sais pas faire à manger. Je te dis que toi, t'es la meilleure pour remonter le moral du monde.

Elle éclata de rire.

En retournant chez elle, Eva songea qu'elle n'avait pas vu sa sœur rire depuis des années. Chemin faisant, elle croisa la veuve Tremblay qui en profita pour lui demander si elle était satisfaite du travail de sa fille. Eva la rassura en lui répondant que Catherine lui était d'une aide précieuse. Germaine Tremblay lui confia que sa fille prenait son ouvrage très au sérieux et ajouta en faisant un clin d'œil qu'elle la soupçonnait d'apprécier particulièrement la présence du fils de ses patrons. Eva, étonnée, n'ajouta rien de plus. Elle la salua poliment et poursuivit son chemin. Germaine ne passait pas ses journées avec les deux jeunes pour croire possible une idylle entre eux. Ils s'obstinaient pour tout, n'étaient d'accord sur rien. Elle réalisa alors qu'ils lui faisaient étrangement penser à William et elle avant qu'elle admette en être amoureuse. Lorsqu'elle entra dans le magasin, Catherine retournait derrière le comptoir en sommant Édouard de ne plus lui adresser la parole. Ce soir-là, Édouard prodiguait des soins aux chevaux. Eva alla à sa rencontre.

— Comment ça se passe au magasin avec Catherine ? lui demanda-t-elle.

— Comme ça peut aller lorsqu'on est en présence de Catherine.

— Qu'est-ce que tu veux dire ?

— Maman, elle est insupportable, elle se mêle de tout !

— Elle veut juste bien faire, Édouard. Moi, j'apprécie qu'elle soit autant impliquée dans le magasin, pas toi ?

— Oui, la plupart du temps, mais il y a des fois où elle joue vraiment sur mon humeur ! Ce magasin-là, on sait comment l'opérer, on n'a pas besoin qu'une inconnue vienne nous dire quoi faire.

— Je pense que, sans nous dire quoi faire, un avis extérieur peut aussi avoir du bon. Moi, je trouve qu'on est chanceux de pouvoir compter sur elle.

— Je me trouve pas tant chanceux, moi, de devoir l'endurer à journée longue.

— Tu serais pas de mauvaise foi, là mon gars? Garde ça pour toi, mais j'ai croisé sa mère tantôt et elle avait l'air de dire que sa fille te trouvait de son goût...

— Maman, laissez-moi vous dire que sa mère fait erreur sur toute la ligne. Catherine est loin de me trouver de son goût, elle passe son temps à critiquer tout ce que je fais. À l'entendre, je fais jamais rien de bon. Je vous le dis maman, elle est insupportable.

— Ah! Je la trouve pourtant charmante, moi. Et je me disais que tu lui portais peut-être toi aussi un certain intérêt puisque tu vas la reconduire tous les soirs et tu vas la chercher presque tous les matins en emmenant tes sœurs à l'usine.

— Maman, je n'ai aucun intérêt pour Catherine et je vais la chercher et la reconduire chaque fois que je peux. Je suis avenant, c'est tout, faut pas chercher plus loin. Pis, de toute façon, j'ai pas le tour avec les femmes, je pense ben que je vais finir vieux garçon.

— Ben voyons donc mon garçon. Pourquoi tu dis des affaires de même? T'as tout pour toi. T'es beau comme un cœur, t'es gentil, t'es brillant, pis t'es travaillant. Fie-toi sur moi, t'es un bon parti à prendre.

— Maman, c'est ben normal que vous disiez ça, vous êtes ma mère. Clara-Eve me l'a dit l'autre jour qu'elle serait ben surprise que je parvienne à avoir une prétendante.

— Édouard, faut pas que tu écoutes ce que dit ta sœur. Elle dit n'importe quoi. Tu le sais ben qu'elle aime ça piquer le monde juste pour les faire choquer. Si tu veux savoir des affaires sur les filles de ton âge, tu serais mieux d'en parler avec Laura-Marie.

— J'ai pas tant besoin d'en parler, maman. Je me suis fait à l'idée que je plaisais pas aux filles, pis je suis ben correct avec ça.

— Édouard, regarde-moi là. C'est pas parce que Clara-Eve t'a dit ça que c'est vrai. As-tu déjà eu des vues sur des prétendantes qui t'ont repoussé ?

— Pas vraiment, à part... ben... Clémentine, mais elle ne m'a pas réellement repoussé. J'ai essayé de me rapprocher d'elle par Clara, mais ça a pas été long qu'elle m'a fait comprendre qu'elle s'intéressait pas pantoute à moi.

— Qui t'a fait comprendre ça, Clémentine ou ta sœur ?

— Clara.

— Es-tu certain que ce soit vrai ? Comme je te dis, des fois avec ta sœur, faut faire attention. Elle a ses qualités ma Clara-Eve, mais elle a ses défauts aussi. Pis dire des affaires qu'elle pense pas, ça en fait partie.

— Elle disait vrai, maman. Elle va se marier avec Donat Lefebvre, pis c'est ce que Clara avait dit.

— Mon garçon, je pense que tu mélanges tout là. Son cœur était sans doute déjà pris, ç'a rien à voir avec toi. C'est perdu d'avance lorsque le cœur de la personne qui fait battre le nôtre bat pour quelqu'un d'autre.

— Vous avez peut-être raison, n'empêche que les filles me font perdre tous mes moyens et qu'en leur présence, je deviens ben maladroit. Je me sens incapable de leur parler.

— C'est ben certain que j'ai raison, tu sauras que ta mère a toujours raison. Pourtant, t'as pas de misère à parler avec Catherine. Je dirais même que t'as pas de misère à lui tenir tête, c'est pas rien ça.

— C'est pas pareil, c'est Catherine ! Y a rien de gênant, avec elle.

— Je vais te le dire, moi, pourquoi c'est pas pareil avec elle. C'est parce qu'elle te rend à l'aise, pis quand on est à l'aise avec quelqu'un, on peut être soi-même. Tu penseras à ça mon garçon. Viens, on va rentrer avant que ton père s'inquiète.

— J'aime ça, maman, parler avec vous.

— Tu sauras, mon beau Édouard, que moi aussi j'aime ben ça parler avec toi.

* * *

Quelques jours plus tard, Émilienne se présenta au magasin vêtue d'une nouvelle robe à la mode et arborant une coupe de cheveux à la garçonne. Eva, qui n'appréciait pas ce genre de coiffure, se surprit tout de même à trouver que cela lui allait à ravir. Elle complimenta d'ailleurs sa sœur qui sourit à pleines dents en pivotant sur elle-même. Émilienne lui confia qu'après leur dernière conversation, elle avait ressenti le besoin de se sentir femme à nouveau. Ses cheveux, coupés par ses sœurs l'été précédent, avaient repoussé et, n'étant pas portée à les entretenir, elle avait décidé de les couper au goût du jour. Elle ne prenait plus soin de ses cheveux ni de son apparence générale depuis belle lurette et il était, selon ses dires, grand temps que cela change.

— J'ai jonglé à ce que tu m'as dit l'autre jour, pis je pourrais être ouverte à peut-être me remarier. Mais pas avec n'importe qui là.

— C'est bon à entendre ça, ma sœur. J'ai pour mon dire que t'es trop jeune pour passer le restant de tes jours à porter le deuil de ton défunt mari.

— Je te garantis pas que je vais me remarier demain matin, mais on sait jamais, je pourrais mettre la main sur un bon parti pour moi. T'en aurais pas un à me présenter ?

— Vite comme ça, je vois pas. Tu me prends un peu au dépourvu.

— T'en fais pas, c'est pour ça que j'ai eu l'idée que tu pourrais m'engager icitte, comme ça, je pourrais rencontrer des hommes plus facilement qu'enfermée toute seule dans mon logement.

— Ben là, Émilienne, j'ai pas d'ouvrage pour toi.

— Comment ça, t'as pas d'ouvrage pour moi ? T'en as ben pour elle, lança-t-elle en visant Catherine.

— Oui, j'en ai pour Catherine, Édouard pis moi, mais pas pour une personne de plus.

— Justement, si t'as de l'ouvrage pour une inconnue, t'en as pour ta sœur !

— Comme je disais, j'en ai pas pour une personne de plus.

— Ben, comme moi je disais, t'as de l'ouvrage pour trois et j'ai pour mon dire que tu devrais faire passer ta famille avant une pure étrangère.

— Émilienne, ça marche pas comme ça ! Et Catherine n'est pas une étrangère, pis son aide m'est indispensable.

— Je me disais aussi que tu m'aiderais pas. Je sais pas ce qui m'a pris de venir icitte t'offrir mon aide, t'en as jamais voulu !

— Est-ce que c'est ce que j'ai dit ? Non ! Je dis que j'ai déjà une employée, pis que j'ai pas les moyens d'en prendre une autre.

— Ben, d'abord, je vais t'aider gratis! Tu vas voir qu'il y a rien de comparable entre l'ouvrage que moi je peux faire pour toi pis celle qu'elle peut faire pour toi.

— J'ai pas envie de me chicaner avec toi Émilienne, mais déjà je trouve que t'es pas ben ben fine avec Catherine, pis elle mérite pas ça. Tu parles comme si elle n'était pas là, quand elle est juste à côté de toi.

— Tu t'attends à quoi? Que je la minouche? C'est pas dans mes habitudes de minoucher des inconnues, tu sauras.

— Tu peux la traiter avec respect sans la minoucher.

— Vous en faites pas, Madame Leduc, je comprends votre sœur. Il est peut-être temps que je retourne chez moi pis que je me trouve de l'ouvrage ailleurs, suggéra Catherine. Vous avez été pas mal bonne avec moi, vous en avez déjà fait pas mal pour ma famille pis moi.

— Bon, tu vois, elle comprend le gros bon sens, elle. Y a juste toi qui as pas l'air à le comprendre. C'est une bonne idée, tu devrais rentrer chez vous.

— Non, là, c'est assez. Il est hors de question que tu partes Catherine. Je te fais pas la charité, tu travailles pour le salaire que je te donne et je suis plus que satisfaite de ton ouvrage. Émilienne, je t'avertis là, j'ai pas l'intention de te le répéter: Catherine est ici pour rester et je m'attends à ce que tu la traites comme si tu t'adressais à mes filles. Elle mérite pas que tu la fasses se sentir comme une moins que rien. Si tu veux passer un peu de temps icitte, ça va me faire plaisir, mais je m'attends à ce que tu traites chaque personne qui entre avec considération.

— T'as fini de me faire des remontrances, là? Je suis parée à t'aider, dis-moi ce que tu veux que je fasse.

Eva profita de l'occasion pour réaménager ses étagères. Elle donna la charge de les nettoyer à Émilienne qui cessait sa besogne chaque fois qu'un client entrait dans le magasin. Elle se montra exagérément charmante avec la gent masculine et ignora les femmes qui se présentaient. Eva, exaspérée, lui demanda de se montrer plus avenante avec les clientes qui s'adressaient à elle. William, qui fut mis au courant de la présence de sa belle-sœur, ne se gêna pas pour lui faire part de son désaccord. Selon lui, Émilienne nuirait à l'image de leur magasin. Il insista sur le fait que depuis l'ouverture de leur magasin, ils s'étaient fait un devoir de traiter leurs clients comme s'ils étaient des rois et qu'Émilienne était incapable d'être gentille avec des gens qu'elle ne considérait pas outre mesure. Eva le rassura, elle ne tolérerait aucun écart de conduite de sa part. Quelque peu pressé par le temps, William avala rapidement son repas, chargea son matériel de photographie dans son automobile et se rendit chez son client. Eva retourna au magasin sans tarder. Heureusement, la journée se passa sans anicroche au grand soulagement d'Eva.

Au souper, Laura-Marie se montra particulièrement silencieuse. Eva remarqua qu'elle semblait contrariée. Elle lui en fit d'ailleurs la remarque, mais sa fille lui répondit que tout allait bien. Eva n'insista pas. Elle attendrait le moment opportun, qui se présenta après qu'elles eurent terminé de ranger la cuisine. Eva invita sa fille à aller marcher avec elle. Jérôme Mathieu se présenta à la porte demandant à s'entretenir avec William. Les deux hommes se dirigèrent vers l'atelier pendant que les deux femmes prenaient la direction de la rue Victoria.

— Qu'est-ce qui te tracasse comme ça ? demanda Eva.

— J'ai pas trop envie d'en parler, maman.

— T'as l'air en peine, pis moi, ça me peine de te voir comme ça. T'es pas obligée de m'en parler si t'en as pas envie, mais j'aimerais ça savoir ce qui se passe avec ma belle grande fille.

— Je veux pas vous peiner avec ça, maman. De toute façon, je sais même pas comment vous en parler.

— Dis-le comme ça te vient.

— C'est Yuska. Vous le savez, mais lui et moi, on veut se marier et ça fait ben longtemps qu'on le veut à part ça. Maman, c'est vraiment ce que je veux le plus au monde, pis je le veux depuis que je suis petite.

— C'est une excellente nouvelle ça, Laura. Mais pourquoi es-tu dans cet état-là alors ?

— Yuska ne veut plus se marier avec moi. Du moins, pas dans l'immédiat. Il est convaincu que vous refuserez de lui donner ma main. Pis sa mère non plus n'est pas d'accord.

— Marie-Renarde n'est pas d'accord ? répondit Eva en dissimulant sa peine.

— Elle a dit à Yuska qu'elle ne voulait pas prendre le risque que ce mariage porte déshonneur à notre famille.

— Ça serait plutôt un honneur de compter Yuska parmi notre famille. Je comprends pas pourquoi Marie-Renarde dit ça, elle sait bien que nous adorons tous son fils.

— Peut-être qu'elle pense que votre opinion a changé depuis que vous ne vous parlez plus ? À ce que j'ai pu comprendre, ses humeurs sont plutôt noires depuis que...

— Depuis que quoi ?

— J'ai trop parlé, maman, elle ne voulait pas que vous le sachiez.

— Elle ne voulait pas que je sache quoi ? s'impatienta Eva. T'as commencé à le dire, finis ta pensée.

— Elle sera fâchée après moi si elle apprend que je vous l'ai dit, j'avais promis de garder le secret... Elle a risqué de mourir il y a deux semaines. Elle a mis son enfant au monde toute seule, sans l'aide de personne. Elle a perdu beaucoup de sang. Plus tard en soirée, elle s'est mise à trembler de partout, tellement que Yuska dit qu'elle en est presque sortie de son lit. Y a de la mousse blanche qui coulait de sa bouche, ses yeux ont viré à l'envers pis est comme tombée raide morte. Son cœur battait, mais pas ben fort. Yuska a fait venir le docteur, qui a dit que, selon lui, elle allait pas passer la nuit. Elle a fini par se réveiller le lendemain soir.

— Mon doux seigneur ! Pis le bébé lui ?

— Y était vivant, mais le docteur Jalbert a dit qu'il allait mourir si Yuska ne trouvait pas rapidement du lait de nourrice. Il lui a donné le nom de quelques femmes allaitantes, pis Yuska est allé en voir une en lui offrant deux piastres pour se déplacer pour nourrir l'enfant, ce soir-là. Je sais pas si vous vous souvenez du soir où il m'a téléphoné pour m'inviter à veiller, y a deux semaines ? Ben, c'était ce soir-là. En vérité, il avait besoin que je surveille Marie-Renarde et le bébé pendant qu'il cherchait une nourrice. Ç'a pas été facile d'en trouver une, vous savez. Elles ont presque toutes dit non, vu que c'était pour un bébé bâtard et illégitime. Si vous saviez, maman, comment ça m'a choquée !

— Je comprends donc ! Mais qu'est-ce qui s'est passé après ?

— C'est madame Meilleur qui est finalement venue. Elle a dit oui tout de suite. Elle s'en foutait elle que ce soit un bâtard illégitime. Elle a dit qu'un bébé était avant tout un cadeau de Dieu et que c'était tout ce qui comptait. Elle a dit que la p'tite demanderait à boire durant la nuit pis a proposé de l'amener. Elle est revenue la porter le lendemain après-midi en disant que si Marie-Renarde se réveillait pas dans les heures suivantes, il faudrait aller porter l'enfant à l'Hôtel-Dieu pour qu'elle soit prise en charge.

— Est-ce qu'elles vont bien maintenant?

— Yuska pense que sa mère a le cœur brisé, mais à part ça, les deux ont l'air de ben aller. La petite est un bon bébé. Elle est calme, pis braille pas trop.

— Je suis soulagée d'entendre qu'elles vont bien. Je vais jongler à tout ça à tête reposée, Laura, pis je vais trouver une solution pour régler ça. Il est hors de question que ma fille n'épouse pas celui qu'elle aime. Tu sais, il n'y a rien de plus important dans la vie que de bien choisir son mari. Si tu choisis un homme bon, travaillant, qui sera là pour te supporter, ben t'auras une belle vie parce que peu importe ce qu'il t'arrivera, vous pourrez compter l'un sur l'autre.

— Maman, je peux même pas imaginer ma vie sans lui.

— Ça tombe ben ma grande, t'as pas à l'imaginer.

— Finalement, j'ai ben fait de vous parler.

— Sache que tu pourras toujours me parler en toute confiance. Ça sert aussi à ça une mère. Moi, j'étais pas tant proche de ma mère, mais tu sais, Berthe a toujours été une de mes grandes confidentes. Je sais pas ce que j'aurais fait sans ses précieux conseils. Souviens-toi, ma fille, que tu pourras toujours compter sur moi.

— Je m'en souviendrai, maman, répondit Laura-Marie en souriant.

Approchant de la maison, Eva remarqua que la lumière de l'atelier était allumée. William et Jérôme devaient encore discuter. Eva songea à les rejoindre espérant entendre quelques bribes de leur conversation, mais se ravisa et entra dans la maison où Clara-Eve lui lança sans attendre: «Je voulais juste que vous sachiez que je trouve ça injuste que vous passiez du temps à jaser tantôt avec Édouard et là avec Laura pis jamais avec moi.» Eva voulut lui répondre qu'elle pouvait volontiers discuter avec elle, mais Clara-Eve tourna les talons et monta à sa chambre. Eva prit son tricot et s'installa dans sa berçante en attendant William.

— Tu peux pas me laisser tomber, Leduc. On va partir le matin pis revenir pendant la nuit ou au plus tard le lendemain matin.

— Prends-le pas mal, mais j'aime mieux te laisser tomber toi, que de laisser tomber ma famille. Je sais pas, si t'es au courant, mais la dernière fois que je me suis absenté, deux de mes filles sont mortes. Pendant que j'étais là-bas, ma femme a porté notre famille à bout de bras. Je peux pas repartir, ça, c'est sûr et certain!

— On n'a pas le choix d'y aller. Y a des gars là-bas qui comptent sur nous autres. Pis ce monde-là ont rien à voir avec les autres. C'est un nouveau contact que Vinet a pogné à l'hôtel. Il paraît que c'est des gars qui travaillent pour du monde ben pesant dans le boutte de New York, pis sont prêts à payer.

— Je sais ben que ça tombe mal, que Vinet soit pogné avec un tour de rein, pis que Boucher soit à Montréal, mais je peux vraiment pas.

— Tu te souviens que t'as dit que tu m'en devais une ? Ben, ça serait là. C'est là que je vais voir si t'es un homme de parole.

— Tu peux pas ramener ça là. Eva va me tuer si j'y vais.

— Une journée, c'est tout ce que je te demande. T'as ma parole qu'après, peu importe ce qui se passe, je te le demanderai plus jamais. Je vais même oublier que t'existes si j'ai besoin de quelqu'un. Une seule journée pour six cents piastres chaque. Vu qu'ils peuvent pas assurer leur tour, Vinet pis Boucher ont dit qu'on n'avait pas besoin de partager en quatre. Me semble que c'est pas long à y penser ? Qui dans sa vie peut gagner six cents piastres dans une journée ?

— J'ai promis à ma femme de pu accepter de contrat qui m'empêche de rentrer à maison avant qu'il fasse noir.

— Dis-lui qu'une fois n'est pas coutume, que c'est des riches de Saint-Anicet qui ont entendu parler de toi, pis qui sont prêts à te payer le double pour que tu y ailles…

— T'es tellement doué en menteries que ça fait peur. Pauvre femme, qui deviendra la tienne, elle s'en fera compter des pipes.

— Je suis pas menteur, je suis juste vite d'esprit. C'est pas la même affaire. T'embarques là ?

— J'pas certain Mathieu, j'pas certain pantoute.

— T'es une vraie femme toi. Faut te minoucher de tous bords tous côtés pour t'amadouer. T'as ma parole, après, je te demande plus rien.

— Calvaire ! Après, tu m'achales plus jamais avec ça.

— Bon ! Parle-moi de ça ! Plus jamais... Je t'attends demain soir pour charger le corbillard, dit-il en souriant.

Jérôme fut satisfait du déroulement de leur rencontre. William retrouva Eva qui se berçait en silence dans la cuisine. Il remarqua aussitôt son air songeur. Il prit place à ses côtés, l'écoutant lui raconter les confidences de Laura-Marie.

— Ça m'inquiète un peu, dit William.

— Qu'est-ce qui t'inquiète ? Yuska est un bon garçon, tu le sais ça, non ?

— Oui je le sais, mais ça n'empêche pas que ça m'inquiète. Il m'a dit l'autre jour qu'il ne comptait pas passer sa vie à l'usine, qu'il aimerait être guide de chasse et pêche. Ça sera pas une vie facile ça. C'est pas une job, avec une paie stable. J'ai l'impression qu'il est le genre de gars qui ne peut pas rester en place ben longtemps. Y a l'air d'avoir besoin de bouger, Yuska. Les bons gars ne font pas nécessairement des bons maris.

— William, on peut pas empêcher notre fille d'épouser Yuska juste parce qu'il a des ambitions différentes des autres. Tu sais comme moi qu'il y a ben des voyageurs qui cherchent des guides de chasse. Pis ça veut pas dire qu'il finira pas par se placer les pieds à quelque part d'autre qu'à la Cotton.

— Je veux juste le meilleur pour mes filles.

— La différence entre nous deux, c'est que moi je veux juste qu'elles soient heureuses et que j'ai confiance en leur choix. Je pense que ces deux-là sont faits pour être ensemble. Ils se lâchent pas depuis qu'ils sont p'tits. Dans le fond, William, on s'est toujours douté qu'ils finiraient par se marier.

— J'aime ben Yuska, pis tu le sais, mais n'empêche que je suis loin d'être convaincu qu'il soit le meilleur parti pour Laura.

— C'est le meilleur parti pour elle parce que c'est celui qu'elle a choisi. Je t'avertis, William Leduc, t'es mieux de garder tes inquiétudes pour toi. Yuska pense qu'il n'est pas à la hauteur et je compte sur toi pour le convaincre du contraire. Laura veut se marier avec Yuska et crois-moi sur parole, elle se mariera avec lui. Il me faudra une nouvelle robe parce qu'on aura un mariage à célébrer dans pas longtemps.

— Y a rien qui presse. Je dis pas qu'ils se marieront pas, mais y a rien qui presse.

— Oui ça presse. Berthe est morte avant de marcher vers l'église. Même affaire pour notre Fleur-Ange. J'ai pas l'intention d'étirer leurs fiançailles longtemps.

— Si je comprends bien, j'ai pas mon mot à dire.

— Tu as ton mot à dire. La preuve, c'est que t'as dit ce que t'avais à dire. Mais c'est pas parce que tu le dis qu'on doit l'écouter. Je pense que tu t'inquiètes pour rien, pis Yuska sera un bon mari, j'en suis certaine moi.

— J'espère que t'as raison, ma femme. C'est ben beau l'amour, mais c'est pas ça qui t'apporte du pain sur la table. Si ça vire à misère, c'est pas tant mieux.

— Je m'en fais même pas avec ça. Ça sera pas facile pour eux autres par boutte, comme ç'a pas été facile pour nous autres, mais ils sauront traverser les temps plus durs comme on a été capables de le faire.

— C'est ben vrai ce que tu dis, pis dans le fond Yuska, c'est un bon gars. Y a toujours été avenant avec Laura-Marie. Même quand ils étaient p'tits, il prenait son bonheur à cœur. Je sais ben pas pourquoi je l'ai pris comme ça. Je pense que je suis juste pas prêt à voir ma fille se marier. La maison est déjà tellement vide sans ma mère pis les filles, j'ose même pas imaginer à quel point elle le sera encore plus quand les plus vieux partiront en ménage.

— J'ai pas hâte, moi non plus, que nos enfants partent. J'espère juste qu'ils trouveront un logis pas trop loin pour que je puisse les voir le plus souvent possible. Me semble que ç'a passé vite, qu'hier encore ils jouaient sur le terrain pendant qu'on travaillait pis que leur grand-mère les surveillait. J'ai l'impression que j'ai pas vu le temps passer.

— Moi non plus, je l'ai pas vu passer le temps. J'aurais pas voulu passer ces années-là avec personne d'autre que toi. On a eu des bouts durs comme tu dis, mais si t'avais pas été là, je sais pas si j'aurais pu passer au travers sans devenir fou.

William proposa à Eva d'aller se coucher. Une fois au lit, elle lui demanda ce que lui voulait Jérôme Mathieu. Il lui répondit qu'il était venu l'informer qu'une connaissance de Saint-Anicet avait manifesté son intérêt pour ses photographies. Puisque Mathieu devait s'y rendre mardi, il avait l'intention de se joindre à lui, profitant de l'occasion pour tirer quelques portraits pour la famille de cet homme. Eva soupira, puis se tourna sur le côté. Elle n'ajouta rien de plus. William la savait contrariée. Il s'approcha d'elle, lui caressa les cheveux en lui murmurant que la vie était trop courte pour qu'elle perde son temps à lui en vouloir. Il l'embrassa dans le cou, elle ne résista pas. Ils firent l'amour pour la première fois depuis le décès de leurs filles. Eva s'abandonna complètement aux mains habiles de William. Elle scruta les traits de son visage pendant qu'il la pénétrait. Il était si beau, presque parfait. Se sentant observé, il plongea son regard dans le sien. Ils s'embrassèrent jusqu'à ce que William se retire doucement. Il s'étendit sur le dos, elle posa sa tête sur sa poitrine et s'endormit aussitôt.

Le lendemain matin, Eva se réveilla tôt. Elle se leva, en prenant soin de ne pas réveiller William, qui dormait à poings fermés. Elle enfila rapidement ses vêtements et alla préparer le nécessaire pour le petit déjeuner. Élianna ne tarda pas à la rejoindre. Eva l'invita à s'asseoir sur ses genoux et dénoua ses nattes avec ses doigts. Élianna adorait ces moments passés seule avec sa mère. Elle se blottit contre elle, profitant des câlineries maternelles qu'elle appréciait tant. L'accalmie prit fin lorsque les aînés vinrent les rejoindre, suivis peu de temps après par leur père. Eva s'affaira à servir le petit déjeuner, en réfléchissant à sa journée. Édouard proposa à ses sœurs de les conduire à l'usine. Il récupérerait Catherine au passage. William embrassa Eva et suggéra à Élianna de l'accompagner à l'atelier. Une jeune Anglaise devait venir se faire photographier en matinée. Élianna, qui adorait regarder son père travailler, accepta volontiers. L'été, elle aimait bien passer ses journées tantôt au magasin, tantôt à l'atelier de son père. Ils quittèrent la maison après avoir embrassé Eva qui rangeait la cuisine. Son ouvrage terminé, elle se coiffa d'un chapeau et se rendit chez Marie-Renarde. Chemin faisant, elle sentit son cœur battre à tout rompre. Et si son amie refusait de la recevoir ? Tout comme elle, Marie-Renarde était rancunière, saurait-elle lui pardonner l'indifférence dont elle avait fait preuve ces derniers mois ? Elle songea à rebrousser chemin, mais s'armant de courage, elle poursuivit sa route. Leur dispute avait suffisamment duré. Marie-Renarde lui manquait terriblement. Il était grand temps qu'elles s'expliquent. Consciente qu'elle était la responsable de leur mésentente, Eva se prépara mentalement à s'excuser. Elle l'avait abandonnée au moment où elle avait le plus besoin d'elle. Peu lui importait maintenant qu'elle entretienne une relation avec un homme marié. Elle y avait longuement réfléchi et William avait raison; les histoires de couchette de son amie ne la regardaient pas. Elle s'arrêta quelques instants devant l'escalier menant au logement de son amie, respira profondément puis monta en se tenant à la rampe tant ses jambes tremblaient. Elle avait l'habitude de frapper à la porte et d'entrer sans plus attendre, mais cette fois, elle attendit que Marie-Renarde vienne ouvrir. Elle défroissa nerveusement sa robe du revers de sa main.

— Eva! s'exclama Marie-Renarde, surprise de sa visite. Viens, entre. Je suis contente de te voir!

— Ça me rassure de t'entendre dire ça. J'avoue que je craignais que tu me refermes la porte au nez.

— Je ne ferais jamais ça. Veux-tu une tasse de thé?

— Je dirais pas non, répondit Eva en suivant son amie jusqu'à la cuisine.

— Tu peux la tenir quelques minutes? demanda Marie-Renarde en lui tendant son nouveau-né.

— Allez, donne-moi cette petite merveille que nous puissions faire connaissance.

— J'ai tellement espéré ta visite, confia Marie-Renarde en déposant sa fille dans les bras d'Eva. Je te présente petite Leïka.

— Leïka, répéta Eva. Quel joli prénom qui va à merveille pour une si jolie petite fille.

— Je suis contente que tu le trouves joli. Ça signifie cadeau du grand esprit.

— C'est parfait. Elle est parfaite. Marie-Renarde, il faut que je te dise que je suis désolée de m'être emportée contre toi. J'aurais pas dû te faire la morale. J'aurais dû te supporter, et respecter ton choix. Je sais pas ce qui m'a pris de réagir comme ça.

— Je suis désolée de t'avoir déçue. Je voulais pas ça. J'étais aveuglée par ce que je ressentais pour Martin. La passion surpasse trop souvent la raison.

— Je suis venue te présenter mes excuses et te dire que je ne me mêlerai plus jamais de ta relation avec lui. Notre amitié est plus importante que les convenances. J'aurais dû le comprendre bien avant.

— Oublions tout ça. Ne t'en fais pas pour ma relation, elle est terminée depuis longtemps.

— Je suis vraiment désolée pour toi.

— Je mentirais si je te disais que ça ne m'a pas fait de peine. J'ai beaucoup pleuré. Mes larmes ont nettoyé ma peine et je suis maintenant en paix avec tout ça. Il était un oiseau de passage dans ma vie. Je sais que ça n'a pas été facile pour toi non plus. J'ai eu tellement de peine en apprenant que Marguerite et Fleur-Ange s'étaient envolées. J'ai pensé me rendre chez toi, pour t'offrir mon soutien, mais je n'ai pas eu le courage de le faire.

— Comme tu l'as dit, oublions tout ça.

— Comment ça se passe au magasin ?

— Je t'avouerai que j'ai eu un peu de misère à l'accoutumer à ton absence. William et moi avons engagé une jeune fille pour nous aider. Est bonne, on l'aime ben, mais reste que c'est pas pareil que de passer mes journées en compagnie de ma grande amie. Me suis ennuyée, en pas pour rire, ajouta-t-elle en tapotant la main de Marie-Renarde.

— Moi aussi, qu'est-ce que tu penses ! J'espère que William était pas trop choqué après moi ?

— Y a jamais été choqué après toi, même qu'il m'a dit dès le départ que ça me regardait pas. Pour tout te dire, ça m'a choquée noir au point que j'ai pu voulu en parler avec lui. Ça s'est arrêté là. On a toujours eu une haute estime pour toi pis ç'a pas changé. On pense la même affaire de ton gars, tu le sais ça ?

— Tu me dis ça parce que je ne veux pas qu'il demande la main de Laura à William ?

— Marie-Renarde, je comprends pas ce qui t'inquiète. On a toujours su qu'ils finiraient ensemble ces deux-là. J'ai pour mon dire que ma fille pourrait pas trouver meilleur parti que ton fils. Sont amoureux, Marie-Renarde. On peut rien espérer de mieux.

— J'étais certaine que vous refuseriez et je ne voulais pas que Yuska en soit chagriné.

— Je te rassure, on n'a pas l'intention de refuser, ben au contraire. Je te dirais même que je n'aurai pas la tête tranquille tant que William ne lui aura pas fait remonter la grande allée. Y a eu trop de promesses de mariage qui n'ont pas abouti pour que je dorme tranquille tant que ma fille ne sera pas mariée à ton fils si c'est ce qu'ils désirent. C'est pas à nous de décider, c'est à eux. Sont rendus grands nos p'tits.

— Tu as raison, c'est pas à nous de décider.

Les deux amies échangèrent un sourire complice. Elles avaient tant de choses à se raconter qu'elles passèrent l'avant-midi à discuter. Eva partit peu après que l'horloge du salon sonne les coups de midi. Elle marcha en direction du magasin le cœur heureux. Elle regretta de ne pas avoir fait le premier pas plus tôt, se promettant de ne plus jamais se disputer avec Marie-Renarde.

CHAPITRE 15
La malle aux secrets

En partant ce matin-là, William embrassa Eva qui se montra plus distante que d'ordinaire. Elle était contrariée par son départ. Il lui murmura qu'il l'aimait et se rendit chez Jérôme Mathieu qui l'attendait en fumant une cigarette, adossé à son corbillard.

Édouard proposa à Élianna de l'accompagner lors de ses livraisons. La fillette accepta en trépignant de joie. Elle adorait passer du temps seule avec son frère, qui se montrait toujours gentil avec elle. Eva en profita pour faire les comptes du magasin, laissant à Catherine le soin de servir les clients. Eva referma le livre de comptes, lorsque sa sœur se présenta peu avant le repas du midi. Émilienne, résolue à trouver un prétendant, se montra exagérément charmante avec certains clients dont le fils du chirurgien-dentiste Carrier qui n'apprécia pas la familiarité dont elle fit preuve à son égard. Après son départ, Eva prit Émilienne par la main et l'emmena à l'arrière du magasin. Elle la pria d'agir décemment en présence des clients, de ne plus leur poser de questions personnelles.

Émilienne revendiqua son droit d'agir selon sa propre convenance lorsqu'elle fut interrompue par l'entrée d'une cliente.

— Catherine Dupuis ! s'exclama Eva contrariée. D'après moi, t'as perdu ton chemin pour être icitte.

— T'en fais pas pour moi, je ne suis pas perdue. Je suis venue voir William, pour lui dire ma façon de penser en face, mais vu qu'il n'était pas à son atelier, je suis venue voir ici. Vu qu'il n'est pas ici non plus, je vais te laisser le message.

— Es-tu venue faire du trouble à ma sœur, toi là ? demanda Émilienne en jetant un regard menaçant à Catherine Dupuis. Parce que, si c'est le cas, tu vas avoir affaire à moi.

— Toi, Émilienne, mêle-toi pas de ça. J'ai pas peur de toi.

— Laisse-la cracher son venin qu'on en finisse, lança Eva. Qu'est-ce que tu veux à mon mari ? Lui, y veut rien savoir de tes messages, tiens-toi-le pour dit.

— Tu sauras que William et moi, on n'a jamais arrêté d'être amis. Tes petites crises de jalousie l'ont pas arrêté à venir me voir. Il m'a livré mes commandes toutes les semaines, sans que tu le saches. Là, y a arrêté depuis que votre gars livre à sa place. Pis parce que t'es pas capable d'endurer le fait qu'on soit amis, il veut pas que votre gars vienne chez nous. Tout ça, c'est pour pas te contrarier, parce que tu me jalouses depuis la première fois que tu m'as vue. T'es jalouse pour rien. Penses-tu vraiment que j'en voudrais de ton mari ? Penses-tu que j'envie ta vie ? Dis-toi une chose, si je l'avais voulu dans mon lit ton mari, je l'aurais eu depuis longtemps.

— Je pense que t'as dit ce que t'avais à dire, coupa sèchement Émilienne. Asteur, prends la porte pis ça presse, avant que je te la fasse prendre.

— Ma pauvre Émilienne, tu n'es qu'une pauvre folle qui me fait peine à voir. T'as toujours eu l'air vulgaire, mais aujourd'hui, dans cette robe, tu te surpasses. Et, Eva, tu diras à ton mari qu'il peut garder mes photographies, lança-t-elle hargneusement avant de quitter les lieux.

Eva tremblait de colère, assimilant difficilement les propos de Catherine. Elle refusait de croire que William lui avait délibérément menti. Il avait entretenu leur amitié malgré la promesse de ne plus voir cette femme. Eva se dirigea vers l'atelier d'un pas décidé, suivie d'Émilienne. En entrant dans l'atelier, son rythme cardiaque s'accéléra en apercevant l'appareil photographique de William posé sur sa table de travail. Elle scruta rapidement la pièce, apercevant le trépied près de la porte. William avait-il oublié son matériel ou avait-il simplement menti sur les raisons de son déplacement ? Eva fouilla l'atelier, cherchant les photographies de Catherine.

— Il n'y a aucune photographie d'elle icitte, lança Eva, soulagée. C'est clair qu'elle ment pour me faire choquer, mais ça marchera pas. J'ai totalement confiance en mon mari, mentit-elle.

— Si tu veux mon avis, elle a plutôt réussi parce que t'as l'air choquée noir, ma sœur.

— Je suis choquée parce qu'elle m'a fait l'affront de se présenter dans mon magasin. Je suis choquée parce que je la déteste ! Elle peut dire ce qu'elle veut, je connais mon mari mieux que personne et je sais qu'il ne porte plus aucun intérêt dans leur amitié.

— Tu sais, Eva, personne n'est parfait et William ne l'est pas plus qu'un autre.

— J'ai jamais dit que mon mari était parfait! Je dis qu'il ne me ment pas, c'est pas pareil.

— Je veux pas tourner le fer dans plaie, mais c'est clair qu'il a ses p'tits secrets comme tout le monde. C'est ben évident qu'il y a des affaires que tu sais pas.

— Coudonc, Émilienne, sais-tu quelque chose que je devrais savoir?

— Je sais pas ce que tu sais, pis ce que tu sais pas. Je dis juste qu'il faudrait que tu arrêtes de penser que ton mari est parfait. Il est comme tous les autres hommes. C'est toute...

— C'est ben certain qu'y est pas parfait, mais y est parfait pour moi, pis c'est tout ce qui compte. Je sais que tu penses que tous les hommes couraillent d'un lit à l'autre, mais tu te trompes. Mon William n'est pas comme ça. Je suis plus que certaine qu'il m'a toujours été fidèle.

— Je comprends pas pourquoi tu me dis ça. C'est ton mari, pas le mien. C'est toi qui sais s'il couraille ou pas. J'ai jamais prétendu être au courant de son couraillage. Ce dont je suis au courant, pis que je sais pas si toi t'es au courant, c'est qu'il y aurait eu un secret bien gardé entre notre mère pis lui.

— Qu'est-ce que tu me dis là, toi?

— C'est Marcel qui m'avait dit ça y a longtemps.

— Mais qu'est-ce que Marcel vient faire là-dedans? Je te suis pas là.

— Je sais pas trop. C'est dans le temps que maman est venue s'installer chez nous avec les p'tits. Marcel s'est échappé, pis qu'il m'a dit ça.

— Qu'il t'a dit quoi? s'impatienta Eva.

— Qu'il ne devait pas dire que William et un ami étaient passés à Saint-Antoine pour dire un secret à maman.

— Ça sort d'où, cette histoire-là ?

— Ben, comme je te dis, de Marcel !

— Marcel doit avoir inventé ça. Tu le connais, y étais menteur comme dix.

— Je te dis ce qu'il m'a dit. Je peux pas garantir que ce soit vrai, mais c'est ce qu'il m'a dit. Ça se peut qu'il ait tout inventé. Je me suis toujours demandé quel secret William aurait ben pu dire à maman. Surtout ce soir-là...

— Comment ça, ce soir-là ? De quel soir tu parles ?

— Ben, du soir où la maison du docteur Gendron a passé au feu.

— La maison du docteur Gendron, répéta Eva, incrédule. Ça ne fait pas de sens ! William n'était pas à Saint-Antoine ce soir-là, y était avec moi.

— En es-tu ben certaine ? Ça fait un bout de ça. Tu peux pas te souvenir où était ton mari un certain soir, il y a plus de vingt ans.

— Si je te dis qu'il était avec moi, c'est parce qu'il était avec moi ! D'après moi, Marcel a juste tout mélangé les histoires. William pis moi, on se dit toute. Je vais attendre qu'il revienne pis lui demander s'il sait à quoi Marcel faisait allusion quand il t'a dit ça. Pis je vais aussi lui demander pourquoi Catherine est venue me dire ça au magasin. Je suis pas tant inquiète, je le connais mon mari, pis j'ai confiance en lui.

— Tant mieux si t'es pas inquiète.

Eva se tint la tête entre les mains, feignant un mal de tête, et se retira chez elle en priant sa sœur de la laisser se reposer. Émilienne lui proposa de l'accompagner, mais Eva refusa. Une fois seule, elle analysa tout ce qu'elle venait d'entendre. Il lui parut impossible que William ait visité Catherine à son insu. Elle se questionna longuement sur les propos d'Émilienne. Pourquoi William serait-il allé à Saint-Antoine sans lui en faire part ? Qu'aurait-il fait à Saint-Antoine le soir où son agresseur est mort dans l'incendie de sa maison ? Elle sentit son cœur se serrer en songeant aux paroles de madame Gendron, qui soupçonnait que l'incendie ayant emporté son fils n'était en rien accidentel. Et si William avait incendié la maison pour la venger de Gendron ? Non, c'était impossible, son mari était incapable de poser un tel geste. Elle s'obligea à reprendre ses esprits. Il ne restait qu'à attendre le retour de William, lui seul détenait la vérité.

* * *

William et Jérôme arrivèrent en début d'après-midi chez la veuve de Rosaire, qui ne s'attendait manifestement pas à leur visite. Jérôme immobilisa son corbillard devant la demeure délabrée, éveillant aussitôt la curiosité des habitants du quartier. Les deux comparses avaient décidé la veille de s'arrêter, chemin faisant, chez la pauvre veuve. William lui remit les quatre caisses de denrées qu'il avait apportées à son intention. Étonnée, la veuve de Rosaire ne cessa de lui répéter « qu'il n'aurait pas dû, que c'était beaucoup trop ». Ils discutèrent durant un moment. William fut heureux d'apprendre que sa fille et elle allaient bien compte tenu des circonstances. Rosaire leur manquait toujours autant, mais la vie reprenait tranquillement son cours, si bien qu'un mariage était prévu entre sa fille et un ouvrier du village. Au moment de partir, Jérôme Mathieu lui glissa dans la main une liasse de billets totalisant la somme de cent dollars. En montant dans le corbillard, William pria la femme de son défunt ami de cesser de pleurer, qu'il avait une dette perpétuelle envers son mari. Ils reprirent tranquillement la route. À la tombée de la nuit, ils empruntèrent le chemin de terre devant les mener à leur point de rencontre clandestin. Jérôme gara le véhicule en bordure du chemin, puis éteignit le moteur. Le bruissement des arbres et les cris des criquets meublaient le silence. William détestait ce moment d'attente précédant l'échange de la marchandise contre de l'argent. Durant ces interminables minutes, il s'imaginait être encerclé par des enquêteurs de la Commission des liqueurs, se voyant déjà emprisonné. Il sentit son rythme cardiaque s'accélérer. Au signal de Jérôme, ils descendirent du corbillard. Trois hommes sortirent du boisé et se dirigèrent vers eux en agitant les mains. Reconnaissant l'homme qui l'avait abordé à l'hôtel, Jérôme ouvrit la portière arrière, s'emparant du cercueil dans lequel il avait caché une partie de la marchandise. L'échange fut rapide. Au moment où William s'apprêta à prendre place dans le corbillard, il s'écroula sur le sol, frappé par une vive douleur à la tête. Il ouvrit les yeux plusieurs minutes plus tard lorsque Jérôme l'installa de peine et de misère sur le siège arrière. Se sentant faiblir, William referma les yeux. Durant le chemin du retour, il perdit connaissance à de nombreuses reprises. Jérôme se gara à quelques rues de la demeure des Leduc, attendant patiemment que son ami reprenne ses esprits.

— Veux-tu ben me dire ce qui s'est passé là? demanda William en se tenant la tête.

— On s'est fait avoir comme des débutants. Ils nous ont sauté dessus comme des sauvages et nous ont attaqués. Toi, plus que moi. Il y en avait un sur moi et deux sur toi. Moi, il m'a frappé, je suis tombé, ça s'est arrêté là. Ils ont continué à te frapper pendant que tu gisais par terre. Ils t'ont vidé les poches. Ils ont repris l'argent qu'ils nous ont donné, plus ce qu'on avait. Les salauds! Une chance que j'avais pas ma carabine avec moi, je te jure que je les aurais tués. À te voir l'allure, ils t'ont pas manqué.

— J'ai mal à tête, ça je peux te le dire. Je savais donc qu'on n'aurait pas dû aller là, qu'on aurait dû passer notre tour. C'était ben trop beau pour être vrai. Je sens ma face enflée, on dirait qu'elle va fendre en deux.

— Pour être enflé, t'es enflé, ça c'est certain.

— Ma femme va m'achever.

— Dis-lui qu'on s'est fait attaquer sur le chemin du retour. Dis-lui qu'on a voulu s'arrêter porter secours à quelqu'un qui avait l'air mal pris sur le bord du chemin, pis qu'il nous a attaqués.

— Elle croira jamais qu'un homme est venu à boutte de nous attaquer les deux! Est pas sotte ma femme. Je savais que tout ça finirait mal. Je l'ai toujours su. Débarque-moi à maison, faut que j'aille m'étendre au plus sacrant, j'ai mal à grandeur du corps.

Endormie dans sa berçante, Eva sursauta en entendant la porte se refermer. Elle distingua dans la pénombre la silhouette chancelante de William. Elle se leva d'un bond et alla aussitôt à sa rencontre. Espérant éviter son regard, William baissa la tête, mais Eva le somma de la regarder. Elle remarqua immédiatement les ecchymoses qui recouvraient son visage, mais se garda de le mentionner. Elle aida William à se rendre à leur chambre. Jamais elle n'avait ressenti autant de colère envers son mari.

— Veux-tu ben me dire où t'es passé pour revenir amoché comme ça ?

— On s'est fait attaquer sur le chemin du retour.

— Vous vous êtes fait attaquer ? Mais pourquoi ?

— Des voleurs de grands chemins, j'imagine. Je sais pas trop, ça s'est passé tellement vite.

— Ils vous ont volé quoi ? Pas ton matériel de photographie j'espère ?

— Non, ils nous ont fait les poches. Peut-être qu'ils nous ont attaqués que pour nous attaquer, je sais pas…

— Alors t'as oublié ton matériel dans le corbillard de Jérôme ?

— Oui, c'est ben vrai. J'ai oublié de le débarquer, j'ai pas pensé à ça. T'en fais pas avec ça, je vais le récupérer demain.

— Je vais te dire moi, William Leduc, ce que tu vas faire demain. Tu vas t'expliquer à ta femme, pis tu vas lui dire la vérité à savoir où t'étais aujourd'hui.

— Je comprends pas où tu veux en venir, Eva. J'étais parti prendre des photographies à Saint-Anicet, me semble que je te l'avais dit ?

— Tu me l'avais dit, mais la question que je me pose, c'est, comment as-tu pu prendre des photographies quand tout ton matériel est resté dans ton atelier ?

— J'ai la tête qui élance, pis ça me rend un peu confus, mentit William.

— J'espère pour toi que la nuit t'aidera à retrouver tes esprits parce qu'on aura une bonne discussion demain matin.

Le lendemain matin, Eva demanda à Édouard de s'occuper de l'ouverture du magasin et d'emmener Élianna avec lui. Elle rejoignit ensuite William qui dormait encore. Elle s'assit à ses côtés et attendit patiemment qu'il ouvre les yeux. Elle essuya ses larmes à plusieurs reprises. Des émotions mixtes, passant de la colère à la peine, la submergèrent. Pour la première fois depuis leur mariage, son mari la décevait amèrement.

— Je pense que t'as ben des affaires à me dire, dit-elle dès qu'il ouvrit les yeux.

— Maintenant? Je commencerais par prendre un café, je me sens comme si un cheval m'était passé dessus.

— Je vais t'attendre dans cuisine. Fais ça vite, je pense que j'ai été assez patiente.

William se leva péniblement. N'ayant d'autre choix que d'affronter Eva, il la rejoignit à la cuisine. Il prit place à la table après avoir versé deux tasses de café. Eva repoussa la tasse qu'il déposa devant elle. William comprit qu'il ne pouvait plus se défiler, qu'il se devait de lui dire la vérité.

— Je suis pas fier de moi, dit-il d'emblée. Je sais que t'es choquée après moi, pis t'as raison de l'être.

— Certain que j'ai raison de l'être! Pis je le suis pour ben plus de raisons que tu peux penser! Je vais te dire, William Leduc, que je pensais pas que t'étais menteur comme ça. Moi, j'ai toujours cru tout ce que tu me disais, comme une belle idiote! Figure-toi donc que j'ai toujours eu confiance en mon mari pis que je me rends compte après vingt ans de mariage qu'il était pas celui que je pensais.

— Je suis celui que tu penses. J'ai toujours été celui que tu penses.

— Je pense pas non ! T'étais où, hier ?

— C'est une longue histoire, Eva.

— J'ai tout mon temps !

— Je veux que tu saches que tout ce que j'ai fait, je l'ai fait pour toi pis les enfants. Je sais que je me suis moi-même mis dans le trouble, que c'est de ma faute. Pis si je te l'ai pas dit avant, c'est parce que je voulais pas te mêler à ça. Je vais te dire tout ce que tu veux savoir, j'aurais dû te le dire dès le départ.

— Me mêler à quoi ? Arrête de parler en parabole, William, pis dis-moi où t'étais hier !

— J'étais avec Jérôme. On amenait de l'alcool jusqu'à la frontière pour des Américains. C'est après l'échange que les gars ont viré leur fusil d'épaule pis nous ont attaqués en vrais traîtres. On les a pas vus venir, on n'a pas pu se défendre.

— Qu'est-ce que tu me racontes là ?

— Jérôme, moi pis deux autres gars, on fournit de l'alcool aux Américains.

— Ben voyons donc, es-tu conscient de ce que tu me dis là ? T'aurais pu finir en prison ou pire encore, mort ! Qu'est-ce qui t'est passé par la tête ?

— Je sais que tu ne me croiras pas, mais c'est pour nous mettre à l'abri de l'infortune que j'ai fait ça. Je l'ai fait par amour pour vous autres.

— C'est ça que tu faisais quand nos filles sont mortes ?

— Oui, répondit William en baissant le regard.

— Ça dure depuis combien de temps ?

— Depuis un an. Eva, je sais que c'est pas correct. J'ai dit aux gars que je débarquais, que je ne voulais pu y aller. Jérôme a réussi à me convaincre de le faire pour une dernière fois. Demande-lui si tu me crois pas. Je voulais plus rien avoir à voir avec tout ça. Je sais que ça va pas te faire déchoquer, mais j'ai mis de côté chaque dollar que ça m'a rapporté et je peux te dire qu'on manquera pas d'argent jusqu'à la fin de nos jours.

— Tu me connais ben mal, William, si tu penses que ça change quelque chose pour moi de savoir que t'as de l'argent. T'es un homme respectable, t'es un père de famille aussi. Tu aurais pu tout perdre à cause de ça. On aurait pu tout perdre! Avais-tu pensé à ça?

— C'est ben certain que j'y ai pensé. J'y ai tellement pensé que je pensais que j'allais devenir fou. J'étais mort de honte chaque fois que j'étais en face de toi. J'ai jamais voulu te mentir par exprès. Je voulais juste faire ce que je pensais qu'il fallait que je fasse sans te mettre au courant. On n'est pas les seuls à faire ça. J'ai juste pas voulu regarder le train passer. J'aurais peut-être pas dû, mais j'ai décidé de sauter dedans pendant qu'il passait.

— T'as fait quelque chose de croche, William. Même que c'est criminel ce que t'as fait. T'aurais pu mettre le déshonneur sur notre famille, nous faire perdre le magasin aussi. Mais tu sais quoi? Ce qui me choque le plus là-dedans, c'est toutes les menteries que tu m'as racontées, en me regardant dans les yeux. Y a pas une fois que j'ai mis ta parole en doute parce que j'ai toujours cru tout ce que tu me disais.

— Eva, je veux pas revenir là-dessus, mais toi aussi tu m'as menti pis je t'ai pardonnée.

— C'est pas la même affaire!

— Mentir, c'est mentir. T'as menti pour me protéger et j'ai menti pour te protéger. C'est peut-être pas les mêmes menteries, mais ça reste des menteries quand même. T'as eu ton secret et j'ai eu le mien. Je te fais la promesse de ne plus jamais avoir de secret pour toi.

— La différence, c'est que toi, des secrets, t'en as un pis un autre.

— J'ai pas d'autre secret.

— Tu vois, tu me mens encore ! Figure-toi donc que j'ai eu de la visite hier. Catherine, pas ma Catherine là, ta Catherine est débarquée au magasin. Elle s'est fait un plaisir de venir me dire que tu avais continué, malgré le fait que tu m'avais promis le contraire, à lui rendre visite chaque semaine !

— J'aurais pas dû faire ça. Je voulais seulement rester en dehors de vos chicanes. Je l'ai un jour croisée sur le chemin pis elle me disait combien ça lui faisait des misères d'être obligée de traverser la ville pour se rendre à l'épicerie Lefebvre. J'ai voulu l'accommoder. J'ai agi de bon cœur.

— Encore là, tu ne m'as rien dit. Tu m'as menti, William. Comment tu penses que je me suis sentie, moi ?

— T'as raison, Eva. Je m'excuse, sincèrement. Je ne lui adresserai plus jamais la parole de mon vivant. C'est ce que j'aurais dû faire. Je suis vraiment désolé, faut que tu me croies.

— Y a pas juste ça, William. Est-ce que c'est vrai que tu t'es rendu chez ma mère, le soir où la maison de Gendron a passé au feu ?

— Ça sort d'où, ça ?

— De mon frère, Marcel.

— Y est mort depuis des années, Marcel…

— Je sais ben qu'il est mort depuis longtemps ! Ça n'empêche pas qu'il aurait dit à Émilienne que tu serais débarqué chez eux ce soir-là. Pis que t'étais accompagné d'un ami. Est-ce que c'est vrai, cette histoire-là ? Est-ce que t'étais à Saint-Antoine, ce soir-là ?

— Oui, Eva, j'y étais.

— Tu y étais, répéta Eva, sidérée. Mais qu'est-ce que tu faisais là ?

— C'est pas ce que tu penses...

— Je sais même plus ce que je pense... Qu'est-ce que tu faisais là? s'enquit de nouveau Eva d'un ton tranchant. T'étais chez ma mère ou chez lui ?

— Les deux. Je me suis rendu chez eux avec le gros Hébert. J'avais aucune autre intention que de lui parler. Je voulais juste mettre carte sur table avec lui. Je voulais qu'il sache que t'étais ma femme, pis que j'accepterais pas qu'il te tourne autour. C'est tout ! Pis j'ai aussi fait un saut chez ta mère au passage.

— Dis-moi pas William que t'as quelque chose à voir avec l'incendie? demanda Eva horrifiée.

— Je...

— William ! insista-t-elle.

— C'était un accident ! s'écria-t-il.

— Un accident ?

— Il a dépassé les bornes, pis on s'est battus. Le gros Hébert s'en est mêlé, pis Gendron s'est accroché dans les rideaux en s'effondrant sur le sol. Y a fait tomber une lampe à huile en même temps. Ç'a pas été long que le feu a pris dans les rideaux. On a essayé de le sortir, je te jure qu'on a essayé, mais le feu était pris après lui.

— Mon doux Seigneur, pardonnez-nous, dit Eva en se signant. C'est épouvantable ce que tu me dis là, William ! Vous l'avez tué !

— On l'a pas tué, Eva ! Le feu a pogné, c'est pas nous autres qui l'a allumé. C'est lui qui cherchait à se battre, c'est lui qui s'est accroché dans la lampe pis dans les rideaux. C'est toute de sa faute, pas de la nôtre. Je sais ben qu'on n'aurait jamais dû aller là, mais je voulais juste qu'il te laisse tranquille. Je voulais lui parler d'homme à homme. Tu me connais, Eva, je ferais pas de mal à une mouche !

— Qu'est-ce que vous avez fait une fois que le feu a pogné ?

— On a essayé de le sortir, mais on était pas capables. On n'a pas eu le choix, on est sorti au plus sacrant. Ç'a pas été long que le feu était pris mur à mur. Y avait plus rien à faire, Eva. Je te jure qu'on pouvait rien faire. Je te jure sur la Bible que j'ai pas pensé un seul instant que ça allait virer de même.

— Qu'est-ce que vous avez faite après ?

— Nous sommes partis en courant.

— Vous n'avez pas essayé d'avertir quelqu'un ? De chercher de l'aide ? Vous vous êtes sauvés comme des voleurs...

— Coudonc, Eva, as-tu perdu la mémoire ? As-tu oublié ce qu'il t'a fait ? C'était le diable en personne, ce gars-là. Il a cherché la bataille. Je dis pas qu'il a mérité ce qui est arrivé, mais on est pas débarqués là pour le tabasser, pis foutre le feu à sa maison. Ç'a mal viré, ç'a fini par une tragédie, mais on n'a jamais voulu ça. On a vraiment essayé de le sortir en même temps que nous autres, mais il était déjà en feu. C'était quand même le docteur du village, on a eu peur de se faire accuser d'avoir mis volontairement le feu, alors on a sacré le camp. Qu'est-ce que tu veux que je te dise, on était jeunes, pis on a eu peur. On n'a pas pensé avertir personne, il était trop tard de toute façon. On a juste pensé à sauver notre peau. Ça fait sans doute de nous des lâches, mais je peux rien y changer, c'est ce qu'on a fait. T'étais enceinte, Eva, j'ai voulu te protéger en te le disant pas. Je me disais que tu en avais déjà assez enduré comme ça, que t'avais pas à t'inquiéter avec ça.

— T'aurais pu aller en prison, William!

— C'est pas arrivé, alors ça donne rien d'en parler!

— J'ai l'impression d'avoir été flouée durant toutes ces années. Je peux pas croire tout ce que j'ai entendu à matin.

— Je sais que t'es choquée, Eva…

— Je suis ben plus que choquée, coupa-t-elle sèchement. J'ai de la peine pis je suis déçue aussi. J'ai besoin de temps pour jongler à tout ça. Je pense que tu serais mieux de partir pour un temps. Pis, de toute façon, je veux pas que les enfants te voient amoché comme ça.

— Je veux pas partir, Eva! Je peux te donner le temps de te déchoquer, mais je veux pas partir.

— Je te donne pas le choix. C'est trop pour moi tout ça. J'ai besoin d'y voir clair.

— Mais où veux-tu que j'aille? demanda-t-il en pleurant.

— Je sais pas moi. Va chez Jérôme, ou chez un autre de tes amis croches. Va t'installer dans la maison de ta mère. Tu peux aller où bon te semblera, tant que ce n'est pas ici.

— Eva, je t'en prie, écoute-moi! Je suis vraiment désolé pour tout ça. Si c'était à refaire, je referais tout différemment. Tu peux me croire. Je voulais juste pas t'inquiéter avec tout ça. Je sais que j'aurais pas dû, que j'aurais dû te raconter tout ça au lieu de te tenir à l'écart. J'aurais pas dû dépanner Catherine en lui livrant ses commandes. J'aurais pas dû me rendre chez Gendron ce soir-là. J'aurais dû te raconter ce qui s'était passé. J'aurais pas dû embarquer dans le plan des gars, j'aurais pas dû… Je sais tout ça et tu dois me croire quand je te dis que je suis désolé. On a passé à travers des affaires ben plus difficiles que ça, toi et moi… Je veux pas m'installer ailleurs qu'ici.

— Je te donne pas le choix, William !

CHAPITRE 16

Orgueil et luxure

William vivait dans la maison qui l'avait vu grandir depuis près de deux mois. Il se rendait à son atelier très tôt le matin afin de se soustraire aux regards des voisins qui dans leur chaumière se questionnaient sur sa présence dans le quartier. William tenta à de nombreuses reprises de raisonner sa femme, mais elle demeura inflexible. Désespéré, il rentrait chaque soir dans cette maison qui n'était pas la sienne. Il s'installait dans la berçante jadis occupée par son père et pleurait sans retenue. Bien au fait de la nature rancunière de sa femme, il ne lui restait qu'à espérer qu'il finisse par lui manquer autant qu'elle lui manquait. Elle envoyait chaque soir Édouard lui porter une gamelle contenant sa portion du souper. Appréciant l'attention, il se forçait à manger malgré son manque d'appétit. Il avait énormément maigri durant ces deux derniers mois, tellement qu'il devait se servir d'épingles à couche pour réduire la taille de ses pantalons. Certains soirs, Édouard veillait avec lui, mais la plupart du temps, il demeurait seul à jongler avec sa peine.

Eva ajusta son châle, puis entra à l'intérieur. Elle jeta un dernier coup d'œil par la fenêtre et tira les rideaux. Elle s'installa dans la berçante de William, où elle attendit le retour d'Édouard. Dernièrement, son fils sortait veiller presque tous les soirs. Eva ne s'inquiétait pas outre mesure puisque son fils veillait auprès de son père, au *poolroom* dans Bellerive ou encore au nouveau théâtre Royal des frères Martineau. Comme dirait William, il fallait bien que jeunesse se passe. Elle sourit, se demandant si Catherine Tremblay n'était pas derrière les sorties nocturnes de son fils. Peut-être se fréquentaient-ils en cachette ? Y aurait-il un deuxième mariage dans l'air ? Eva se sentit nostalgique à l'idée que ses bébés étaient devenus de jeunes adultes. Il ne lui restait qu'Élianna sous sa jupe. Sa douce Laura-Marie épouserait Yuska à la fin du mois d'octobre. Ce même petit Yuska qu'elle avait tenu dans ses bras alors qu'il venait à peine de naître. Sa fille épouserait le fils de sa plus grande amie. Tandis que s'écrivaient les promesses d'une belle histoire d'amour, la sienne menaçait de tirer à sa fin. Ils avaient, l'un comme l'autre, failli à leurs promesses.

Elle essuya ses larmes du revers de sa manche. Peu fière de sa séparation de corps avec William, elle se demanda s'ils parviendraient à se réconcilier. Elle éprouvait encore une certaine colère à son endroit, mais n'avait-elle pas l'obligation morale de tout lui pardonner ? Elle l'avait tant repoussé dernièrement qu'il gardait à présent une certaine distance. Émilienne avait-elle raison de dire qu'il finirait par la remplacer dans son lit ? Catherine Dupuis était-elle au courant de leur séparation ? Lui avait-il rendu visite, en espérant y trouver une certaine consolation ? William l'aimait trop pour la remplacer aussi rapidement, elle en était certaine. Trop orgueilleuse pour lui demander de revenir, elle préférait jouer la carte de l'indifférence au risque de l'éloigner davantage. Eva, absorbée par ses pensées, sursauta lorsque Édouard ouvrit la porte. Elle jeta un coup d'œil furtif à l'horloge et fut surprise par l'heure tardive. Elle souligna à Édouard qu'elle n'aimait pas qu'il rentre si tard. Ce dernier s'excusa en promettant de rentrer plus tôt à l'avenir.

* * *

Édouard revint de ses livraisons matinales en souriant. Eva remarqua que son fils était particulièrement d'humeur joyeuse ces derniers temps. Elle l'observa pendant qu'il rangeait ses caisses de bois vide. Elle était fière de l'homme qu'il devenait. Elle se demanda ce qu'il serait devenu sans la présence de William dans leur vie. Aurait-elle été contrainte de l'abandonner ? Il les avait sauvés tous les deux, sans même se poser de questions. William était ainsi fait. Il agissait selon ce que lui dictait sa conscience. L'évidence la frappa : son mari avait consacré sa vie à faire de la sienne tout ce qu'elle avait rêvé qu'elle soit. Durant toutes ces années, il s'était montré patient, aimant, empathique. Il lui avait tout pardonné, lui avait tout donné. Comment avait-elle pu le repousser ainsi ? La cloche d'entrée sortit Eva de ses pensées.

Le soir venu, à peine le repas terminé, les aînés sortirent, laissant Eva seule avec Élianna. Elles jouèrent quelques parties de paquet voleur, au plus grand bonheur de la fillette qui adorait jouer aux cartes. Eva borda ensuite sa cadette en s'allongeant près d'elle quelques minutes. Elle l'embrassa sur le front avant de quitter sa chambre. Elle agrippa son châle qui traînait sur la berçante et se dirigea vers la fenêtre où elle remarqua que la lumière était allumée dans l'atelier de William.

Était-il là, ou avait-il oublié d'éteindre? Tandis qu'elle se demandait si elle devait traverser à l'atelier, la lumière s'éteignit. Elle sentit son rythme cardiaque s'accélérer et ses mains devenir moites en réalisant qu'il se dirigeait vers la maison. Elle s'éloigna rapidement de la fenêtre. À peine eut-elle le temps de replacer derrière ses oreilles quelques mèches de cheveux rebelles que William entra.

— Je m'excuse de débarquer comme ça, mais j'avais à faire à l'atelier et je me suis dit que tant qu'à être là, j'étais aussi bien de passer te parler de quelque chose. Ça te dérange-tu, si je reste quelques minutes pour te jaser?

— Non, ça ne me dérange pas. Assis-toi si tu veux.

— Comment tu vas, toi?

— Comme ça peut aller...

— Je suis vraiment pas à l'aise de te parler de ce que je veux te parler. Mais vu que je t'ai promis que je te dirais tout à l'avenir, je pense que j'ai pas le choix de t'en parler. Moi, je pense que c'est des affaires d'hommes. Pis, qu'il n'y a pas un gars qui voudrait que sa mère sache ça, mais je vais te le dire quand même. Je veux que tu me croies quand je te dis que je ne te ferai plus jamais de cachette. Faut juste que tu me promettes de ne pas en parler.

— Tu fais donc ben des mystères, William. Tu sais ben que j'en parlerai pas si tu me dis de ne pas en parler!

— Jérôme m'a raconté ce matin que ça faisait quelques fois qu'il voyait Édouard à une place pas trop recommandable. Il paraîtrait qu'il se tient pas mal chez la logeuse Goyer.

— C'est qui elle ?

— C'est une femme qui tient logis pas loin du Grand Trunk. Disons qu'elle est loin d'avoir une bonne réputation. À ce qu'il paraît, elle tiendrait une maison de débauche clandestine où il est possible de jouer à l'argent ou de voir des filles.

— Qu'est-ce que tu veux dire par voir des filles ? demanda-t-elle en se doutant de la réponse.

— Ben, tu sais...

— Des putains ?

— On peut dire ça, oui.

— Voyons donc ! C'est certain que ton ami fait erreur sur la personne. Notre fils irait jamais dans un endroit pareil. Pis, en partant, veux-tu ben me dire ce qu'il faisait là, lui ? C'est ce que je te disais, c'est un croche.

— C'est un bon gars, Jérôme. Y est pas marié, il peut ben faire ce qu'il veut dans ses temps libres. Ça fait de mal à personne, pis ça ne me regarde pas. Tu vois, j'ai pour mon dire que les autres peuvent ben faire ce qu'ils veulent de leur vie, que c'est pas à moi de les juger. Pis y a été correct de m'avertir. Il n'a pas fait erreur sur la personne. Il connaît Édouard, il ne le confondrait pas avec un autre.

— Pis, selon lui, il fréquente la place pour le jeu ou pour les filles ?

— Je te dirais pour les filles.

— Mon Dieu, c'est épouvantable ! Je peux pas croire que mon fils fréquente des putains !

— Ce serait pas le premier jeune homme à fréquenter ce genre de place pour gagner un peu d'expérience. Y a pas mort d'homme, Eva. Il fait de mal à personne, ces filles-là sont consentantes.

— Dis-moi surtout pas que tu approuves ça ? Es-tu certain que c'est Jérôme qui l'a vu là-bas ? Comment ça que tu savais qui c'est cette bonne femme Goyer ? T'as déjà été chez eux ?

— Franchement, tu me connais mal, si tu penses que je suis du genre à fréquenter ce genre de place. Je cherche pas des femmes, j'en ai jamais cherché. La seule femme que je veux est devant moi. Édouard est jeune encore. Il manque de confiance avec les filles. C'est peut-être la façon qu'il a trouvée pour gagner de l'assurance.

— Tu parles d'une façon de gagner de l'assurance ! Regarde-moi pas en souriant comme ça, William. C'est même pas drôle !

— Je m'ennuie de toi, Eva. T'as même pas idée à quel point tu peux me manquer. Je pense à toi tout le temps, vraiment tout le temps. C'est pas mêlant, je me réveille la nuit, parce que je pense à toi. Tu me manques tellement que ça me fait mal. J'ai jamais trouvé le temps aussi long que depuis que t'es pas là le soir pour me faire oublier le tic-tac des aiguilles, qui est en train de me rendre fou. Je devrais pas te dire ça, mais je suis pas capable de pas te le dire. Je prie matin, midi et soir pour que tu me pardonnes, pour que notre vie redevienne comme avant. Je m'excuse, Eva. Si tu savais comment je m'excuse. Je veux pas te relancer, mais tu m'as caché des choses toi aussi. Je suis pas parfait, je le sais ça. Toi non plus t'es pas parfaite, pis je t'aime comme ça. Je te mentirai plus jamais, te cacherai plus jamais rien…

— Arrête, William ! s'écria-t-elle en s'approchant de lui. T'es pas tout seul à t'ennuyer. Je m'ennuie moi aussi. Tout le temps à part ça.

— Est-ce que ça veut dire que tu me pardonnes ?

— Ça veut dire que j'aurais dû te pardonner bien avant.

— Penses-tu que je peux t'embrasser ?

— Depuis quand t'as besoin d'une permission pour embrasser ta femme ?

William l'embrassa langoureusement. Ils longèrent le couloir menant à leur chambre en s'embrassant fougueusement. Ils fermèrent la porte de la chambre à clef. Ils firent l'amour en silence, craignant le retour inopiné de leurs aînés. Ils s'endormirent ensuite, leurs corps nus enlacés.

William se réveilla dès que les premiers rayons du soleil se frayèrent un chemin à travers l'ouverture des rideaux de la chambre. Il se leva, décidé à préparer le nécessaire pour le petit déjeuner. Élianna, heureuse de revoir son père à la maison, se précipita à sa rencontre en souriant. Eva ne tarda pas à les rejoindre suivie des aînés qui saluèrent le retour de William avec enthousiasme.

CHAPITRE 17

Depuis le berceau

Eva aida Laura-Marie à enfiler sa robe de mariée. Marie-Renarde, qui observait la scène, pleurait à chaudes larmes en allaitant sa fille. Elle n'aurait pu espérer une meilleure épouse pour son fils. Elle éprouva une certaine tristesse en songeant à son défunt mari. Il aurait tant aimé être auprès de leur fils en cette journée de célébrations. Elle trouva une certaine consolation en pouvant compter sur la présence de William aux côtés de Yuska. Pendant que les femmes se préparaient dans la cuisine des Leduc, les hommes attendaient dans le logement de Marie-Renarde que sonne l'heure de se rendre à la cathédrale. Si cela n'avait tenu qu'à lui, William aurait passé la journée auprès de sa fille, prenant d'innombrables photographies d'elle, mais Eva avait insisté pour qu'Édouard et lui tiennent compagnie à Yuska. Selon ses dires, les femmes devaient être auprès de la mariée et les hommes auprès du marié. Il avait donc accepté de prendre le rôle de père substitut auprès de Yuska en se disant qu'il devait bien cela à son vieil ami.

Comme convenu, William retrouva sa fille devant la cathédrale. Il fut si touché par la beauté de sa fille qu'il laissa échapper quelques larmes. Laura-Marie pleura à son tour. Elle essuya ses larmes, puis passa son bras sous celui de son père. Ils échangèrent un sourire, puis entrèrent dans la cathédrale. Percevant les tremblements de sa fille, William lui tapota affectueusement le bras de sa main libre, en lui murmurant que tout irait bien. Laura-Marie acquiesça d'un sourire. Ils avancèrent vers l'autel où se tenait fièrement Yuska accompagné d'Édouard qui lui servait de témoin. Prenant place sur le banc d'honneur, Eva pleura durant toute la cérémonie. Marie-Renarde lui jetait de nombreux coups d'œil, partageant son bonheur sans toutefois pleurer. Eva prit la main de Marie-Renarde dans la sienne. Elle se pencha vers elle et lui dit: « C'est un des plus beaux jours de ma vie, je suis si fière de le partager avec toi. » Le curé officialisa les vœux, invitant les jeunes mariés à s'embrasser. Marie-Renarde versa une larme. Ils se levèrent et quittèrent la cathédrale. William demanda aux invités d'attendre quelques minutes. Il courut à son atelier, où il récupéra le matériel préalablement préparé. Il revint rapidement les bras tellement chargés qu'il échappa son trépied. Eva confia à Marie-Renarde qu'elle n'avait jamais vu son mari si nerveux. William positionna fièrement les invités en ordre de grandeur sur la montée du seuil de la cathédrale. « Émilienne, souris calvince, t'es la seule qui a les babines serrées. » Contre toute attente, Émilienne répliqua en lui offrant son plus beau sourire. Il en profita pour prendre quelques clichés. Il invita ensuite la quinzaine de personnes présentes à partager avec eux le buffet préparé par Eva et Marie-Renarde.

Leur maison étant située tout près de l'église, ils marchèrent tous pour s'y rendre. Les réjouissances allaient bon train. Les invités mangèrent, dansèrent et chantèrent. Émilienne courtisa ouvertement Jérôme Mathieu qui, ayant jeté son dévolu sur Marie-Renarde, ne portait aucune attention à ses avances. William profita de l'occasion pour prendre de nombreux clichés. Plus tard en soirée, William demanda à Jérôme de reconduire Émilienne et ses enfants à leur logement. Ce dernier lui fit discrètement comprendre qu'il préférait se porter volontaire pour reconduire Marie-Renarde, mais William insista.

— Quelle belle journée! s'exclama Eva une fois les invités partis.

— Merci à vous tous, rétorqua Laura-Marie en s'adressant à sa famille.

— Je monte me coucher, répondit sèchement Clara-Eve.

— Reste donc un peu avec nous autres, insista Eva. C'est un moment important qu'on vit là. Ta sœur s'apprête à partir pour ne revenir qu'en visite.

— Laissez maman, c'est pas grave, lança Laura-Marie. Ç'a été une longue journée, je la comprends d'être fatiguée.

— J'ai quelque chose à dire aux nouveaux mariés. En fait, Eva pis moi on a quelque chose à vous dire, corrigea William. On sait qu'il a été convenu que vous emménagiez pour un temps chez Marie-Renarde, mais on s'est dit que vous seriez peut-être moins à l'étroit dans la maison de ma défunte mère.

— C'est gentil, Monsieur Leduc, mais on veut vraiment rester avec ma mère pour un bout, répondit Yuska.

— Mais il n'a jamais été question de laisser Marie-Renarde en arrière. Il y a en masse de place pour la petite pis elle. Eva pis moi, on vous offre de loger dans la maison de ma mère, pis gratuitement à part ça. On vous demandera pas une cenne de loyer. On s'est dit que ça serait notre façon de vous aider à partir dans la vie. Si ça vous dit, vous pourriez y passer la nuit ce soir. Eva a tout préparé pour vous autres. Pis des jeunes mariés, ça a le droit à une nuit seul sans la mère dans place, ajouta William en riant.

— Si votre fille est d'accord, je suis d'accord, répondit Yuska. Mais ça serait temporaire parce que j'ai l'intention d'offrir moi-même une jolie maison aux deux femmes de ma vie.

— Tu auras tout le temps de le faire, rétorqua William.

— Je n'ai pas l'intention d'être éternellement votre chaperon, lança Marie-Renarde en souriant. Un jour, mon garçon, tu offriras une maison à ta femme pendant que ta vieille mère retournera se faire un nid bien à elle.

— Je ne vous remercierai jamais assez pour votre générosité, lança Laura-Marie en les embrassant. Et Marie-Renarde, notre nid sera le vôtre aussi longtemps que vous le désirerez.

* * *

Quelques jours plus tard, Jérôme Mathieu se présenta chez les Leduc vêtu de ses plus beaux habits. William avait sollicité son aide pour déménager les effets personnels de Marie-Renarde et des jeunes mariés. La maison de Berthe étant entièrement meublée, Jérôme avait proposé à Marie-Renarde d'entreposer ses meubles dans un de ses hangars.

— Où tu t'en vas, habillé chic de même ? demanda Eva en ouvrant la porte à Jérôme.

— Nulle part, répondit Jérôme en souriant. Un homme a ben le droit de bien s'habiller, que pour le plaisir de bien s'habiller.

— Ça aurait pas rapport au fait qu'on s'en va chez Marie-Renarde ce matin ? le taquina William.

— Je ne vois pas, non. Pars pas des rumeurs à matin, mon Leduc.

— C'est pas des rumeurs, on le sait tous que t'es pas insensible au charme de la belle Indienne.

— Je veux pas te faire de peine Jérôme, mais mon amie n'a pas le cœur à avoir un prétendant en ce moment, dit Eva.

— T'en fais pas pour moi, Eva. Pis dis-toi que je suis ben patient. Es-tu prêt mon Leduc, faudrait pas faire attendre ta fille, son mari et sa magnifique mère.

— Oui, donne-moi le temps d'aller mettre mes bas et mon chandail, pis je suis prêt, répondit William en se dirigeant vers sa chambre.

— Je voulais te dire Jérôme, lança Eva, que j'ai été ben chagrinée d'apprendre dans quel pétrin mon mari pis toi vous vous êtes mis l'été dernier. Je te cacherai pas que je t'en ai voulu de l'avoir entraîné là-dedans. Même que je m'étais promis de ne plus jamais t'adresser la parole. J'ai eu le temps de réfléchir depuis, pis je me suis dit que dans le fond, t'es un bon gars. Je peux pas oublier que t'as été là pour moi quand la maladie a frappé dans place. C'est ça le plus important, quand j'y pense. Je voulais que tu saches que je ne t'en tiens plus rigueur. Mais t'es mieux de plus jamais l'embarquer dans des affaires croches, sinon t'auras affaire à moi.

— Je te rassure, je fais plus rien de croche. Et j'ai pas l'intention de recommencer. J'ai pris ce qui est arrivé comme un avertissement. J'ai eu ma leçon.

— Tu me vois ben contente d'apprendre ça.

— Est-ce que ça veut dire que tu serais parée à dire à Marie-Renarde que je suis un sacré bon gars ?

— C'est déjà fait, ça.

— Ah, ben là, je suis heureux ! As-tu entendu ça, mon Leduc ?

— J'ai rien entendu, j'étais dans la chambre.

— En gros, ta femme trouve que je suis un sacré bon gars.

— C'est parce qu'elle ne te connaît pas comme je te connais, le taquina William.

— Dis pas ça ! C'est un plan pour qu'elle se méfie de moi !

— Ben non, c'est vrai que t'es un sacré bon gars pour un croque-mort. Allez, amène tes muscles, qu'on aille le faire ce déménagement-là.

Jérôme, de nature extravertie, fit preuve de retenue en présence de Marie-Renarde tant elle l'intimidait. Elle était, selon lui, la plus belle créature des environs. William ne manquait pas de le taquiner chaque fois que l'occasion se présentait. À la fin de la journée, Marie-Renarde le remercia pour son aide. Il s'arma de courage et l'invita à veiller chez lui. Elle refusa d'emblée l'invitation, mais accepta finalement en se disant que c'était la moindre des choses compte tenu de l'aide qu'il lui avait apportée. Il rejoignit William qui l'attendait plus loin, en promettant à Marie-Renarde de revenir la chercher plus tard en soirée.

De retour chez lui, Jérôme s'empressa de ranger ce qui traînait ici et là. Il mouilla un linge qu'il passa sur toutes les surfaces. Satisfait de l'allure de son logement, il remplit une cuve et se lava à la hâte. Il enfila des vêtements propres et lissa ses cheveux vers la droite. Il songea à sa sœur aînée qui lui avait dit qu'aucune femme digne de ce nom n'accepterait de se trouver dans un logement situé dans le même bâtiment qu'un salon funéraire. Il regretta l'invitation lancée à Marie-Renarde, craignant qu'elle soit effrayée par l'usage singulier des lieux.

L'emplacement du logement n'offusqua pas Marie-Renarde, pour qui la notion de la mort était aussi importante que celle de la vie. Elle démontra même un certain intérêt pour la profession de son hôte. Elle se sentit interpellée par sa façon d'apprécier les rituels, par l'importance qu'il accordait à ce rite de passage. Pendant qu'ils discutaient, en passant d'un sujet à l'autre, la petite Leïka manifesta sa faim en gémissant. Jérôme, avenant, proposa à Marie-Renarde de nourrir sa fille dans sa chambre où il transporta sa berçante. En patientant dans la cuisine, Jérôme se demanda pourquoi certains dénonçaient le manque de vertu de Marie-Renarde. Certains disaient qu'elle ne connaissait pas l'identité du père de sa bâtarde, tant il y avait d'hommes qui passaient dans son lit. D'autres croyaient qu'elle avait entretenu une relation avec un homme marié. Jérôme n'accordait pas d'importance aux rumeurs. L'identité du père de Leïka ne l'intéressait pas. Lorsqu'il confia à Maurice Vinet son intérêt pour l'Amérindienne, ce dernier le mit aussitôt en garde qu'une telle relation pourrait nuire à ses affaires. Marie-Renarde le rejoignit en s'excusant de son absence prolongée. Il lui répondait qu'il n'y avait rien de plus naturel que de laisser tout le temps nécessaire à une mère qui nourrit son enfant. Marie-Renarde trouva sa réponse charmante. Lorsqu'ils se séparèrent ce soir-là, Jérôme sut qu'il était amoureux.

Quelques jours plus tard, Édouard commença ses livraisons avec un arrêt chez Marie-Renarde et les nouveaux mariés. Eva, qui l'accompagnait, avait préparé une dizaine de caisses remplies de diverses denrées. Édouard entra les caisses dans la maison et retourna à ses livraisons.

— T'es prise avec moi à matin, Marie-Renarde. Je suis venue aux nouvelles, poursuivit Eva. J'ai entendu dire par mon mari que t'étais allée veiller chez Jérôme Mathieu. Je te dis pas à quel point j'avais hâte de te voir pour que tu me racontes ça.

— Tu es aussi curieuse qu'un écureuil, se moqua-t-elle.

— Je dirais pas curieuse, je dirais plutôt intéressée. Ah ! D'accord… Je l'admets, je suis curieuse. Comment ça s'est passé ?

— C'était bien. Il s'est montré gentil et charmant.

— Penses-tu qu'il pourrait être ton genre de prétendant ?

— Oh ! Non, vraiment pas ! Mais je ne pense pas que c'est dans ses intentions non plus. Il est gentil, mais je suis beaucoup plus vieille que lui.

— T'es pas si vieille que ça, voyons donc ! D'après moi, lui, il est dans le début ou la mi-trentaine.

— Et moi, début quarantaine. De toute façon, je le trouve gentil, mais je ne ressens rien ici, dit-elle en posant ses mains sur son ventre.

— J'en connais une moi qui a l'air de ressentir de quoi dans le ventre en sa présence, pis sûrement ailleurs, si tu vois ce que je veux dire.

— En présence de Jérôme ?

— Oui, madame. Pis elle est loin d'être subtile à part ça. T'as pas vu Émilienne agir quand il est là ? Ç'a même pas de bon sens. C'est peut-être mieux comme ça. Je veux dire, c'est mieux que tu ne ressentes rien pour lui. Quand j'y pense comme faut, il va ben avec Émilienne. Ils formeraient un beau couple, ces deux-là.

— Tu penses ?

— Sont peu ordinaires les deux, disons-le. Garde ça pour toi, mais je me demande parfois si je devrais pas me méfier de Jérôme. Je suis pas certaine qu'il soit de confiance. Tu trouves pas ça étrange toi qu'un gars qui passe tout son temps avec des morts soit toujours de bonne humeur comme ça ? Qu'est-ce qu'il y a de si heureux à être avec des morts ? Moi, ça me met en partant sur mes gardes. Pis, faut être un peu pas mal étrange pour rester en haut d'un salon funéraire. Ça m'inspire pas confiance. Pis, ben, tu le sais là... Avec l'histoire de leur commerce de tu-sais-quoi, je suis pas certaine qu'il soit un honnête homme. Il est peut-être plus croche qu'on pense.

— Je pense qu'il y a des choses pires que de vendre de l'alcool interdit.

— Qu'est-ce qui pourrait être pire ? C'est illégal, tu sais !

— Oui, je sais. Mais vendre des humains, c'est pire ! J'aurais préféré que mon père vende de l'alcool à place de vendre ses filles...

— Marie-Renarde, pardonne-moi, je ne voulais pas te rappeler de mauvais souvenirs.

— Ce n'est rien. Les mauvais souvenirs font partie de mon esprit. J'ai appris à les bercer pour les endormir.

— J'aimerais avoir ta sagesse...

— Tu as cette sagesse en toi aussi, c'est seulement que tu prends pas le temps de l'écouter. Je ne suis pas de ton avis pour Jérôme. Son cœur est bon, je l'ai vu. C'est un homme bien. Et la mort, c'est la vie qui renaît autrement.

— Je doute pas qu'il soit un homme bien. Je trouve juste qu'il est un peu bouffon, il manque un peu de sérieux. Pis toi, comment ça se passe à maison? Nos jeunes tourtereaux te donnent pas trop de misère?

— Au contraire, ils me sont d'une aide précieuse. Laura-Marie est d'une telle douceur, une vraie perle. Elle est toujours aux petits soins avec nous tous.

— Et la maison, tu l'aimes?

— C'est au-delà de mes espérances. C'est certain que je me sens mal d'y être, mais elle est parfaite.

— Comment ça, tu te sens mal?

— Parce que j'ai l'impression de vivre aux crochets de mon fils, sa femme, William et toi. Ils n'ont pas l'intimité nécessaire à de jeunes mariés.

— Connaissant ma fille et la considération qu'elle te porte, je suis certaine que ta présence la rassure. Regarde, William et moi, on est le meilleur exemple. On a habité presque toute notre vie avec Berthe et jamais sa présence m'a dérangée, bien au contraire. J'ai jamais eu l'impression non plus qu'elle vivait à nos crochets. C'était juste normal que ce soit à nous autres de payer pour le nécessaire de la maison. Si c'était à refaire, je referais exactement la même affaire. Et tu sais, William pis moi, on n'a jamais eu de misère à vivre ce qu'on avait à vivre côté intimité. Faut pas que tu t'en fasses pour ma fille. Je suis plus que certaine que ta présence fait ben son affaire.

— Mais il y a Leïka aussi…

— Marie-Renarde, crois-moi, ma fille porte une affection particulière à ta p'tite.

— Est-ce que je peux te demander de me le dire si jamais t'as connaissance qu'elle trouve que nous sommes de trop ?

— T'as ma parole, je vais te le dire si jamais ma fille commence à se plaindre de sa belle-mère. En attendant, promets-moi que tu vas t'enlever ça de la tête, pis que tu vas me croire quand je te dis que Laura est ben contente que tu sois là. Pis, si tu veux tout savoir, ça me rassure moi aussi que tu sois là.

CHAPITRE 18
Le cœur a ses raisons

En ce matin glacial de janvier 1922, tous les clients qui entraient dans le magasin parlaient de l'affaire Delorme, qui faisait la une de *La Presse* depuis quelques jours. La découverte du corps de Raoul Delorme, dans le quartier Snowdon à Montréal, suscita l'intérêt de tous les habitants du Québec puisque le principal suspect dans cette affaire était l'abbé Delorme, le frère de la victime. Selon l'information qui circulait, l'abbé agissait en tant qu'exécuteur testamentaire de la fortune dont Raoul Delorme avait héritée quelques années auparavant. Il était entendu que ce mandat prendrait fin en 1922, soit le jour du vingt-cinquième anniversaire du jeune homme. Plusieurs étaient d'avis que l'abbé avait tiré sur son frère par avarice. Lasse d'entendre parler de l'affaire, Eva retourna à ses occupations en laissant les clients aux bons soins d'Édouard. Fervent d'histoires criminelles, William vint faire son tour à plusieurs reprises, curieux de connaître les impressions des clients sur l'affaire. Si la plupart des gens refusaient de croire qu'un homme d'Église puisse commettre un tel acte, certains étaient convaincus de sa culpabilité. L'affaire Delorme enflammait les discussions, touchant les valeurs profondes de tout un chacun. L'importance qu'ils accordaient aux membres du clergé n'avait d'égale que l'inébranlable confiance qu'ils leur portaient. Cette affaire était lourde de sens pour plusieurs.

— Ils pourront pas dire que c'est une mort accidentelle, cette fois-là. C'est presque une bonne affaire que le gars ait reçu une balle dans tête, lança William ce soir-là au repas. Chose certaine, si c'est ben l'abbé qui a fait ça, ils vont trouver une façon de virer ça de bord. As-tu pensé aux conséquences que ça aurait si c'était vrai ? Moi, je veux même pas y penser !

— Je suis du même avis que vous, dit Édouard. On dirait que tout le monde oublie qu'il y a un homme derrière la soutane. Vous savez ce qu'on dit: où il y a de l'homme, il y a de l'hommerie.

— C'est ben vrai ça, mon gars, approuva Eva. Faut pas toujours se fier aux apparences ni au titre qu'on donne au monde. Bon, vous allez m'excuser là, c'est pas que vous êtes ennuyants, mais je vais commencer la vaisselle. Viens Clara-Eve, c'est à ton tour de m'aider.

— Si c'est comme ça, viens avec moi mon gars, on va aller préparer tes commandes pour demain. On va pouvoir continuer à jaser pis ta mère dira pas qu'on est dans ses jambes.

Eva débarrassa rapidement la table afin qu'Élianna s'y installe pour réciter ses leçons. Première de classe, la fillette s'affaira à la tâche avec son assiduité habituelle.

— Je suis pas mal fière de toi, ma fille, lança Eva. Tu prends l'école au sérieux et c'est important ça. Une fille éduquée est une fille rusée.

— Je voudrais aller à la grande école, répondit la fillette. Maman, quand je serai grande, je vais être comme le docteur Jalbert. Je vais aller chez le monde et je vais sauver leurs enfants malades. Rose-Marie m'a dit que son frère aussi va être docteur, il étudie à la grande école. Elle dit que faut être bon à l'école. Moi, maman, je vais être une docteure rusée et éduquée qui guérit tous les malades.

— Franchement ! coupa Clara-Eve. Ça se dit pas une docteure ! Pis, sais-tu pourquoi ça se dit pas ? C'est parce que ça existe pas des femmes docteures ! Tu pourras jamais être docteur, parce que t'es une fille. C'est aussi simple que ça. Au pire, tu pourrais être une bonne sœur qui prend soin des malades à l'hôpital, mais tu seras pas docteur.

— Je veux être une docteure ! Je suis capable de m'occuper des malades. Demande à maman, elle va te le dire que je l'ai aidée à prendre soin de vous autres quand vous étiez malades. Je suis capable même si je suis une fille !

— Tu comprends pas, Élianna. C'est pas que tu serais pas capable, c'est que t'auras juste pas le droit. Les femmes peuvent pas être docteur, les hommes veulent pas. Si tu veux tout savoir, moi je pense que c'est parce qu'ils savent que les filles feraient de meilleurs docteurs qu'eux autres. Ils ont peur de perdre leur place, c'est juste pour ça.

— Je trouve ça injuste ! Tu vas voir Clara, quand je serai grande, je vais les faire changer d'idée. Ils auront pas le choix de me dire oui.

— C'est bien ça, bibitte. Faut leur montrer qu'on est autant capable qu'eux autres.

— J'pas une bibitte !

— Oh que oui ! T'es aussi fatigante qu'une bibitte qui nous tourne autour.

— Lâche d'agacer ta sœur, pis laisse-la étudier tranquille, somma gentiment Eva.

— Vous savez ce qu'on dit, on agace ceux qu'on aime, répondit Clara-Eve en souriant.

— Je voulais te dire ma fille, je te regardais pendant le souper, pis je te trouve tellement belle quand tu souris. Je sais pas ce qui se passe avec toi ces temps-ci, mais ta bonne humeur fait du bien à voir. Dis-moi donc, y aurait toujours pas un prétendant derrière ce sourire-là ?

— Pour tout vous dire, maman, y a ben des raisons en arrière de ça. Je sais pas trop comment expliquer ça, mais je me sens plus légère depuis un boutte. J'ai commencé à me sentir comme ça, un peu après avoir été malade. Avant, je me sentais toujours en colère sans même savoir pourquoi je l'étais. Geneviève dit que c'est l'effet que fait la mort sur les gens. Elle dit que ça laisse des traces qui dépendent de comment la mort t'a croisée.

— Comment la mort peut croiser du monde ? D'après moi, la mort ressemble à la vieille Samson, pis elle a sûrement la même odeur à part ça. Je sais pas si la mort se présente, quand tu la croises. Est-ce qu'elle te tend la main en disant bonjour, moi c'est la mort ?

— C'est une façon de parler, maman !

— Je sais, Clara. Je te taquinais. Je comprends ce qu'elle veut dire. Je l'ai croisée moi aussi la mort. J'ai vu toutes ses coutures. Je l'ai croisée, lorsqu'elle est venue m'arracher ceux que j'aimais. Je l'ai croisée icitte, dans ma maison. Elle était là, devant moi, à menacer de vous emporter. Je me suis battue avec elle. Je l'ai croisée dans sa défaite. Je l'ai regardée s'incliner et partir aussi rapidement qu'elle était apparue. Et je l'ai croisée sur mon propre chemin. Je l'ai vue en face. Geneviève a raison, c'est certain que la mort laisse des traces.

— C'est peut-être pour ça que je suis moins en colère. L'autre soir, après ma prière, j'ai réalisé que j'aurais pu mourir. Que la dernière affaire que j'aurais faite aurait été d'être en colère. Je pense que je vais toujours m'indigner parce que je suis comme ça, mais je vais le faire pour des raisons qui méritent que je sorte mon caractère. J'ai rencontré des filles vraiment intéressantes qui, comme moi, pensent que les femmes devraient avoir les mêmes droits que les hommes.

— Tu parles pas des suffragettes j'espère?

— Sont vraiment intéressantes, maman. Je suis en parfait accord avec tout ce qu'elles disent. Elles veulent faire bouger les choses. Elles ont raison, ça doit changer. Vous trouvez pas ça injuste qu'Élianna ne pourra jamais devenir docteur juste parce que c'est une fille? Croyez-moi, maman, sont brillantes ces filles-là.

— C'est pas la question, Clara. Tu sais ben que monsieur le curé nous a mis en garde contre la mauvaise influence de ce mouvement-là. On n'a pas besoin d'une société où les femmes se révoltent contre l'Église, leur père et leur mari.

— Maman, vous faites erreur. Il n'est pas question de révolte, mais de revendiquer les mêmes droits que les hommes.

— Clara-Eve, j'aimerais mieux que tu te tiennes loin d'elles.

— J'étais certaine que vous comprendriez. Vous êtes pourtant une femme qui se tient debout, qui n'a pas peur de dire ce qu'elle pense.

— C'est dangereux, Clara. Ces filles-là attirent la colère de certains hommes qui croient que la place des femmes est là où leur mari le dit. Y a aussi monsieur le curé qui a été ben clair. J'ai pas envie qu'on tombe dans ses disgrâces. Tiens-toi loin des ennuis.

— Alors, n'en parlons plus, conclut sèchement Clara-Eve.

Clara-Eve rangea la vaisselle qu'elle venait d'essuyer et monta à sa chambre. Élianna attacha ses livres à l'aide d'une sangle en cuir, embrassa sa mère et alla se coucher. William et Édouard revinrent et le jeune homme salua ses parents et se retira à l'étage.

— Si tu veux mon avis, y a des apparences de fiançailles qui se préparent, confia William à sa femme.

— Tu parles d'Édouard ?

— On a pas mal jasé lui pis moi en préparant les commandes, pis à ce que j'ai pu comprendre, il aurait une demoiselle dans l'œil. Il ne me l'a pas dit clairement là, mais il l'a dit quand même. Je sais pas ce que t'en penses, mais va falloir qu'on jase ben vite de l'héritage des enfants. Faudra ben leur donner, un moment donné. Laura-Marie est déjà mariée, ça lui donnerait sûrement un coup de main pour son ménage. Pis si Édouard se marie, il lui faudra ben une place pour vivre.

— T'as raison, William. Prenons quand même le temps d'y penser encore un peu. Faut partager ça de façon équitable, même si Édouard en a pas mal plus que les filles. On jongle à ça, pis on en reparle, d'accord ?

— Y a pas urgence non plus. Je suis ben content de voir qu'il est heureux notre gars. Il a l'air d'aimer ça en maudit de travailler au magasin. Pis, à ce que j'ai compris, il espère peut-être nous le racheter un jour.

Je pensais à ça, pis je me disais qu'il serait peut-être temps de changer l'affiche en haut de la porte. Je pourrais la repeindre en écrivant Leduc et fils ?

— C'est une très bonne idée ça. Je suis certaine que ça fera plaisir à Édouard. Je suis ben confiante qu'il prendra un jour la relève au magasin.

* * *

Depuis un certain temps, Édouard sortait presque tous les soirs. Il lui arrivait très souvent de rentrer après minuit. Chaque soir, Eva se morfondait, se demandant ce qui retenait son fils si tard. Fréquentait-il un endroit peu recommandable ? Était-il auprès d'une charmante prétendante ? Catherine Tremblay semblait d'humeur particulièrement joyeuse ces derniers temps, son fils en était-il la cause ? Se voyaient-ils loin des regards indiscrets ? Édouard était-il impliqué dans des activités illicites comme son père l'avait été ? William tenta de la rassurer en lui rappelant que leur fils était désormais un homme et qu'ils devaient le laisser libre d'occuper son temps comme bon lui semblait. Seul avec Édouard, il lui mentionna que ses mystérieuses escapades inquiétaient Eva. Il lui confia qu'elle attendait son retour pour s'endormir. Ne désirant pas être une source d'inquiétude pour sa mère, il promit à son père qu'il rentrerait beaucoup plus tôt à l'avenir. Il ajouta qu'il espérait avoir prochainement une grande annonce à leur faire.

Ce matin-là, Édouard passa voir son père à l'atelier où, tout souriant, il lui dit : « Je vais amener de la grande visite à maison ce soir, tenez-vous prêt le père. » Il retourna au magasin où il murmura la nouvelle à l'oreille de sa mère tandis que Catherine époussetait plus loin. Surprise, Eva répondit par un immense sourire. Soupçonnant que Catherine soit la mystérieuse invitée, Eva l'observa toute la journée. Eva lui fit un clin d'œil lorsqu'elle partit à la fin de la journée, convaincue qu'elle la reverrait plus tard en soirée. Elle traversa chez elle où elle s'empressa de préparer le repas du soir.

Après le repas, Édouard se proposa pour nettoyer la cuisine. Eva refusa gentiment son aide, lui suggérant plutôt d'aller enfiler des vêtements propres. Édouard monta à sa chambre où il se changea, se peignit et se rasa avec minutie. Il promit de revenir rapidement. Pendant ce temps, William et Eva spéculèrent sur les intentions de leur fils. Les deux furent d'avis qu'il désirait leur annoncer ses fiançailles avec Catherine Tremblay. À leur grande surprise, Édouard revint accompagné d'une jeune fille à la longue chevelure bouclée. Eva scruta attentivement l'inconnue, remarquant aussitôt sa taille fine, ses traits parfaitement dessinés et ses grands yeux noisette.

— Maman, papa, je vous présente Alice Lemieux.

— Enchantée, mademoiselle. Moi, c'est Eva Leduc et lui, c'est William Leduc, mon mari.

— Assoyons-nous, proposa William. On restera pas plantés debout comme des piquets de clôture toute la soirée.

— Je me trompe peut-être, mais j'ai pas l'impression de vous avoir déjà vue. Êtes-vous originaire du coin? s'enquit Eva.

— Je viens de Coteau-du-lac, madame. Ma mère et moi avons déménagé par icitte il y a deux ans.

— Comment s'appelle ta mère, on la connaît peut-être? C'est pas long qu'icitte tout le monde connaît tout le monde.

— Elle s'appelait Rose Garand. Elle a été emportée par la grippe espagnole il y a plus d'un an.

— Je suis désolée d'entendre ça, rétorqua Eva. Nous comprenons ta peine, deux de nos filles en sont mortes. Parle-nous de toi, un peu. On veut tout savoir. Travailles-tu à l'usine? Tu vis dans quel coin? Es-tu parente avec du monde d'icitte?

— Maman, on dirait que vous lui faites passer un interrogatoire d'inspecteur de police. Pauvre Alice, vous la bombardez de questions, laissez-la au moins reprendre son souffle, taquina Édouard.

— C'est pas grave, coupa Alice. Je suis parée à répondre à toutes les questions de tes parents. J'ai travaillé quelques semaines à l'usine, mais j'ai été obligée de lâcher, c'était pas fait pour moi. Je veux pas que vous pensiez que je suis pas travaillante, c'est ben le contraire. J'étais toujours sur le bord de tomber sans connaissance. Le bruit des machines mêlé à la chaleur suffocante me donnait des étourdissements à tout bout de champ. J'ai décidé de pas prendre de chance pour ma santé.

— Et tu travailles où maintenant? s'informa William.

— Je travaille pas vraiment pour l'instant. En fait, c'est un peu compliqué. J'habite avec ma tante. Je paie ma pension en faisant ses commissions et en faisant son ménage. J'ai pas besoin de grand-chose, alors j'ai pas besoin de grand argent.

— Qui est ta tante? Nous la connaissons peut-être…

— Béatrice Goyer.

— Ça me dit rien, mentit William.

— Vous vous êtes rencontrés comment ? demanda Eva.

— Au *poolroom* dans Bellerive, s'empressa de répondre Édouard. Je suis content que vous fassiez connaissance ce soir parce qu'Alice et moi, on aimerait ça se marier au printemps.

— Je trouve que c'est un tantinet précipité, fit remarquer Eva. On s'attendait pas à ça, pas vite comme ça. Je suis d'avis que vous devriez attendre encore un peu, histoire d'être ben certains de votre affaire. Un mariage, c'est pour la vie pis c'est long longtemps quand on n'est pas avec la bonne personne.

— On est plus que certains de notre affaire, maman. Je m'en vais sur mes vingt-deux ans, je suis plus que prêt à me marier pis à fonder ma famille, pis c'est avec Alice que je veux le faire.

— Je partage l'avis de ta mère là-dessus, mon gars. Le printemps va arriver plus vite qu'on pense, ça vous laisse vraiment pas grand temps. Y en a des affaires à faire avant un mariage. Faut vous meubler, vous trouver un logement. Faut de l'argent de côté aussi pour payer tout ça.

— Pourtant, Laura-Marie et Yuska n'avaient pas d'argent pis se sont mariés ? Ne vous inquiétez pas, on va s'arranger nous autres aussi.

— Ta sœur a été chanceuse, elle a pu s'installer dans la maison de ta grand-mère sans avoir de loyer à payer. En plus, ils ont deux salaires qui entrent, ça aide ça.

— Justement, je me disais qu'Alice pourrait travailler avec nous autres au magasin. Elle pourrait prendre la place de Catherine s'il y a pas assez d'ouvrage.

— Ça me ferait ben plaisir de travailler pour vous autres, affirma la jeune fille.

— On peut pas mettre Catherine dehors comme ça. Quand les gens font l'affaire, on les remplace pas de même. On a un engagement moral envers elle.

— Je disais ça comme ça, maman. C'est pas obligé de se faire demain matin. On va lui laisser le temps de se virer de bord.

— Ça fait ben des affaires à penser, mon gars. Je propose qu'on prenne tous le temps de jongler comme faut pis on en reparlera. Et si nous allions montrer mon atelier à Alice ? Si vous voulez, je pourrais prendre un portrait de vous deux.

William traversa à l'atelier avec les deux jeunes gens et Eva se réfugia dans sa chambre où elle se prépara pour la nuit. Elle était déçue du déroulement de la soirée. Convaincue qu'Édouard et Catherine se fréquentaient, elle accueillit avec déplaisir la nouvelle venue. Son opinion sur cette dernière était défavorable. Elle ne lui inspirait pas confiance. Elle se confia à William lorsqu'il revint. Elle fut soulagée d'apprendre qu'il partageait son avis.

— Elle ne m'a pas l'air ben vaillante, lança Eva.

— Je me suis dit la même chose !

— J'ai trouvé qu'elle manquait un peu de manière aussi. Je sais pas trop quoi penser, William. Je m'attendais tellement pas à ça. J'étais convaincue qu'il était parti chercher Catherine. Il m'a pris de court pis pas à peu près.

— Même affaire de mon bord. On en reparlera quand on sera seul, Édouard vient de revenir, murmura William.

Le lendemain, Édouard annonça fièrement ses fiançailles à tous ceux qu'il croisait. En apprenant la nouvelle, Catherine se retrancha à l'arrière du magasin. Édouard qui filait le parfait bonheur ne réalisa pas la peine que cette nouvelle lui causait. Eva alla la rejoindre et lui tapota doucement la main en lui murmurant qu'elle comprenait son chagrin. La jeune fille répondit par un sourire.

Quelques jours plus tard, William profita du passage d'Eva à son atelier pour lui faire part de ses inquiétudes concernant la relation que son fils entretenait avec Alice Lemieux. Doutant de la vertu de cette dernière, il avait mené sa petite enquête auprès de Jérôme en lui montrant la photographie qu'il avait prise quelques jours plus tôt. Comme il s'y attendait, Jérôme confirma qu'elle pratiquait le plus vieux métier du monde. Il avoua, peu fier, qu'il avait déjà bénéficié de ses services. Selon lui, Alice était une pauvre fille que la vie n'avait pas épargnée. Choquée, Eva écouta William lui raconter ce qu'il avait découvert au sujet d'Alice.

— C'est donc ben épouvantable, William ! On peut pas laisser notre fils épouser cette Marie-couche-toi-là. On va passer pour quel genre de famille nous autres ? Je te le dis, William, on peut pas laisser cette fille-là entrer dans notre famille ! Jamais de mon vivant je laisserai ce genre de fille gérer notre magasin.

— Je sais, ma femme, ça me met à l'envers moi aussi. J'ai tourné la question autant comme autant pis j'ai peut-être une idée.

— Fais-moi pas languir, pis parle-moi de ton idée.

— Je pense que notre gars est aveuglé par cette fille-là, qu'il ne réfléchit pas avec sa tête si tu vois ce que je veux dire. À ce que j'ai pu comprendre, il a l'air intéressé à prendre la relève du magasin. Je me suis dit que je devrais m'asseoir avec notre gars pis lui parler de son avenir. Je sais pas ce que tu vas en penser, mais on devrait lui faire une offre qu'il ne pourra pas refuser. Toi, tu serais rassurée s'il épousait la petite Catherine n'est-ce pas ?

— C'est ben certain ça! Mais si c'est pas ce que notre gars veut, ça donne rien d'en parler. C'est pas moi qui va se marier avec, mais lui. Je sais pas ce que Catherine vient faire là-dedans, il veut pas se marier avec, on est toujours ben pas pour le forcer.

— Je te parle pas de le forcer, mais de le persuader.

— William, je suis pas certaine que ce soit une bonne idée. L'amour, ça ne se commande pas, pis est-ce qu'on veut vraiment que notre fils passe le restant de ses jours avec une femme qu'il n'aime pas parce que nous n'aimons pas la femme qu'il aime ? Ça ne fait pas de sens si au final notre fils passe sa vie à être malheureux en amour. Ça me fait penser à ma mère qui voulait donc que j'épouse le docteur… Je lui en voulais d'insister comme ça, de me pousser vers lui pour son propre intérêt. Pour moi, ça ne fait aucun sens.

— Tu vois, je suis pas certain moi qu'il n'éprouve absolument rien pour Catherine. Je pense vraiment que cette Alice l'a pris par ses sentiments d'homme. Si elle n'était pas arrivée dans le décor celle-la, je suis certain qu'il aurait fini par faire sa demande à Catherine.

— Ouin, je le pense moi aussi, mais je ne vois pas comment on pourrait changer quoi que ce soit à sa décision.

— Nous pourrions lui proposer de prendre la relève du magasin s'il épouse Catherine. Je veux dire que nous pourrions lui donner le magasin. J'y ai bien pensé et je pense qu'après vingt ans à tout donner pour ce commerce-là, on pourrait se retirer et le confier à notre fils. Je sais pas pour toi, mais moi, je serais à l'aise de le faire s'il était avec Catherine. J'aurais la tête tranquille qu'à deux ils seraient amplement capables.

— William, on vivrait comment nous autres ?

— Je sais que tu aimeras pas ce que je vais te dire, mais j'ai gagné pas mal d'argent avec tu sais quoi. Nous avons un bas de laine assez confortable. En partant, nos économies et mes contrats de photographie nous permettraient de nous retirer sans trop craindre l'avenir. J'ai pensé que nous pourrions lui vendre le magasin sans qu'il le sache.

— Je comprends pas trop…

— Tu sais comme moi que l'héritage que la mère de l'autre lui a laissé est beaucoup plus gros que celui que ma mère a laissé à nos filles. Je pense qu'on pourrait régler ça en lui proposant d'acheter le magasin et même la maison en échange de sa part de l'héritage de Berthe.

— Mais ça ne serait pas juste pour les filles. Elles verront ben qu'au bout du compte, il aura plus qu'elles.

— J'ai pensé qu'on pourrait donner la maison de Berthe à Laura-Marie plus une petite somme. On pourrait donner l'équivalent à Clara-Eve et Élianna lorsqu'elles se marieront. De toute façon, ma mère a bien précisé que nous devrions faire ce que nous trouverons juste de faire. Pour l'héritage de l'autre, c'est aussi à toi de le gérer comme tu jugeras bon de le faire, non ?

— Je sais pas trop… Tu serais vraiment prêt toi à laisser aller le magasin et la maison ?

— Eva, nos plus vieux ne tarderont pas à se marier. Nous resterons seuls avec Élianna. La maison sera grande pour nous trois. Elle conviendra mieux à une jeune famille. Tu penses pas? Nous pourrions déménager pas trop loin pour que je puisse être près de mon atelier.

— Je sais pas trop là, William... C'est pas fou comme idée, mais ça reste que cette proposition est basée sur des mensonges de bord en bord. Je suis pas certaine d'être à l'aise avec ça.

— Je comprends ce que tu dis, mais nous sommes pris avec deux héritages que nous ne pouvons pas expliquer aux enfants sans tout raconter. Es-tu ben certaine que tu veux tout dire à Édouard? Moi, ça me ferait de quoi s'il ne me voyait plus comme son père. Parce que cet enfant-là, c'est mon gars à moi! Nous ne pouvons pas garder son héritage pour nous, juste parce qu'on sait pas comment lui donner sans expliquer sa provenance. Je sais que tu ne veux plus de menteries dans nos vies, mais la vérité n'est pas toujours bonne à dire et je pense que, parfois, elle nous appartient à nous et pas aux autres. Je sais pas pour toi, mais moi je pense que ça regarde nous deux et que ça ne regarde pas nos enfants. Souviens-toi, nous avons un jour pris la décision que ce serait notre secret.

— Je sais, tu as sans doute raison, mais j'ai peur que notre gars le prenne mal, qu'il pense que nous voulons l'acheter.

— Il est intelligent, il saura faire la part des choses. Je pense que ça vaut la peine d'essayer. Sinon, il ne nous reste qu'à accepter le fait que cette fille rentre dans notre famille et qu'elle devienne la mère de nos petits-enfants.

— Je pense que t'as raison, que nous n'avons rien à perdre. C'est pas mêlant, ça me rend malade de penser que cette fille-là deviendra la femme d'Édouard. J'ai essayé autant comme autant de me faire à l'idée, mais j'y arrive pas.

— T'es d'accord pour que je parle à notre gars pis que je lui fasse cette proposition-là ?

— Si tu penses que c'est ce que nous devons faire, oui je suis d'accord pour que tu lui en parles. Mais sois prudent parce qu'on sera pas plus avancé s'il se vire de bord et décide de faire à sa tête en nous chassant de sa vie parce qu'on n'accepte pas son choix.

— Je sais, t'en fais pas avec ça.

Eva retrouva Édouard au magasin qui discutait avec Henri Laviolette de chiens de chasse. Ce dernier sortit de son sac quelques appelants de canard qu'il venait de sculpter. Édouard lui proposa de prendre quelques canards en consignation. Laviolette le remercia de son offre, mais refusa puisque ses appelants étaient ordinairement vendus aux clients américains fréquentant l'hôtel Windsor. Son problème n'était pas de les vendre, mais de fournir à la demande. Il demanda à Édouard s'il aimait la chasse. Mis à part des petits gibiers, Édouard n'avait pratiquement jamais chassé. Surpris, Laviolette, pour qui la chasse était au centre de sa vie, lui proposa de l'accompagner lors de la prochaine saison. Flatté par l'invitation, Édouard accepta avec enthousiasme.

Lorsqu'il fit part à son père ce soir-là de l'invitation qu'il avait reçue, William lui confia que Laviolette était un chasseur hors pair.

— Tu sais, mon gars, qu'il est le frère de Jack Laviolette, dit fièrement William.

— C'est qui ça Jack Laviolette ? interrogea Clara-Eve.

— Tu sais pas qui est Jack Laviolette ? lança Édouard, stupéfait. Ce gars-là, c'est une légende ! Il a été le premier à jouer pour les Canadiens de Montréal. Il a été le premier capitaine aussi. Il a gagné la coupe en 1916 avec Newsy Lalonde pis Didier Cannonball Pitre. Un trio du tonnerre !

— Y a pas juste ça, poursuivit William. Dans les années 1910, il y avait des milliers de personnes qui se réunissaient au parc Delorimier les dimanches pour le voir courser en duel avec un Américain. Je le sais, parce que j'ai déjà eu la chance d'assister à une de ses courses. C'est pas mêlant, Jack Laviolette n'a peur de rien. Il a même déjà piloté un avion !

— Je sais, le père. Pendant qu'Henri Laviolette me parlait, j'arrêtais pas de me dire que fallait que je me pince. J'en revenais pas de me dire que le frère de Laviolette m'invitait à chasser avec lui. Ça paraît peut-être pas là, mais c'est toute une pièce d'homme lui aussi ! Il est grand, pis imposant, là.

— C'est surtout un bon gars. J'ai déjà été à chasse avec lui pis d'autres gars. C'est lui qui a installé la tapisserie dans mon atelier. Il travaille ben.

— J'aime ben ça jaser avec vous autres, lança Édouard. Mais je vais aller faire mes affaires dehors, avant que ça ne me tente plus.

Édouard enfila son manteau et sortit voir ses chevaux comme il le faisait tous les soirs avant de monter dans sa chambre. Eva fit signe à William qu'il devait saisir l'occasion pour parler à son fils.

— Aurais-tu besoin d'un coup de main mon gars ? demanda William en le rejoignant à l'écurie.

— C'est gentil l'père, mais je venais juste voir s'ils étaient corrects.

— J'aimerais ça te jaser de quelque chose. Ça te tente-tu qu'on aille en jaser au magasin? Il fait un peu frette pour jaser dehors.

— Vous m'intriguez, répondit Édouard, en se dirigeant vers le magasin.

— Tracasse-toi pas avec ça, répondit William. Des fois, un père a juste besoin d'avoir une conversation avec son gars. Ferme la porte, laisse pas la chance au froid de rentrer dans place, ça sera pas long qu'on va geler autant que dehors. Viens, on va aller s'asseoir à l'arrière du magasin, on sera mieux pour jaser. Ta mère pis moi, on se demandait si tu avais prévu un plan d'action? Alice et toi, vous pensiez aller vivre où après votre mariage?

— J'avais justement l'intention de vous parler à propos de ça. Je me demandais si nous ne pourrions pas nous installer à la maison pour un bout. On pourrait peut-être prendre la chambre de grand-maman? Le temps que je ramasse de quoi nous meubler pis payer le premier mois de loyer. Alice est d'accord avec ça, pis je sais que vous ne la connaissez pas, mais vous allez voir, vous allez l'aimer ben assez vite.

— Pour tout te dire mon gars, tu me prends un peu au dépourvu là. Je vais te parler franchement, parce que t'es rendu un homme. On va avoir une conversation d'homme à homme. Es-tu correct avec ça?

— Vous m'inquiétez, mais oui, je suis correct avec ça.

— Tu sais, ta mère pis moi on veut juste ton bien. On a aussi pas mal d'expérience dans la vie pis avec le monde. Pour être honnête avec toi, on pense qu'Alice n'est vraiment pas une fille pour toi. Nous pensons que tu pourrais dans un avenir rapproché reprendre le magasin. Nous sommes pas mal convaincus que tu serais capable de le faire rouler sans nous et même que ça lui ferait du bien un air de jeunesse. L'affaire, c'est que nous pensons qu'il te faudrait une femme solide pis travaillante pour t'aider là-dedans. Il faudrait à tes côtés une fille comme Catherine.

— Je ne vous suis pas là, l'père. Catherine est ben fine, mais c'est pas avec elle que je veux me marier, c'est avec Alice. Je l'aime cette fille-là et je veux passer le reste de ma vie avec elle. Ça me flatte de savoir que vous pensez que je serais en mesure de prendre votre relève. Je suis certain qu'avec un peu de temps, Alice sera aussi bonne que peut l'être Catherine.

— Édouard, je t'arrête tout de suite. Ta mère pis moi, on ne serait sans doute jamais prêts à te vendre le magasin si t'es avec elle. Alice, c'est le genre de fille auprès de qui il peut être agréable de passer la nuit, mais certainement pas la vie. Nous avons passé notre vie à nous bâtir une bonne réputation pour qu'un jour vous puissiez être fiers de porter notre nom. Notre clientèle, on a pris des années à se la monter pis on a tenu ce magasin-là à bout de bras.

— Je comprends pas pourquoi vous vous montrez aussi dur avec elle, vous ne la connaissez même pas !

— Avec ce qu'on connaît d'elle, on en a ben en masse pour se faire une idée.

— Qu'est-ce que vous entendez par là ?

— Mon gars, fais-moi pas dire ce que je veux pas dire.

— Je vois où vous voulez en venir, mais laissez-moi vous dire qu'Alice ne l'a pas eu facile dans vie. Elle s'est ramassée dans rue pis la seule personne qui a voulu l'aider, c'est sa tante. Elle n'avait pas d'autres choix.

— C'est toujours ben pas une raison pour s'adonner à ce qu'elle a fait.

— C'est fini ça, pis ç'a pas duré longtemps. Y a pratiquement juste eu moi dans sa vie.

— C'est une p'tite place icitte, pis tu sais comme moi que toute se sait vite. Vous allez devoir traîner ça toute votre vie. Y a jamais personne qui la prendra au sérieux. Pis, si tu t'es marié avec, t'auras le droit au même regard qu'elle. C'est pas un avenir souhaitable pour toi ça mon gars. Pis tu veux vraiment que tes enfants aient une mère comme ça?

— Vous mélangez toute là, l'père. Quand nos enfants seront grands, tout ça sera oublié depuis longtemps. Pis ils ne seront pas les premiers enfants à vivre en ne connaissant pas les secrets de leurs parents.

— La conversation ne va pas dans le sens que j'aurais voulu. Je suis prêt à faire un marché avec toi. Advenant que tu acceptes de pas te marier avec Alice et d'épouser Catherine, ta mère pis moi serions prêts à te vendre le magasin et la maison en échange de l'héritage que ma mère a laissé à ton intention.

— Je peux pas croire ce que vous me dites là! Vous n'êtes pas sérieux, l'père? Êtes-vous ben certain de parler de l'héritage de grand-maman Berthe? Vous ne vous trompez pas avec l'héritage de quelqu'un d'autre?

— Je comprends pas.

— Je sais que vous comprenez plus que vous le dites. Je sais toute, l'père.

— Tu sais quoi, Édouard?

— J'ai tout entendu ce que vous avez dit l'autre jour à propos de l'héritage de grand-maman. Je sais qu'elle ne m'a rien laissé. Je sais que vous n'êtes pas mon père, que ma mère a eu un autre amour avant vous. Je l'ai toujours su, mais je l'avais oublié. Je me souviens d'une vieille dame que maman m'amenait visiter. Elle me donnait toujours des sucreries. Je me souviens qu'elle m'avait montré une photo en cachette de maman. Elle m'avait dit que le petit garçon sur la photo me ressemblait comme deux gouttes d'eau parce que c'était lui mon père. Elle m'a dit que c'était notre secret à nous deux et que je ne devais pas en parler à maman parce qu'elle aurait trop de peine en repensant à son premier amoureux mort dans un feu pendant qu'elle était enceinte de moi.

— Oh ! Mon Dieu ! C'est effrayant ce que tu dis là ! Tu sauras mon gars que ton père, c'est moi pis personne d'autre, pis que ta mère n'a jamais aimé personne d'autre que moi ! T'es mon gars à moi, m'entends-tu ? T'as rien à voir avec cet homme-là ! T'es le gars à ta mère pis à moi. Il n'y a jamais eu d'amour entre ta mère pis lui. Que je ne te vois jamais douter de l'honneur de ta mère !

— J'ai jamais eu d'autre père que vous. J'ai jamais voulu être le fils de personne d'autre. C'est vous qui avez dit vouloir une discussion franche, d'homme à homme. Je n'ai jamais douté de l'honneur de maman et ça ne me viendrait jamais par la tête de le faire. Si vous ne voulez pas d'Alice dans notre famille, je prendrai l'héritage que j'ai reçu et nous partirons vivre ailleurs. On se fera une famille à nous autres. C'est pas ce que je veux parce que j'en ai déjà une famille, mais si vous ne me laissez pas le choix, je le ferai. Catherine est peut-être ben fine pis ben bonne, mais c'est Alice que j'aime, pis c'est elle que je vais marier que vous soyez d'accord ou non.

— Je te reconnais pas mon gars.

— L'père, je veux pas vous manquer de respect. Je veux juste que vous compreniez qu'il n'y a rien que je veuille plus que me marier avec Alice et que je préférerais mourir plutôt que de passer le reste de ma vie sans elle.

— Je sais pas quoi te dire, Édouard. Peut-être que tu as raison et qu'elle est ben fine ton Alice, mais ça ne me rentre pas dans tête que tu veuilles te marier aussi vite. Y a rien qui presse, vous pourriez prendre le temps de vous fréquenter un moment.

— Non, l'père, je veux qu'Alice sorte de chez sa tante le plus rapidement possible. C'est pas une place pour elle.

— Ta mère pis moi avons besoin d'un peu de temps pour nous faire à l'idée.

— Je comprends, pis j'espère que vous saurez vous faire à l'idée, que vous saurez lui laisser une chance.

Lorsque William et Édouard rentrèrent à la maison, Eva comprit aussitôt que la conversation n'avait pas eu les résultats escomptés. Contrairement à ses habitudes, Édouard monta à sa chambre sans lui souhaiter bonne nuit. Eva jeta un regard incrédule à son mari qui lui fit signe de l'accompagner dans leur chambre. Elle pleura à chaudes larmes lorsque William lui raconta leur conversation.

— William, je te le dis, je ne survivrai pas si Édouard décide de partir loin pour faire sa vie avec elle. S'il faut que je me pile dessus et que j'ouvre grands les bras à Alice, je le ferai.

CHAPITRE 19

Le mariage d'Édouard

L'arôme des tartes aux pommes embaumait la pièce. Eva apportait les dernières modifications à la robe de mariée d'Alice Lemieux. Cette dernière était si menue qu'elle dut raccourcir la robe de plusieurs pouces. Le mariage prévu pour le printemps fut remis à l'automne au grand désespoir d'Édouard qui se languissait d'épouser sa belle. William et Eva s'étaient résolus à accepter leur union. Alice qui espérait se faire aimer de ses beaux-parents se montra irréprochable. Elle passait ses journées au magasin, tentant d'en apprendre les rudiments. Eva se garda de dire à son fils que sa fiancée ne s'avérait pas d'une grande aide. En plus d'accumuler les maladresses, la jeune fille manquait d'initiative. La familiarité avec laquelle elle s'adressait aux clients déplaisait à Eva qui insistait sur l'importance du vouvoiement.

Eva déposa les tartes sur la grille pour les faire refroidir. Elle se versa une tasse de thé, en songeant que la présence de Catherine lui manquait. Mal à l'aise face à la venue d'Alice au magasin, la jeune fille avait démissionné, préférant ne pas être témoin de l'affection d'Édouard pour sa fiancée. Eva termina sa couture et rangea son matériel. Elle déposa un châle de laine sur ses épaules, recouvrit une tarte d'un linge et se rendit chez Geneviève Lefebvre.

— Madame Leduc ! s'exclama Geneviève en ouvrant la porte. Mais quel bon vent vous amène icitte ?

— C'est le bon vent d'automne, je vous dirais.

— Entrez donc !

— Je sais ben que c'est impoli de me présenter icitte sans prévenir, mais je me demandais si vous n'auriez pas une couple de minutes à m'accorder ?

— C'est ben certain ! Assoyez-vous. Voudriez-vous une bonne tasse de thé ?

— Je dirais pas non, même si je viens tout juste d'en boire une. Je vous ai apporté une tarte aux pommes qui sort à peine du four.

— C'est gentil, j'adore la tarte aux pommes. Je cuisine plus beaucoup de desserts depuis que j'ai perdu mon mari. Les rares fois que j'en fais, c'est lorsque votre belle Clara-Eve me rend visite. Au fait, comment va-t-elle ? Ça fait un p'tit bout que je ne l'ai pas vue.

— Elle va bien. Elle est toujours aussi têtue.

— Vous lui passerez le message que sa compagnie me manque, qu'elle est toujours la bienvenue.

— Je manquerai pas de lui faire le message, Madame Lefebvre.

— Je vous en prie, appelez-moi Geneviève.

— Seulement si vous m'appelez Eva.

— Avec plaisir, Eva.

— Vous vous demandez sûrement ce qui m'amène icitte cet après-midi ?

— Non, je sais ce qui vous amène. C'est le vent d'automne, vous me l'avez dit en arrivant.

— Oui, c'est vrai, répondit Eva en riant. En fait, je me demandais si cela vous serait possible de sortir vos cartes. Ça me fait un peu peur, mais j'aimerais savoir ce que vous voyez pour moi dans vos cartes.

— Quelque chose vous tracasse ? Vous aimeriez savoir quelque chose en particulier ?

— Je vous dirais qu'il y a plusieurs choses qui me tracassent.

— Avant de commencer, je dois vous demander si vous voulez tout savoir. Personnellement, je crois qu'il est préférable de ne pas tout dire, mais c'est à vous de me dire si vous êtes prête à tout entendre.

— Alors, dites-moi ce que vous croyez que je suis prête à entendre.

Geneviève déposa leurs tasses de thé sur la table et alluma quelques bougies. Elle sortit une boîte en bois joliment ornée de motifs sculptés d'un tiroir de son bahut.

— C'était la boîte aux secrets de ma grand-mère maternelle, confia Geneviève en prenant place devant Eva. Posez votre main sur le paquet de cartes, je vous prie. Pensez aux questions pour lesquelles vous aimeriez obtenir des réponses aujourd'hui.

— C'est fait, répondit Eva.

— Oh ! s'exclama Geneviève en exposant les premières cartes sur la table. Vous êtes dans une grande période de changement et c'est en grande partie pour le mieux. Je vois que vous doutez beaucoup. C'est inutile, vous marchez dans le chemin sur lequel vous devez marcher. Vous êtes à la bonne place. Faites-vous plus confiance et faites plus confiance à votre mari, il semble suivre la route qui lui est destinée. Auprès de lui, le voyage sera agréable jusqu'à la toute fin. Il vous aime beaucoup. Je vois qu'une jeune fille près de vous aura des difficultés. La prochaine année sera plus difficile pour elle.

— Quelle jeune fille ?

— C'est étrange, les deux huit noirs sont sortis. J'ai l'impression que c'est une de vos jumelles. Laquelle, je ne saurais dire, mais je pencherais pour Clara-Eve, c'est plus elle que je vois dans le huit de pique.

— Elle aura quel genre de difficultés ?

— Elle se cherchera encore plus qu'elle se cherche en ce moment. Elle perdra son chemin quelque temps, mais saura le retrouver. Clara-Eve a un destin bien à elle. C'est ce qui est particulier avec vos filles. Elles sont nées ensemble. Elles partagent le même physique, mais le tempérament de l'une est le contraire de l'autre. Il n'y a personne qui ne se ressemble plus qu'elles et il n'y a personne aussi différentes qu'elles. Soyez sans crainte, elles se rapprocheront. Elles comprendront l'importance de l'autre. Elles ne sont pas nées jumelles pour rien.

— C'est exactement ça leur relation. J'espère que vous dites vrai et qu'elles se rapprocheront davantage.

— Vous verrez que le temps saura me donner raison. Des personnes près de vous s'uniront ces prochains mois. Je vois deux mariages. C'est étrange parce que la justice est très présente dans vos cartes. Je ne saurais dire si c'est parce que vous avez l'âme d'une justicière, si quelqu'un sera impliqué dans une histoire criminelle ou si vous serez victime d'un petit larcin. Ça semble être un événement sans grande conséquence pour vous. Avez-vous l'intention de déménager ? Parce que je vois un déménagement dans un avenir proche pour vous. Pour ce qui est de la santé, je ne vois aucun problème à ce niveau pour vous et vos proches. Il y aura quelques petits problèmes, mais dans l'ensemble rien qui ne se réglera pas. Je vois qu'il y aura un nouveau départ pour vous. Parfois, ça peut signifier laisser le passé derrière pour regarder vers l'avenir. Ça peut venir du pardon aussi. Chose certaine, les prochains mois ne seront pas un long fleuve tranquille, mais vous saurez garder le cap. Maintenant, si vous avez des questions précises sur un aspect de votre vie en particulier, ne vous gênez pas, je tenterai de vous apporter les réponses si celles-ci sont disponibles. Eva, sachez que vous pouvez me faire confiance, j'excelle dans l'art de garder des secrets.

— En fait, je suis inquiète pour mon fils. Je devrais pas dire ça, mais je ne suis pas certaine de pouvoir faire confiance à sa future femme. J'ai l'impression qu'il finira par être malheureux dans son mariage. Je me demandais si vous ne verriez pas quelque chose dans vos cartes sur elle.

— Brassez les cartes, Eva. Arrêtez lorsque vous sentez que c'est le moment. Parfait, séparez les cartes en trois paquets. Maintenant, choisissez-en un. Je vous rassure tout de suite, cette fille est sans malice. Ils s'aiment réellement. Elle ne correspond pas à vos attentes, mais elle semble correspondre parfaitement à ses attentes à lui. Ce ne sera pas le mariage le plus tranquille, mais ils s'en sortiront.

— Ça me rassure un peu d'entendre ça, même si je n'arrive pas trop à me faire à l'idée que samedi prochain, cette fille-là sera la femme de mon fils. Vous êtes ben fine, Geneviève, d'avoir pris le temps de me lire les cartes. Combien est-ce que je vous dois ? demanda Eva en ouvrant sa bourse.

— Absolument rien, Eva. Le plaisir fut pour moi. Je vous dois ben ça avec la façon que vous m'avez déjà reçu pour Noël.

— C'est gentil, mais c'est hors de question que je vous paie pas. Je sais pas combien vous chargez d'ordinaire, mais je vais vous donner cinq piastres.

— Sans vouloir vous offenser, Clara-Eve ne tient pas son entêtement du voisin.

— Ça, je vous le fais pas dire, répondit Eva en riant. Je vous remercie pour votre hospitalité. Sachez que vous êtes la bienvenue chez nous quand vous voulez.

— Je suis pas une grande sorteuse comme vous le savez déjà sûrement, mais je m'en souviendrai. N'hésitez pas à revenir si vous avez des questions ou si vous avez juste envie de jaser.

* * *

Édouard et Alice, officiellement mari et femme, prirent fièrement la pose devant l'objectif de William. Puis ce fut au tour des invités de se grouper derrière les mariés en prenant pour la plupart une pose stoïque. « Nous sommes devant l'église, mais c'est pas la photo de vous autres dans votre cercueil que je prends aujourd'hui. Vous pouvez sourire un peu, gardez votre air de mort pour plus tard, vous en aurez besoin ben assez vite », leur lança William avant de prendre quelques clichés.

Les invités s'attardèrent sur le parvis de l'église. Eva et Marie-Renarde se rendirent à la maison des Leduc pour les derniers préparatifs. Profitant de la douce température, Eva installa son buffet à l'extérieur. Elle sortit sa vaisselle des grandes occasions qu'elle déposa sur sa plus belle nappe blanche. Édouard et Alice ne tardèrent pas à arriver accompagnés de leurs invités. Sans attendre, Émilienne se dirigea vers la glacière improvisée par William afin d'y prendre une bière qu'elle cala rapidement. Elle prit deux autres bières, puis s'assit en retrait. Eva, qui observait la scène, s'inquiéta de l'attitude d'Émilienne, se disant que cela ne présageait rien de bon. Émilienne tourna la tête en maugréant lorsque Jérôme Mathieu la salua.

— Est-ce qu'ils vont rester longtemps à maison? demanda Clara-Eve en rejoignant sa mère. Elle m'énerve sans bon sens, celle-là.

— Clara, sois gentille un peu. C'est la femme de ton frère, t'as pas le choix de faire avec.

— Je me demande s'il sait dans quoi il s'embarque avec elle. Laissez-moi vous dire que c'est ben évident qu'elle n'a pas inventé le bouton à quatre trous. C'est pas la plus vite en ville, si vous voyez ce que je veux dire.

— Faut lui laisser une chance. C'est pas tout le monde qui a le droit à la même éducation, tu sais. J'ai l'impression qu'elle a un bon fond, qu'elle l'a juste pas eu facile.

— Maman, elle mange la bouche grande ouverte, elle parle mal pis elle crache tout le temps. J'ai ben l'impression moi qu'elle n'en a pas eu d'éducation! Elle parle tout le temps pour rien dire, ça vous énerve pas vous?

— Un peu, oui. J'ai pour mon dire que ton frère est intelligent pis que s'il s'est amouraché d'elle, c'est parce qu'elle doit être mieux qu'on pense.

— Avez-vous remarqué que Laura a l'air d'avoir un peu engraissé? Pensez-vous qu'elle pourrait être en famille? J'y souhaite pas, elle n'aura plus de vie, la pauvre!

— Je trouve pas qu'elle a tant engraissé. Ça vient avec le mariage ça. Ton père a changé la taille de son pantalon durant la première année de notre mariage. Tu sais, Clara-Ève, nous ne perdons pas notre vie en la donnant. Je te dirais même que ma vie a pris tout son sens à chacune de vos naissances. Fais-moi confiance, tu verras que j'ai raison lorsque ton tour viendra.

— Je veux pas vous faire de peine, maman, mais mon tour ne viendra jamais. Je vais finir vieille fille, je veux pas me marier.

— Qu'est-ce que tu me dis là ? Les vieilles filles ne le sont pas par choix, mais par dépit. Sans mari, on devient pas grand-chose. Rester vieille fille est la meilleure façon de s'assurer une vie de misère.

— Flavie aussi va rester vieille fille. Elle va s'occuper de sa mère.

— Émilienne est en masse capable de s'occuper d'elle !

— Pas selon Flavie.

— On reprendra cette conversation-là, ma fille. Je vais aller jaser un brin avec ta tante qui semble commencer à s'énerver toute seule.

Eva se dirigea vers Émilienne qui se servait une autre bière.

— Je pense que t'en as assez pris pour aujourd'hui, Émilienne.

— Je pense que je suis assez vieille pour juger moi-même si j'en ai assez pris ou non.

— T'as pas l'air dans ton assiette, toi. Dis-moi donc ce qui se passe.

— Y se passe que le seul homme intéressant de la place est pâmé sur la sauvagesse.

— Tu parles de Jérôme Mathieu ? C'est un secret pour personne qu'il voit Marie-Renarde dans sa soupe.

Parce que tu te rappelles, Émilienne, que Marie-Renarde, c'est son nom ?

— On s'enfargera pas dans les fleurs du tapis. Tu peux ben lui donner le nom que tu veux, elle restera toujours une sauvagesse. Je comprendrai jamais pourquoi elle n'est pas restée dans son bois celle-là. C'est sa place avec tous les autres de son espèce.

— Je vais te demander d'arrêter tout de suite d'insulter mon amie. Marie-Renarde a toujours été correcte avec toi. Elle ne t'a jamais manqué de respect et tu devrais faire la même chose. L'amour, ça ne se contrôle pas. C'est toujours ben pas de sa faute si Jérôme a jeté son dévolu sur elle.

— C'est toujours ben pas de ma faute non plus ! Tu dois être au courant toi si c'est réciproque de son bord ?

— Ça ne nous regarde pas.

— Certain que ça me regarde ! Je veux savoir si je perds mon temps à attendre que Jérôme reprenne ses esprits.

— Je pense que tu devrais passer à autre chose. Je peux pas parler pour Marie-Renarde, mais ça ne me surprendrait pas que ça finisse par un mariage cette histoire-là.

— Tant pis, c'est lui qui sera le grand perdant au final. Voir qu'un homme sensé peut choisir d'épouser cette sauvagesse au lieu d'une femme comme moi… De toute façon, je me voyais pas tant que ça faire ma vie avec un croque-mort, pis je vais sûrement me marier avec Zéphir Laplante.

— Tu parles du vieux Zéphir ? Il est dans soixantaine, Émilienne ! Il a déjà un pied dans sa tombe.

— Justement ! Ça fait son affaire pis la mienne. Y a pas envie de laisser son argent à ses fils qui sont pas foutus de l'aider dans ses besognes ordinaires. Au moins, ça va m'assurer d'hériter de sa maison pis de ses économies lorsqu'il lèvera les pattes.

— Je peux pas croire que tu dises ça.

— Comme il dit, il aimerait ben mieux mourir dans mon lit que de mourir tout seul chez eux. Il est agréable à jaser le vieux Zéphir, pis y est pas non plus sur son lit de mort, il est encore d'agrément. De toute façon, t'es plus placée pour juger mes choix.

— Qu'est-ce que tu veux dire par là?

— Ben, tes enfants sont pas des exemples à suivre côté choix. Laura qui se marie avec un sauvage qui a les cheveux plus longs que les miens. Il le sait-tu que c'est lui l'homme dans le couple? Pis, on va le dire, ton gars vient pas d'épouser la fille la plus respectable de la place...

— Qu'est-ce que tu sous-entends par là?

— Dis-moi pas que t'es pas au courant? C'est une prostituée, celle-là!

— Écoute-moi ben, Émilienne, parce que je ne te le redirai pas. Que je ne t'entende jamais répéter ça à personne. Alice Lemieux est une fille respectable, parce que c'est la femme de mon gars. Y a rien d'autre à dire là-dessus! Est-ce que tu m'as bien compris? Parce que je te le dis là, t'es ma sœur, pis je te respecte, mais si tu t'attaques encore une fois à la réputation d'un de mes enfants, tu ne me reverras plus jamais de ton vivant.

— C'est ça qui est drôle avec toi. Tu joues la sainte nitouche, la fille parfaite qui a une famille parfaite. Toi, t'as le droit de dire ce que tu veux aux autres, mais faut surtout pas te dire tes quatre vérités en face parce que tu montes aussitôt sur tes grands chevaux. J'en parlerai plus si c'est ce que tu veux, mais ça changera rien aux faits. Elle a fait ce qu'elle a fait, que ça te plaise ou non!

— Je pense que tu devrais rentrer chez toi.

— Je le pense aussi. De toute façon, c'est ennuyant sans bon sens, icitte!

CHAPITRE 20

Honore ton père et ta mère

La tension était palpable dans la maison des Leduc en ce matin de mai 1923. Clara-Eve, d'humeur exécrable depuis quelques jours, se disputa avec Alice parce que cette dernière était assise à sa place. Eva la somma de changer son humeur ou de remonter à sa chambre. Clara monta à l'étage, s'habilla et partit pour l'usine sans saluer personne. Eva, exaspérée par les conflits quotidiens, demanda aux jeunes mariés de se montrer indulgents envers Clara-Eve. Ils terminèrent le déjeuner en silence.

Ce soir-là, Eva anticipa le retour de sa fille, craignant que le conflit se poursuive durant le souper. Elle prépara le repas, aidée d'Alice qui soupirait en coupant les légumes. Selon elle, il n'y avait rien de plus lassant que de préparer les repas. Eva lui fit remarquer que les tâches ordinaires étaient autant lassantes que nécessaires.

— Je suis épuisée, Eva. J'irais ben m'étendre une petite demi-heure en attendant le retour des autres. Ma condition m'épuise sans bon sens.

— Alice, t'es pas la première ni la dernière femme à être en famille. C'est pas une maladie, ça devrait pas t'empêcher de faire ton ouvrage. T'en as encore pour quelques mois encore, t'es mieux de t'y faire tout de suite. Pis avec les grandes chaleurs de cet été, tu seras pas mieux que morte si tu prends pas sur toi. Tu sais que je serai pas toujours là pour alléger ton ouvrage. Bientôt, tu devras t'occuper de ta maison, du ménage, des repas pis de tes enfants toute seule. Si Édouard a l'intention de prendre la charge du magasin, tu devras l'aider ou vous devrez engager quelqu'un.

— Comme je lui disais, il devrait prendre l'argent de sa grand-mère, nous acheter une maison, pis prendre un peu de temps avec moi pour élever le petit.

— Berthe ne lui a pas laissé une fortune non plus ! Il aura la même part que ses sœurs, répondit Eva en espérant que sa bru ne soit pas au courant que l'héritage d'Édouard ne venait pas de Berthe. Il en aurait assez pour vous acheter une petite maison pis c'est toute. Pis, juste comme ça, c'est à moi que Berthe a laissé le soin de décider quand sera le moment approprié pour lui donner sa part.

— Avec le respect que je vous dois, c'est pas tant juste ça. C'est toujours ben à lui l'argent.

— La vie n'est pas toujours juste ma petite fille, pis j'aime mieux pas en discuter avec toi. C'est entre mon gars, son père pis moi. Le magasin reste la meilleure façon d'assurer votre avenir. Mais pour ça, faudra pas compter vos heures et pas avoir peur de se mettre à l'ouvrage. Je suis quand même d'accord avec toi qu'il vous faudrait une maison au plus vite.

— Y a pas grand place icitte pour deux familles. Il y en a quand même en masse en attendant. On pensait mettre le p'tit dans notre chambre pour commencer et quand il sera plus grand on le monterait à l'étage dans l'ancienne chambre d'Édouard. C'est certain que j'ai hâte d'avoir ma maison à moi, mais en attendant, ça me rassure un peu de savoir que vous serez tous là pour m'aider avec le petit.

— Alice, ce sera à toi à t'en occuper, pas à nous autres. Je dis pas qu'on sera pas là pour te donner un petit coup de main, mais j'ai élevé ma famille, je n'élèverai pas la tienne certain.

— C'est pas ça que je dis, c'est juste que vous savez, j'ai pratiquement jamais vu de bébé de ma vie. Je saurai pas quoi faire avec.

— Inquiète-toi pas avec ça, tu sauras quoi faire lorsqu'il arrivera. Je sais que ça peut être énervant d'attendre son premier enfant, mais ça va ben aller.

— J'espère que vous dites vrai, Eva.

— Vous êtes ben des femmes, toujours en train de jacasser, lança William en entrant.

— Toi, commence pas parce que t'auras qu'un bol d'eau pour souper, c'est pas ce qu'il y a de plus nourrissant, répondit Eva en riant.

— Édouard n'est pas encore revenu ? Ça fait un p'tit bout qu'il est parti chercher les filles.

— Il arrive, dit Alice en regardant par la fenêtre.

— Tenez-vous-le pour dit, c'est la dernière fois que je m'offre pour aller chercher Clara, lança Édouard en entrant.

— Qu'est-ce qui s'est passé ? demanda Eva. Comment ça qu'elle n'est pas avec vous autres ?

— C'est à elle qu'il faudra le demander, maman. Figurez-vous donc qu'elle m'a fait languir devant l'usine pour absolument rien ! Élianna et moi avons attendu et elle n'est jamais sortie ! J'ai pour mon dire qu'elle est encore choquée après moi et qu'elle a fait exprès de me faire attendre pour rien. Elle est tellement orgueilleuse que ça en est ridicule son affaire.

— Je vais aller la chercher, dit William contrarié.

— Non, reste ici, trancha Eva. Elle marchera, ça lui donnera le temps de réfléchir à son niaisage. Mais c'est l'heure du souper ! Elle soupera si elle arrive pendant que c'est l'heure. Sinon, elle mangera demain pis c'est toute.

— J'aime pas ça, ma femme.

— J'aime pas ça non plus, mais il y a toujours ben des limites à se plier à ses caprices.

Après le souper, Clara-Eve n'était toujours pas rentrée. William décida d'aller à sa recherche. Eva tenta de le dissuader, leur fille finirait par rentrer, mais William ne l'écouta pas. Avant qu'il franchisse la porte, le téléphone sonna.

— Comment ça qu'elle n'était pas à l'usine ? demanda William à Laura-Marie qui lui téléphonait pour aviser Clara-Eve qu'elle avait couvert son absence à son superviseur par une mauvaise grippe qui la clouait au lit.

— C'était qui ? demanda Eva.

— Laura-Marie. Clara n'est pas rentrée travailler ce matin.

— Comment ça qu'elle n'est pas rentrée à l'usine ? Où aurait-elle passé la journée si elle n'était pas à l'ouvrage ?

— Je sais pas, Eva. J'en sais pas plus que toi. Je vais faire le tour de la ville pis la ramener. On saura ben assez vite ce qui lui est passé par la tête.

— Je t'accompagne. Vous autres, surveillez Élianna, pis si Clara revient, ne lui dites rien.

William et Eva se rendirent tout d'abord chez Geneviève Lefebvre qui affirma ne pas avoir de nouvelles de Clara depuis un certain temps. Ils se rendirent ensuite chez Émilienne qui se montra peu collaborative. Flavie leur confia que Clara lui avait récemment fait part de son désir d'aller à Montréal pour y trouver du travail. Ils se dirigèrent ensuite vers la gare où William demanda au guichetier s'il avait vendu un billet pour Montréal à une jeune fille plus tôt dans la journée. Une jeune fille avait effectivement embarqué dans le train de 13 heures en direction de Montréal. Il fut incapable de la décrire puisqu'il n'y avait pas porté une attention particulière. Persuadés qu'il s'agissait d'une coïncidence, William et Eva continuèrent d'arpenter les rues de la ville. Certes, Clara-Eve était impulsive, mais irait-elle jusqu'à embarquer dans le premier train en direction de Montréal ? Non, c'était impossible.

— Qu'est-ce qu'on fait, William ? On tourne en rond depuis presque trois heures. Notre fille est nulle part ! Je te le dis, j'y réserve un chien de ma chienne.

— On devrait retourner à maison. Édouard aura peut-être une idée d'où elle pourrait se cacher. Elle est peut-être rentrée aussi.

— Je te le dis, c'est tout un numéro celle-là. Mon père t'aurait dit qu'elle n'était pas de la même portée que les autres. Ça se peut pas être têtue comme ça !

De retour chez eux, leur inquiétude s'amplifia en apprenant que Clara-Eve n'était pas rentrée. Prise d'un sentiment soudain de panique, Eva fondit en larmes. William tenta de la rassurer, mais elle demeurait inconsolable.

— Il faut faire venir le chef de police, William ! s'écria-t-elle.

— Je pense pas que ce soit une bonne idée.

— Mais qu'est-ce que tu dis là ? Notre fille a disparu William ! Elle s'est peut-être fait prendre par Barbe Bleue, elle est peut-être déjà morte !

— Eva, tu mélanges tout là. Barbe Bleue a été exécuté l'année passée. Elle n'est pas morte, elle s'est enfuie.

— Tu sais ben que j'parlais pas de Barbe Bleue, mais d'un malade dans son genre ! On peut pas être certain qu'elle se soit enfuie, elle est peut-être tombée entre les mains d'un malade.

— Est partie choquée noir, ce matin. C'est clair qu'elle boude quelque part. Pis, si elle était dans de mauvaises mains, ça serait pas long qu'il la laisserait partir.

— T'es même pas drôle, William Leduc !

— Je m'excuse, je voulais juste te faire sourire un peu.

— Ben c'est raté ! J'ai pas pantoute l'humeur à rire, tu sauras. Je peux pas croire qu'elle nous fasse vivre ça. On devrait l'envoyer vivre en pension chez ma sœur Blandine à Saint-Antoine. Travailler sur la terre lui remettrait peut-être les idées à bonne place.

— C'est certain que ça ne lui ferait pas tort, mais faudrait commencer par la retrouver.

— Est-ce que je peux faire quelque chose pour vous aider ? demanda Édouard, inquiet.

— Je vois pas ce qu'on peut faire de plus pour ce soir, répondit William. Tu peux aller te coucher, mon gars. S'il y a quelque chose, je te réveillerai.

— N'hésitez pas à venir me réveiller si vous avez besoin de moi.

William et Eva s'installèrent dans leurs berçantes, résolus à guetter le retour de leur fille.

— Mais où peut-elle bien être ? répéta William. Elle ne dort certainement pas à la belle étoile, les nuits sont ben trop froides pour ça.

— Je comprends pas pantoute qu'elle ne soit pas rentrée. Elle se cache depuis ce matin, c'est pas rien ça. Penses-tu qu'elle pourrait être partie avec un homme ? Et si Flavie disait vrai et que Clara était partie à Montréal ? Le guichetier a toujours ben dit qu'il avait vendu un billet à une jeune fille. William, on devrait aller voir dans sa chambre, il manque peut-être de ses affaires ?

— Elle serait partie à Montréal avec quel argent ? C'est ben beau vouloir aller y travailler, mais quand tu n'y connais personne, c'est pas si facile à faire. Pis t'étais là comme moi lorsqu'elle est partie ce matin, elle n'a rien apporté de particulier. Elle serait toujours ben pas partie à Montréal avec pas une cenne pis aucun bagage ? Viens, on va monter voir dans sa chambre, on perd rien à fouiller.

Dès qu'elle ouvrit la garde-robe de sa fille, Eva comprit qu'il y manquait plusieurs vêtements. Elle descendit aussitôt vérifier si Clara-Eve avait pris une des valises qu'elle rangeait sous son lit. Elle pleura en réalisant que deux valises étaient manquantes.

— Elle est partie, William ! s'écria Eva. Qu'est-ce qu'on va faire ? Elle est vraiment partie !

— Elle n'est sûrement pas partie très loin.

— Elle est partie à Montréal, j'en suis certaine !

— C'est impossible ça, Eva. N'oublie pas qu'elle n'a pas d'argent. Tu débarques pas comme ça à Montréal. C'est une grande ville, faut que tu aies une place où aller.

— Elle a peut-être économisé les gains sur sa paie que tu lui donnes.

— Ça serait surprenant, Clara dépense sans compter. Elle est toujours rendue au théâtre Royal ou chez Dion.

— Elle a peut-être fouillé là où il ne fallait pas, suggéra Eva en ouvrant le dernier tiroir de sa commode pour y sortir un bas de laine dissimulé sous la pile de vêtements. Je pense qu'elle nous a pris de l'argent !

— T'es certaine de ça ?

— Je sais pas. Je place toujours le bas complètement dans le fond à droite et là, il est au moins à deux pouces du fond. Je l'ai peut-être bougé dans l'énervement. Je vais finir de compter, si mes mains peuvent arrêter de trembler. William, il manque soixante piastres.

— Recompte pour être ben certaine.

— Il manque ben soixante piastres ! s'exclama Eva en replaçant l'argent qu'elle venait de recompter.

— Comment elle a pu voler ses propres parents ! Une chance que je ne l'ai pas devant moi parce que je pense que je l'étriperais !

— Faut prendre le prochain train pour Montréal, dit Eva en sortant la valise restante sous leur lit. Faut aller chercher notre fille.

— On prendra pas le prochain train, Eva. Ça donnera rien de débarquer comme ça à Montréal, sans savoir où la chercher. Il doit ben y avoir quelqu'un qui sait où elle est partie. C'était préparé son affaire, elle a pris la peine de faire ses valises pis voler notre argent, elle devait savoir où elle s'en allait certain.

— Elle connaît personne à Montréal, William ! Comment veux-tu que ça soit préparé ? Clara est parfois tête en l'air. Elle a dû se dire qu'elle trouverait ben où loger une fois rendue à Montréal. Faudrait parler au chef de police, il pourrait peut-être communiquer avec la police de Montréal ?

— Depuis quand le chef de police est bon en enquête ? On n'a pas besoin de lui. C'est à nous autres à la retrouver et c'est mieux de pas trop ébruiter ça. On n'a pas besoin que la ville au complet sache que notre fille s'est dévergondée au point de nous voler et de lever les pattes en ville. Personne a besoin de savoir qu'on a perdu le contrôle de notre fille. Faut prendre le temps de réfléchir comme faut avant de faire quoi que ce soit. On est même pas certain qu'elle soit partie à Montréal.

— J'en suis certaine, moi ! Une mère sent ces affaires-là ! Depuis le temps qu'elle nous casse la tête avec Montréal ! Pis le guichetier qui dit qu'une jeune fille a embarqué dans le train pour la ville. Flavie qui nous a dit que Clara lui a parlé de son désir de partir y travailler. C'est toujours ben pas juste des hasards ! Pis elle est partie avec deux valises, elle n'est pas partie au coin de la rue certain !

— T'as raison, même si ça ne me rentre pas dans la tête. Elle ne t'aurait pas dit quelque chose ? Elle n'aurait pas parlé d'une usine particulière, en ville ? Elle a ben dû laisser un indice quelque part. Est brillante notre fille, je peux pas croire qu'elle soit partie sans savoir où aller.

— Elle ne m'a parlé de rien. Elle est pas mal secrète, notre fille. Il y a peut-être son histoire de suffragettes…

— Les suffragettes ? Cette bande de bonnes femmes qui revendiquent le droit de vote ?

— Oui, eux autres. Clara avait l'air ben impressionnée par ces femmes-là. Elle est convaincue que nous devrions avoir les mêmes droits que les hommes. Je sais ben pas qui a pu lui mettre cette idée-là dans tête.

J'ai essayé autant comme autant de la convaincre que ces femmes-là cherchaient juste à mettre le trouble, mais elle avait l'air convaincue de son affaire.

— Elle est peut-être partie à Montréal pour les rencontrer !

— Mais elle serait partie rencontrer qui ?

— Ces bonnes femmes-là, Eva ! Elles font du bruit en ville, il paraît qu'elles sont des centaines à se réunir en secret. Elles se mettent en groupe pour descendre à Ottawa en pensant faire réagir Taschereau.

— Ç'a pas de sens, William. Je veux ben croire qu'elle est revendicative et que c'est important pour elle, mais de là à voler ses parents et s'enfuir en ville...

— On devrait essayer de dormir quelques heures. On refera le tour de la ville demain. Clara a sûrement parlé à quelqu'un de son idée de partir à Montréal. Je vais me rendre chez Émilienne demain matin avant que Flavie parte pour l'usine. Je vais lui demander de me dire tout ce qu'elle sait. Je vais aller voir son grand boss aussi pour lui dire que Clara est malade et qu'elle ne pourra pas rentrer pour un petit bout. Faudrait pas qu'elle perde sa place quand elle reviendra.

— Dors si tu veux, moi je serai jamais capable de fermer l'œil. Je tremble par en dedans et j'ai le cœur qui débat juste à penser que ma fille est seule dans grande ville. Je dormirai quand Clara sera ici avec nous autres.

— Pense pas que je ne suis pas à l'envers moi aussi. On sera pas efficace si on brûle la chandelle par les deux bouts.

— Je sais, William. Je m'excuse, j'ai plus les idées claires.

— Viens, on va s'étendre quelques heures et on reprendra les recherches demain à la première heure.

— Je vais m'étendre, mais je serai jamais capable de dormir. Je vais prier toute la nuit, s'il le faut.

Eva ne ferma pas l'œil de la nuit. Elle pleura et pria en alternance. William parvint à s'endormir difficilement. Il se réveilla en sursaut un peu avant cinq heures du matin. Eva se leva aussitôt que William posa le pied sur le sol. Elle se dirigea dans la cuisine en silence. Elle mit de l'eau à bouillir. William vint la rejoindre. Elle sortit une feuille et un crayon du tiroir de son bahut et fit une liste des gens que connaissait leur fille. La liste fut plutôt courte. Eva réalisa qu'elle connaissait très peu sa fille. Elle prépara deux cafés qu'elle déposa sur la table d'une main tremblante. William but rapidement son café, embrassa sa femme sur le front et se rendit chez Émilienne. Surprise de le voir débarquer à une heure si matinale, Flavie le fit rentrer en lui faisant signe de ne pas parler trop fort puisque sa mère dormait encore.

— Flavie, ta tante pis moi on aimerait que tu nous racontes tout ce que Clara t'a dit dernièrement.

— Est-ce qu'il lui est arrivé quelque chose ? Elle n'est pas rentrée hier soir ?

— Non, elle n'est pas rentrée. Tu comprendras que ta tante se morfond sans bon sens. Qu'est-ce qu'elle t'a dit au juste à propos de Montréal ?

— Pour être franche avec vous, mon oncle, on se parle plus autant qu'avant. On a eu quelques désaccords et c'est plus pareil depuis.

— Vous avez eu des désaccords sur quoi ?

— Pour des histoires de filles, rien d'important.

— Tout est important, Flavie, insista William.

— Je partage pas son opinion sur les suffragettes. À mon sens, la place des femmes, c'est à maison avec leur mari pis leurs enfants. Je vois pas l'utilité d'avoir le droit de voter. Je pense pas qu'on devrait avoir les mêmes droits que les hommes parce qu'on n'est pas des hommes. Clara m'a traitée d'idiote de penser comme ça. Elle m'a dit que c'était à cause des filles comme moi que ça évoluerait jamais. Moi, j'aspire à rien d'autre qu'avoir une petite vie ben normale. Clara ne voit pas les choses de la même façon. Clara était ma meilleure amie, mais depuis un bout, c'est plus pareil. On se parle encore, mais plus autant qu'avant.

— Qu'est-ce qu'elle t'a dit à propos de Montréal ?

— Qu'elle allait déménager par là-bas parce qu'il n'y avait pas d'avenir par icitte.

— Elle ne t'a pas parlé d'un endroit en particulier à Montréal ?

— Non, mon oncle, je m'excuse, elle ne m'a rien dit de précis là-dessus.

— C'est quoi ce vacarme-là à matin ? demanda Émilienne en sortant de sa chambre.

— C'est moi Émilienne, répondit William.

— C'est pas une heure pour débarquer chez le monde ça !

— Maman ! Mon oncle cherche Clara, elle n'est pas rentrée chez eux hier soir.

— Ouin pis ? C'est pas une raison d'achaler le monde de bonne heure comme ça ! C'est toujours ben pas mon problème si vous n'avez pas le contrôle sur votre fille !

— Retournez donc vous coucher, coupa Honoré. Mon oncle a pas besoin de se faire tomber sur la tête à matin, c'est sérieux ce qui se passe. Il cherche Clara-Eve !

— Ben, il peut la chercher plus tard, lança Émilienne en retournant dans sa chambre.

— Je m'excuse, mon oncle, dit Honoré. Maman a de la misère avec ses humeurs le matin.

— Si tu savais, mon garçon ! Ta mère a de la misère avec ses humeurs tout court. Tu saurais pas quelque chose toi à propos de Clara ?

— Non, j'ai vraiment pas idée d'où elle pourrait être. Voulez-vous que je me renseigne ?

— Je pense qu'on serait mieux de pas trop ébruiter ça. Si on vous pose la question à l'usine, votre cousine est clouée au lit par la maladie. N'hésitez pas à téléphoner à maison si jamais vous apprenez quelque chose. Vous direz à votre mère que, si jamais elle a besoin de nous autres, de s'assurer de passer dans les heures ouvrables du magasin... Ne lui dites pas ça, elle monterait sur ses grands chevaux pour rien.

William se rendit à l'usine où il demanda à rencontrer le patron de Clara-Eve. Il lui expliqua que sa fille était très malade et que le docteur ne pouvait dire quand elle irait mieux. Il demanda au gérant de lui garantir la place de Clara-Eve. Ce dernier acquiesça en lui demandant de le tenir au courant de l'évolution de son état. William rentra chez lui où Eva guettait impatiemment son retour. Elle fondit en larmes en apprenant que Flavie ne savait rien de plus que ce qu'elle leur avait dit la veille. Elle demanda aussitôt à William de la conduire chez Geneviève Lefebvre. « Attends-moi pas, je vais revenir en marchant », lui dit-elle tandis qu'il se garait dans l'entrée de Geneviève. William insista pour l'attendre, mais Eva refusa en prétextant qu'elle ignorait combien de temps durerait sa visite et qu'elle voulait avoir une conversation de femme avec la veuve.

— Je m'excuse de vous importuner de bonne heure comme ça, dit-elle lorsque Geneviève lui ouvrit la porte.

J'ai vraiment besoin que vous regardiez vos cartes pour moi. J'ai besoin de savoir où pourrait être ma fille.

— Vous cherchez encore Clara ? demanda Geneviève en lui faisant signe d'entrer. J'ai bien peur que les cartes ne vous soient pas d'une grande aide.

— J'ai rien à perdre à essayer. Je vous en prie, Geneviève, aidez-moi !

— Venez, on va aller discuter dans la cuisine. Je peux ben essayer, mais je suis pas certaine de pouvoir vous aider. Les cartes ont leurs limites, vous savez...

— Je vous suis très reconnaissante de bien vouloir essayer.

— Brassez les cartes, dit Geneviève en lui tendant le paquet qu'elle venait de sortir de sa précieuse boîte. Lorsque vous serez prête, séparez le paquet en trois et donnez-moi la pile de votre choix. Elles ne sont pas très bavardes ce matin, ajouta-t-elle en étalant les cartes sur la table.

— Elles disent rien pantoute ?

— Rien qui pourrait vous être utile, j'en ai bien peur. J'ai l'impression que tout finira par rentrer dans l'ordre, mais cela va prendre un peu de temps. Elle ne semble pas être en danger. Elle semble savoir ce qu'elle fait.

— Elle est à Montréal.

— Je ne saurais vous répondre, Eva.

— William et moi savons qu'elle est partie à Montréal, mais nous ignorons où. Nous pensons qu'elle est partie rejoindre un groupe de suffragettes. Vous verriez pas ça dans vos cartes ?

— Je suis désolée, Eva, je ne vois pas grand-chose.

— Pardonnez-moi de vous poser la question, mais me dites-vous la vérité ? Je veux tout savoir, Geneviève ! Je dois vraiment tout savoir. Je suis morte d'inquiétude.

— Je ne vous mens pas, Eva. Les cartes ne parlent pas ce matin, elles ne révèlent rien qui pourrait vous aider.

— Vous me le diriez, n'est-ce pas, si Clara s'était confiée à vous ?

— Vous savez, je n'ai plus grand-chose dans la vie, si ce n'est mon sens de l'honneur. Je suis la gardienne des secrets de plusieurs femmes du coin. C'est crucial pour moi qu'elles aient confiance que je ne révélerai jamais leurs secrets.

— Geneviève, je peux comprendre pour les autres femmes, mais il s'agit ici de ma fille. Elle n'est pas une femme encore. Si vous savez quelque chose, vous devez me le dire. Je suis sa mère !

— Je ne sais rien, Eva. Comme je vous disais hier soir, je n'ai pas vu votre fille depuis un petit bout. J'ai de la peine pour vous, croyez-moi. Clara est intelligente, elle ne se mettra pas en danger inutilement. C'est une aventurière, elle n'a sans doute pas mesuré l'inquiétude que son départ vous causerait.

— Elle ne vous aurait pas déjà parlé des suffragettes par hasard ?

— Un peu oui, mais ça fait longtemps. Nous partageons les mêmes convictions sur le sujet.

— Êtes-vous une suffragette, Geneviève ?

— Pas exactement, mais je suis en accord avec elles.

— Savez-vous auprès de qui nous pourrions obtenir des informations dans la grande ville ?

— Malheureusement, non. Pour tout vous dire, je doute que Clara soit partie les rejoindre. Se sentir concernée par une cause est une chose, mais tout quitter pour aller rejoindre le mouvement en est une autre.

— Promettez-moi, Geneviève, de m'aviser si Clara communique avec vous ou si vous apprenez quoi que ce soit.

— Je le ferai, répondit Geneviève, en la raccompagnant jusqu'à la porte.

CHAPITRE 21

La fille tombée

Près de deux mois s'étaient écoulés depuis le départ inopiné de Clara-Eve. La santé physique et mentale d'Eva déclinait de jour en jour tant elle était rongée par l'inquiétude. Elle mangeait peu, dormait peu et travaillait sans cesse. La grossesse d'Alice étant avancée, cette dernière ne pouvait plus se présenter au magasin puisqu'il était mal vu pour une femme enceinte d'exposer son ventre arrondi. Réalisant que sa femme brûlait la chandelle par les deux bouts, William s'était rendu chez Catherine Tremblay afin de la convaincre de reprendre sa place au magasin. Cette dernière accepta par affection pour les Leduc. Lorsque la jeune femme se présenta au magasin en signifiant à son ancienne patronne qu'elle venait lui donner un coup de main, Eva la serra dans ses bras en pleurant.

Durant les semaines précédentes, William et Eva avaient fait trois escapades à Montréal. En vain. William avait distribué une centaine de photographies de Clara-Eve imprimées en format carte postale au bas desquelles il avait écrit les informations pour le joindre. Il avait fait le tour des commerces pour femmes, des hôtels, des théâtres, des usines et des blanchisseries. Personne n'avait vu Clara-Eve. À l'exception de la famille proche, de Jérôme Mathieu et de Geneviève Lefebvre, personne ne savait qu'une des jumelles Leduc avait déserté le foyer familial. William et Eva protégèrent jalousement la réputation de leur fille, espérant qu'elle puisse reprendre sa vie là où elle l'avait laissée lorsqu'elle reviendrait enfin. William avait expliqué au gérant de l'usine que Clara reprenait ses forces dans un sanatorium de Québec.

Alice frappa doucement à la porte de la chambre d'Eva où elle était allongée. Une dame demandait à la voir. Trop faible pour recevoir la visiteuse, elle pria sa bru de la diriger vers l'atelier de William qui pourrait la voir à sa place. Alice revint quelques minutes plus tard, la dame insistait pour la voir. Eva se leva péniblement.

— Geneviève ! lança-t-elle en pénétrant dans la cuisine. Alice, t'aurais dû me le dire que c'était Geneviève !

— Je suis désolée, répondit la jeune femme.

— On ne se connaît pas, elle ne pouvait pas savoir qui j'étais, dit Geneviève.

— Vous avez eu des nouvelles de Clara, n'est-ce pas ? Je vous en prie, dites-moi que c'est ce qui vous amène ici ?

— Édouard m'a dit ce matin en livrant ma commande que votre santé dépérissait à vue d'œil.

— C'est rien de grave, répondit Eva. C'est juste de l'épuisement causé par ma grande inquiétude. J'irai mieux lorsque ma fille sera de retour. Une mère ne peut pas avoir d'appétit ni dormir à poings fermés lorsqu'un de ses enfants manque à l'appel.

— Eva, je sais pas comment vous dire ça...

— Me dire quoi ? Ne me faites pas languir de même !

— Pouvons-nous nous asseoir pour discuter un peu ?

— Oui, assoyez-vous. Désolée, j'oublie mes bonnes manières. Je vous en prie, Geneviève, dites-moi ce que vous avez à me dire parce que j'ai l'impression que mon cœur va me lâcher.

— Je sais que j'aurais dû venir vous parler ben avant, mais j'étais prise entre l'arbre et l'écorce. J'avais promis sur l'honneur de mon défunt mari de garder le secret, dit Geneviève, les larmes aux yeux. Je suis consciente que vous me détesterez après ce que je vais vous dire, mais vous devez savoir que ce n'était pas mal intentionné de ma part. L'honneur de mon mari est ce qu'il y avait de plus important pour lui, ajouta-t-elle.

— Geneviève, l'important c'est que vous me le dites, maintenant ! Je vous en conjure, parlez !

— Je sais où est votre fille, lança-t-elle en pleurant de plus belle.

— Alice, va chercher William, dit Eva en se tournant vers sa bru qui écoutait la conversation depuis le corridor. Tout de suite, Alice !

— Je suis vraiment désolée, insista Geneviève. J'étais partagée entre l'envie de tout vous dire et la promesse que j'avais faite.

— Dites-moi immédiatement où elle est, coupa sèchement Eva.

— Elle est à la crèche de la Miséricorde de Montréal.

— À la crèche de la Miséricorde, répéta Eva, abasourdie. Non, c'est impossible !

— Qu'est-ce qui est impossible ? demanda William en entrant dans la maison.

— William, notre fille est à la crèche de la Miséricorde de Montréal!

— Ben voyons donc! Elle peut pas être là! C'est pas la place qu'on annonce dans *La Presse* pour les filles-mères?

— Pour les filles-mères, William... Ça veut dire que Clara est une fille tombée! Vous savez ça depuis quand? demanda-t-elle à Geneviève.

— Depuis avant son départ, avoua Geneviève en baissant le regard.

— Est-ce que j'ai bien entendu? Vous saviez que notre fille voulait partir vivre son état de honte toute seule dans grande ville, pis vous l'avez laissée faire? Vous l'avez laissée partir, pis pire encore vous avez dit à ma femme en la regardant dans les yeux que vous n'aviez pas vu notre fille depuis un moment?

— Monsieur Leduc, comme je disais à votre femme, Clara s'est confiée à moi en me faisant promettre sur l'honneur de mon mari que je ne parlerais de son secret à personne. J'ai promis avant qu'elle me parle de ses intentions. Je ne me doutais pas que son secret était si grave. Je croyais qu'elle voulait se confier sur ses amourettes. J'ai paniqué lorsqu'elle m'a dit qu'elle avait pris l'adresse de la crèche dans le journal et qu'elle avait l'intention de s'y rendre dans le plus grand secret. Sachez que je me maudis depuis de ne vous avoir rien dit, mais l'honneur de mon mari est la seule chose qu'il lui reste. Il est mort par honneur pour son pays. J'étais prise par la promesse faite à Clara. Lorsque votre fils m'a dit ce matin qu'il s'inquiétait pour la santé de sa mère, j'ai compris que je devais vous le dire avant que son état s'aggrave par ma faute. Avant, je me disais que Clara finirait par revenir dans quelques mois et que les choses se placeraient. Je pensais pas mal faire.

— Arrêtez de pleurer comme ça, Geneviève ! ordonna Eva. C'est certain que j'y aurais pensé deux fois moi aussi si j'avais juré sur l'honneur de mon défunt mari. Vous n'avez pas d'enfant, vous ne pouvez pas imaginer l'inquiétude que peut avoir une mère qui cherche son enfant. J'ai besoin de tout savoir ce que vous savez. Est-ce qu'elle vous a dit qui était le père ? Dites-moi qu'elle ne s'est pas fait forcer !

— Non, je pense pas. J'en sais pas beaucoup sur lui. Je sais qu'il est amoureux de votre fille, mais qu'elle ne l'est pas. Elle m'a dit qu'elle l'aimait bien au début, mais qu'elle ne l'aimait plus.

— Est-ce qu'elle vous a dit depuis combien de temps durait son état ?

— Elle n'avait pas l'air certaine, mais elle pensait que ça durait depuis un peu plus de deux mois.

— Sachez Geneviève que je vous suis reconnaissante d'être venue me parler. Maintenant, si vous voulez bien m'excuser, j'ai besoin de m'étendre un peu.

— Je comprends, répondit Geneviève en se levant. Je m'excuse encore d'avoir tardé à le faire.

— Je peux vous comprendre, dit Eva. N'empêche qu'il aurait été préférable que vous saisissiez plus tôt l'urgence de la situation.

Eva se dirigea dans sa chambre. William fouilla dans le bac à journaux afin d'y trouver un exemplaire de *La Presse*. Il s'empara de la première copie qui lui tomba sous la main, puis la feuilleta pour y trouver l'annonce placée par la crèche de la Miséricorde. Il la trouva rapidement, la déchira, la rangea dans son portefeuille et alla rejoindre sa femme qui pleurait.

— Ça va aller ma belle. Je vais te la ramener notre fille. J'ai l'adresse de la crèche, je vais prendre le prochain train pour Montréal et te la ramener, qu'elle le veuille ou non.

— Je sais plus, William. C'est effrayant de dire ça, mais je sais même plus si je veux qu'elle revienne.

— C'est normal, t'es en état de choc. Peu importe ce qu'elle a fait, ça reste notre fille pareil, pis notre devoir de parents, c'est de la ramener chez nous.

— Je lui en veux, William ! Qu'est-ce que tu veux que je te dise ? Pis le pire dans tout ça, c'est que je sais même pas si c'est à elle ou à moi que j'en veux le plus.

— T'as aucune raison de t'en vouloir !

— Notre fille a passé deux mois sans me faire laver ses guenilles et je m'en suis même pas rendu compte. J'étais tellement occupée avec le magasin, pis Alice qui passait ses journées à se plaindre des malaises de sa grossesse, que j'ai pas porté attention à ma propre fille ! Pis comment tu penses que je me sens de savoir qu'elle a préféré se confier à une étrangère plutôt qu'à sa propre mère ?

— Tu sais ben que Geneviève n'est pas une étrangère pour notre fille. Je pense pas qu'elle ait fait ça contre toi. Elle devait être paniquée. Elle a pris peur et est partie. Elle a besoin de sa mère. T'es la mieux placée pour la comprendre, pis je suis certain que tu le sais.

— T'as raison, elle devait être complètement paniquée. On peut pas la ramener icitte, William. À moins qu'elle épouse le père. Il faut qu'elle mette son petit au monde là-bas, qu'elle le donne en adoption pis qu'elle revienne après, sinon le monde va jaser pis elle pourra pas vivre sa vie en paix.

— Tu penses vraiment qu'elle devrait mettre le petit en adoption ?

— Qu'est-ce que tu veux qu'elle fasse d'autre ?

— On pourrait le prendre nous autres ? Toi, tu pourrais vivre en paix avec ta conscience en sachant que t'as permis à ta fille d'abandonner son enfant dans un orphelinat ?

— Non, c'est ben certain que non... Mais je suis pas pantoute certaine d'avoir l'énergie d'élever un autre enfant. Recommencer à notre âge avec un bébé, c'est quelque chose !

— On est dans quarantaine, il nous reste encore une vingtaine d'années si la santé reste bonne. C'est en masse pour prendre en charge le petit de notre fille.

— William, on peut pas décider ça vite de même. Faut prendre le temps d'y penser comme faut. N'oublie pas qu'avec le magasin pis Alice qui va avoir son bébé, on va déjà manquer de temps à quelque part. D'après moi, elle sera pas assez dégourdie pour s'occuper de son petit toute seule. S'ils pouvaient avoir leur propre maison aussi, ça aiderait. Déjà l'avoir elle à charge, c'est comme avoir un enfant sous sa jupe. Elle m'en tire du jus dans une journée celle-là.

— T'as raison, faut prendre le temps de penser à tout ça comme faut.

— Pis je pense que ça peut pas faire de tort à Clara-Eve de passer quelque temps avec des bonnes sœurs. Ça doit pas faire son affaire d'être là.

— Je vais préparer ma valise, pis me rendre là-bas question qu'elle sache qu'on est au courant et m'assurer qu'elle va bien. Je devrais être bon pour embarquer dans le dernier train de 13 heures.

— Va demander à Édouard de s'occuper d'Élianna et du magasin pendant notre absence, je vais m'occuper des valises.

— Tu serais mieux de rester ici pis que tu reprennes un peu le dessus côté santé. Je voudrais pas que le voyage t'épuise encore plus.

— Y est pas question que je reste icitte à me morfondre. Je me sens déjà mieux et ça ira encore mieux quand j'aurai ma fille en face de moi.

— Faudrait pas se demander de qui Clara-Eve tient sa tête de cochon…

— Pars-moi pas là-dessus, toi ! Pis va avertir Édouard, que je prépare nos valises pendant ce temps-là, ajouta- t-elle en souriant.

* * *

Le train arriva à la gare de Windsor de Montréal peu avant 17 heures ce soir-là. William et Eva embarquèrent aussitôt dans un tramway, décidés à se rendre directement à la crèche de la Miséricorde. Ils débarquèrent sur la rue Saint-Hubert et marchèrent jusqu'à la rue Dorchester où se trouvait l'entrée pour les filles-mères. En arrivant devant le portail de l'immense bâtiment, Eva sentit son cœur battre la chamade. Percevant sa nervosité, William lui prit la main. À peine furent-ils entrés qu'une sœur vêtue de blanc vint à leur rencontre. William lui expliqua brièvement la situation, la priant d'avertir la responsable qu'ils avaient fait un long voyage et qu'ils espéraient voir leur fille dans l'immédiat. La sœur leur répondit que la procédure demandait qu'ils reviennent aux heures de visite. William insista en lui faisant remarquer que sa fille était sous sa responsabilité et qu'il n'avait signé aucun document l'autorisant à séjourner en ces murs. La sœur acquiesça et alla chercher sa supérieure.

— Monsieur Leduc, dit la supérieure en s'avançant vers eux. Sœur Marie-Clarence me dit que vous cherchiez votre fille. Le problème étant que nous n'avons aucune inscription au nom de Clara-Eve Leduc.

— Non, c'est impossible, répondit Eva. Nous savons que notre fille est ici !

— Serait-il possible qu'elle se soit inscrite sous un faux nom ? demanda William.

— Votre fille serait ici depuis quand ?

— Elle est partie de chez nous le 8 mai au matin, répondit Eva.

— Si vous voulez bien me donner quelques minutes, je vais aller consulter de nouveau le registre des inscriptions pour cette date et les jours suivants. Dites-moi, son état serait à quel stade ?

— Nous vous sommes très reconnaissants de bien vouloir vérifier, ma sœur, dit Eva. Selon moi, son état ne dépasserait pas le troisième mois. Peut-être le début du quatrième mois, tout au plus.

La sœur tourna les talons et emprunta un long corridor laissant William et Eva dans le hall principal. Ils ne parlèrent pas tant le lieu les intimidait.

— Je suis désolée, dit la sœur en marchant à leur rencontre. Il n'y a aucune des jeunes filles admises au courant de la période que vous m'avez mentionnée qui ressemble au profil de votre fille. Celles qui sont inscrites ont toutes été admises avec l'autorisation de leurs parents. Sinon, les inscriptions anonymes que nous avons dépassent largement le stade de l'état de votre fille.

— Vous êtes certaine, ma sœur ? insista William.

— J'en suis malheureusement plus que certaine.

— Je comprends vraiment pas, dit William. Elle devrait pourtant être ici. Elle a pris le train de Valleyfield avec l'idée de venir ici.

— Il arrive que des jeunes tournent les talons rendues devant la porte. Certaines prennent peur, ce fut peut-être le cas pour votre fille, Monsieur Leduc. Il y a des logeuses qui accueillent des filles honteuses comme la vôtre. C'est possible que votre fille ait trouvé domicile chez l'une d'elles.

— Où pouvons-nous trouver ces logeuses-là ?

— Vous devriez arrêter chez le marchand de journaux, elles passent souvent des petites annonces pour offrir leurs chambres à louer.

— Pourriez-vous tout de même prendre nos informations pour nous tenir au courant, si jamais elle débarquait icitte ? demanda William.

Ils quittèrent la crèche de la Miséricorde après y avoir laissé leurs informations personnelles. Ne sachant par où commencer, ils décidèrent d'arrêter au premier hôtel qu'ils virent sur leur chemin. Ils s'enregistrèrent puis montèrent à leur chambre où ils déposèrent leurs valises avant de repartir à la recherche de Clara. Ils croisèrent un jeune crieur de journaux à qui ils achetèrent le dernier exemplaire de *La Presse*. Ils allèrent s'asseoir sur un banc et épluchèrent les petites annonces. Ils repérèrent rapidement celles qui affichaient des chambres à louer pour femmes seulement. William arrêta un passant et lui demanda quelles étaient parmi les annonces celles qui indiquaient une adresse située entre la gare Windsor et la crèche de la Miséricorde. Le jeune homme lui mentionna que trois adresses étaient situées dans le secteur recherché, et les autres étaient à l'opposé de la ville. William et Eva se rendirent aussitôt aux adresses indiquées. Les logeuses n'avaient pas vu leur fille. Découragés, ils marchèrent ne sachant où aller lorsqu'une affiche en bois indiquant « Chambres à louer femmes seules » attira leur attention. Ils montèrent l'escalier et William frappa à la porte avec insistance. La dame lui répondit qu'elle n'avait actuellement aucune jeune fille en pension, mais leur donna l'adresse d'une logeuse située à deux rues de la crèche de la Miséricorde. Ils se rendirent sans tarder à l'adresse en question. William frappa frénétiquement à la porte portant le numéro 229. Une femme dans la trentaine répondit. William lui montra la photo de Clara-Eve. Alors qu'elle lui répondait qu'elle ne l'avait jamais vue, Eva aperçut leur fille au bout du corridor. Surprise de voir ses parents, elle tourna aussitôt les talons espérant qu'ils ne l'avaient pas vue. Eva poussa la logeuse et entra dans le logement en criant le nom de sa fille. William la suivit en ordonna à Clara-Eve de les rejoindre immédiatement.

— Sortez d'icitte ! ordonna la logeuse. Vous n'avez pas le droit d'entrer chez moi comme ça, ne m'obligez pas à appeler la police !

— Je ne sortirai pas d'icitte sans ma fille ! répondit sèchement Eva. On n'a peut-être pas le droit de rentrer comme ça chez vous, mais vous n'avez pas le droit de garder notre fille mineure. Appelez la police si ça vous chante, ça va nous être ben utile si notre fille s'en vient pas tout de suite avec nous autres !

— Je veux pas aller avec vous autres, lança Clara-Eve en pleurant. Je veux rester icitte, avec madame Garand !

— Clara-Eve, j'pense qu'il vaudrait mieux que tu ailles chercher tes affaires pis que tu suives tes parents, dit la logeuse Garand. J'veux pas de problème icitte, tu comprends ? expliqua la logeuse à Clara-Eve avant de se tourner vers William. Sauf que là, votre fille me doit son loyer pour le mois à venir, poursuivit-elle. Moi, j'ai refusé une jeune fille mal prise avant-hier, parce que j'ai réservé la chambre qu'occupe votre fille pour quelques mois. J'peux ben trouver quelqu'un pour la remplacer pour les autres mois, mais ça empêche pas que j'ai perdu ma chance pour ce mois en renvoyant la p'tite mal prise. Faudrait qu'elle me paie ça avant de partir.

— Voyons donc, objecta William. Votre affiche dehors dit que vous êtes vacante !

— Fiez-vous pas là-dessus. Elle est là à l'année longue, cette affiche-là !

— Elle vous doit combien ? demanda William en sortant son portefeuille.

— Douze piastres, logée, nourrie et blanchie.

— Tenez, je vous en donne quinze pour avoir votre parole que je ne retrouverai jamais ma fille cachée icitte.

— Vous avez ma parole. Attendez-moi icitte, je vais aller aider votre fille à rapatrier ses affaires. Je vous la ramène, ça sera pas ben long.

Clara-Eve les rejoignit une dizaine de minutes plus tard, une valise dans chaque main. William alla à sa rencontre et la libéra de ses bagages. Ils remercièrent la logeuse et sortirent sans tarder. Impatient de se retrouver dans un endroit tranquille pour discuter avec leur fille, William héla un voiturier qui les conduisit rapidement à l'hôtel.

— Je pense que tu nous dois des explications, lança William dès qu'il déposa les valises de Clara-Eve sur le sol de la chambre. Je sais pas si t'en es consciente, mais ta mère est en train d'y laisser sa santé tellement elle s'est morfondue pour toi ! Je comprends pas comment t'as pu agir de façon aussi sans cœur.

— William, coupa Eva, on devrait peut-être commencer par la laisser parler… Clara, peux-tu nous expliquer pourquoi t'es partie comme ça ?

— J'avais pas le choix, maman !

— C'est pas vrai ça ! s'opposa William. On a toujours le choix dans vie !

— Laisse-la donc parler, dit doucement Eva en tapotant le bras de son mari. Continue, Clara-Eve. Pourquoi tu penses que t'avais pas le choix de partir vite de même ?

— Je suis pas capable, maman, de vous le dire.

— Veux-tu que je le dise pour toi ? demanda Eva.

— Moi je suis pas capable, je suis même pas capable de vous regarder.

— T'es en famille, c'est ça ?

— Oui, maman. Je suis tellement désolée, poursuivit-elle en pleurant.

— Est-ce ce que tu voulais, Clara ? Est-ce qu'il t'a obligée à commettre le péché ou tu étais d'accord avec ça ?

— J'ai ben honte de vous le dire, mais j'étais d'accord.

— C'est qui ? demanda William. Donne-moi son nom, pis je vais m'arranger pour qu'il prenne ses responsabilités. Il va te faire sa demande, fie-toi sur moi !

— Non, papa, je vous en supplie. Je veux pas qu'il me fasse sa demande, je veux même pas qu'il le sache.

Je veux pas faire ma vie avec lui. Je sais pas pourquoi j'ai fait ça...

— Ça, il fallait y penser avant, ma p'tite fille.

— Son nom, pis tout de suite à part ça! ordonna William.

— Vous le connaissez pas, c'est un étudiant en philosophie au séminaire. Au début, je le trouvais ben d'intérêt, mais j'ai fini par me rendre compte qu'il était ennuyeux à la longue. J'ai l'impression qu'il m'aurait demandé ma main si je lui avais demandé de le faire, mais juste l'idée m'était insupportable.

— Ça ne me dit pas son nom, ça.

— Laurent Lalonde, mais je vous conjure de ne pas lui parler, papa!

— Te rends-tu compte, Clara, de ce que tu nous as fait vivre? Te rends-tu compte des conséquences? Tu nous as menti, Clara. Pire encore, tu nous as volés! Comment t'as pu voler tes propres parents?

— Je suis tellement désolée.

— Ça ne nous aidera pas pantoute à régler le problème, que tu sois désolée! Pis qu'est-ce que t'avais l'intention de venir faire icitte? Tu t'es sauvée à Montréal pour quelle raison? Pour aller vivre chez une étrangère? Tu pensais faire quoi de ton bébé après? T'avais vraiment l'intention de nous laisser sans nouvelle pendant des mois? Ben tu sauras ma petite fille que ta mère serait morte au bout de ses peines. Regarde-la! Lève tes yeux pis regarde ta mère en face. Elle est amaigrie comme jamais. Tu sais pourquoi? Parce qu'elle n'a presque pas mangé depuis que t'es partie, presque pas dormi non plus! Elle était en train de se laisser mourir de chagrin à force de brailler de même.

— T'es là, maintenant, dit Eva en essuyant ses larmes. C'est tout ce qui compte pour l'heure. C'est ben certain que j'ai eu de la peine pis que j'en ai encore, mais t'es là. Je te mentirais si je te disais que je suis pas choquée, mais je te mentirais aussi si je te disais que je ne suis pas contente de t'avoir là devant moi. Là, j'ai vraiment besoin de comprendre ce qui t'est passé par la tête de te sauver comme ça. Pourquoi t'es pas venue me parler? Pourquoi, tu ne m'as pas laissé la chance de t'aider?

— J'étais pas capable, maman. J'avais tellement peur, vous avez même pas idée comment j'avais peur.

— T'avais peur de quoi? demanda William. Pas qu'on te batte, quand même?

— J'avais peur de vous décevoir, papa. J'étais certaine que vous me forceriez à me marier avec Laurent ou que vous me mettriez à la porte. J'ai préféré partir pour éviter que ma honte soit portée sur vous.

— Pis tu t'es dit que t'enfuir te cacher chez une étrangère à Montréal, ça serait mieux?

— Non, papa. J'avais dans l'idée de me rendre à la crèche de la Miséricorde, mais j'ai eu peur en arrivant devant. J'ai même pas été capable de monter les marches. J'ai viré de bord, pis j'ai marché sans savoir où aller. Je me suis assise sur un banc et j'ai pleuré toute la journée. Madame Garand, qui passait par là, m'a prise en pitié, pis s'est arrêtée pour me jaser. C'est comme ça que je me suis ramassée à loger chez elle. Papa, maman, je suis tellement désolée...

— Pis le bébé, tu pensais faire quoi avec? demanda William. Le laisser à la crèche? C'est intelligent ça. Si je comprends ben, tu serais revenue à maison, au boutte de ton terme, en nous racontant une histoire à dormir debout pour expliquer ton absence? Tu aurais abandonné ton enfant à des étrangers sans le moindre remords? T'avais l'intention de revenir à maison ou t'avais plutôt l'intention de te trouver de l'ouvrage pis rester par icitte?

— Papa, je sais pas quoi vous répondre.

— Réponds la vérité, suggéra Eva.

— J'avais l'intention de revenir, mentit-elle. J'avais l'intention de laisser le bébé à la crèche et de revenir tout de suite après.

— Ce que je peux te dire ma fille, c'est que tu me déçois ben gros, dit Eva. Ça me déçoit que tu te sois adonnée aux péchés. Ça me déçoit de savoir que notre propre fille nous a volés sans remords. Mais ce qui me déçoit le plus, c'est que tu m'as pas fait confiance. T'as pas jugé bon de te tourner vers moi, ta mère. Tu t'es enfuie comme une voleuse. Sans regarder en arrière. Es-tu à ce point égoïste? Comment t'as pu dormir la nuit en sachant que tes parents devaient se morfondre d'inquiétude? J'ai perdu des enfants, Clara. J'ai enterré, chaque fois, une partie de mon cœur avec eux. La seule consolation que j'ai trouvée pour continuer, c'est de me dire que c'était la volonté du Seigneur, pas la mienne ni la leur. Là, toi t'es partie. Y a des fois où j'étais même pas capable de respirer tellement ça me faisait de la peine de savoir que j'avais perdu une autre de mes filles, mais que c'était cette fois-là par sa volonté à elle. Je me suis imaginé un paquet d'affaires, Clara! J'ai même pensé que t'étais peut-être morte. C'est pas juste de la déception, c'est ma confiance qui est brisée, pis ça, c'est ben pire que d'être déçue.

— Je suis désolée, maman. J'ai agi rapidement, sans réfléchir à plus loin. Une fois icitte, je faisais juste penser à votre colère. J'étais certaine que vous alliez me renier. Pis je me suis dit que, de toute façon, vous aviez Laura-Marie. Elle fait tout parfaitement, tout ce qu'elle fait vous rend fière. C'était juste une preuve de plus que je suis bonne à rien et qu'elle est bonne dans toute. C'est ce que tout le monde pense de toute façon, que vous êtes donc pas chanceux d'avoir une fille comme moi, mais au moins, vous pouvez vous consoler d'avoir une fille comme elle. Je suis désolée. Je vais agir mieux, je vous le promets.

— Là, ta mère pis moi, on va te conduire à la crèche de la Miséricorde. Tu y resteras jusqu'à ta délivrance. On reviendra te chercher quand ça sera fait. Tu reviendras à maison, pis on va continuer de dire que tu te remettais d'une maladie dans un sanatorium à Québec.

— Non, papa ! Je vous en conjure, ne me laissez pas à la crèche ! Je veux pas aller là !

— Fallait y penser avant, ma fille. Y a pas d'autre solution.

— Maman, je vous en supplie, je préférerais mourir plutôt que d'aller là ! Je veux pas vivre ça toute seule. J'ai besoin de vous, maman ! Je vais faire tout ce que vous me demanderez. Je sortirai pas de la maison, personne saura que je suis là. Papa, faites pas ça, ramenez-moi avec vous ou laissez-moi en pension icitte. Je vous rembourserai chaque cenne que je vous ai pris, chaque cenne de ce que coûtera la pension.

— Clara-Eve, ton père a raison. Prends ça comme du temps pour jongler à tes péchés, pour prier pour ta rédemption. Tu pourras te faire une belle vie quand tout ça sera fini. En attendant, on peut pas prendre la chance que ça se sache.

— Non, je vous en supplie, ne m'amenez pas là! implora Clara-Eve en pleurant.

— Là, on va commencer par aller manger. Ta mère pis moi repartirons par le premier train demain. On ira faire ton admission avant de partir. Tu verras que tout ira bien.

Ce soir-là, Clara-Eve s'endormit tôt sur la paillasse installée sur le sol. William et Eva en profitèrent pour sortir discuter en marchant dans les rues avoisinantes. Ils en vinrent à la conclusion que la meilleure chose à faire était de confier leur fille aux bons soins des sœurs de la Miséricorde. En montant à leur chambre, ils entendirent Clara-Eve pleurer bruyamment. Couchée sur le sol en position fœtale, elle pleurait tellement que tout son corps tremblait. Eva se pencha vers elle puis la releva de façon à la prendre dans ses bras. Elle l'enlaça longuement en pleurant avec elle. Clara-Eve répétait entre deux sanglots qu'elle ne voulait pas aller à la crèche.

— On ramène notre fille avec nous autres, William! lança Eva en le regardant. Il est hors de question qu'on la laisse icitte. Je prendrai pas la chance qu'il lui arrive quelque chose. On prendra nos précautions, on la cachera dans maison. Son état paraît pas tant que ça pour l'heure, on pourra la ramener sans que le monde se pose de questions. Personne le saura. On trouvera une solution, mais on la ramène avec nous autres.

William s'agenouilla et entoura sa femme et sa fille de ses bras. Ils restèrent ainsi un certain moment, sans rien dire.

* * *

Ils débarquèrent à la gare de Valleyfield un peu avant le dîner et rentrèrent chez eux sans tarder. Édouard vint rapidement les rejoindre. Il s'empressa de serrer Clara-Eve dans ses bras. Cette dernière se braqua instinctivement, puis s'abandonna à son étreinte fraternelle. Alice la salua, soulignant qu'elle était heureuse qu'elle soit de retour à la maison. Élianna pleura en lui disant qu'elle avait eu peur de ne jamais la revoir. Épuisée, Clara-Eve s'excusa, et monta se reposer à sa chambre. Eva profita de l'occasion pour traverser au magasin afin de s'assurer que tout allait bien.

Après le souper, ce soir-là, William se rendit chez Laura-Marie. Il éteignit le moteur de son automobile devant le regard admiratif de quelques garçonnets qui jouaient dans la rue. William leur sourit, et salua Laura-Marie, qui se berçait sur le perron en compagnie de Marie-Renarde. Heureuses de voir William, elles l'invitèrent à venir s'asseoir avec elles. Il leur confia ce que Geneviève Lefebvre leur avait dit la veille au matin. Il leur raconta ce qu'ils avaient vécu depuis. Laura-Marie, stupéfaite, pleura. Elle demanda à son père de la conduire auprès de sa sœur. Consciente que cette dernière devait se sentir seule, elle ressentit le besoin de se rendre rapidement auprès d'elle. Marie-Renarde précisa à William qu'il pourrait compter sur elle en cas de besoin.

Laura-Marie se dirigea à l'étage après avoir brièvement salué sa mère. Elle observa la silhouette de sa jumelle par la porte entrebâillée de son ancienne chambre. Clara-Eve, allongée sur son lit le visage tourné vers le mur, ne la vit pas. Laura-Marie s'approcha doucement du lit.

— C'est toi Laura? demanda Clara-Eve sans se tourner.

— C'est moi, répondit doucement Laura-Marie en faisant le tour du lit avant de s'asseoir près de sa sœur.

— Je veux pas que tu me regardes. J'ai pas besoin de voir dans tes yeux que toi, t'aurais jamais fait ça. Je suis la honte de la famille, pis toi leur fierté, tu dois être contente!

— Tu te trompes sur mon compte. Je te regarde jamais en me disant que moi j'aurais fait mieux. Au contraire, la plupart du temps, quand je te regarde, je me dis que moi, je n'aurais jamais ton courage. J'ai pas honte de toi, j'aurai jamais honte de toi. La seule chose qui m'intéresse en ce moment, c'est de savoir comment tu vas.

— Je vais pas très bien, c'est ben évident. Je vais te le dire à toi, mais Montréal peut être ben effrayant quand t'es toute seule. Je leur ai pas dit, mais j'étais pas mal soulagée de voir papa pis maman arriver chez la logeuse où j'étais. J'avais peur sans bon sens de leur réaction, mais misère que j'étais soulagée.

— Je peux imaginer. Je me suis tellement inquiétée, Clara. J'ai eu peur qu'il te soit arrivé quelque chose de grave.

— Il m'est arrivé quelque chose de grave; j'ai complètement gâché ma vie.

— Ne dis pas ça, Clara.

— Je vais être obligée de vivre toute ma vie avec le fait que je vais avoir abandonné un bébé à la crèche. Je veux pas me marier, mais si jamais je rencontrais un homme qui me ferait changer d'idée, je serais obligée de lui mentir sur mon erreur de jeunesse. J'en veux pas de ce bébé-là, mais ça me fend le cœur de penser qu'il grandira dans un orphelinat si personne ne l'adopte.

— C'est vrai que c'est triste, ça me fend aussi le cœur.

— Papa et maman ont accepté que je rentre à la maison, mais ils savent pas encore si je vais pouvoir rester ici jusqu'à la fin de mon état. Ils pourraient décider que c'est mieux pour tout le monde que la délivrance se passe à la crèche. Si tu savais comment c'est effrayant, cette place-là. Je pense, que j'aimerais mieux mourir plutôt que d'être obligée d'y aller.

— Pour l'heure, t'es icitte pis c'est tout ce qui compte.

— T'as ben raison, même si je dois partager le même toit qu'Alice. Je te le dis Laura, j'ai presque envie de me marier au plus sacrant, juste pour ne plus la voir.

— C'est vrai qu'elle est particulière.

— Particulière ? T'es ben trop fine toi ! C'est pas le mot que moi j'aurais choisi. Je fais attention à ce que je dis parce que les murs ont des oreilles.

— Pour être franche, c'est pas le mot que j'aurais choisi non plus, ajouta-t-elle en riant.

CHAPITRE 22

À deux, c'est mieux

Le retour de Clara-Eve apporta une certaine accalmie dans la vie des Leduc, qui reprirent leur routine quotidienne, laissant leur fille et Alice seules durant le jour. Ces dernières se disputaient pour tout et pour rien. Clara-Eve téléphonait régulièrement au magasin afin qu'Édouard parle à sa femme avant qu'elle ne réponde plus d'elle. Chaque fois, Édouard traversait à la maison et tentait de raisonner les deux femmes. Eva souhaitait que son fils et sa bru s'installent dans leur propre maison, mais patienta en se disant qu'Alice était trop démunie pour subvenir seule aux besoins du nouveau-né prévu pour septembre. Par chance, Clara-Eve pouvait compter sur les visites régulières de sa jumelle pour lui changer les idées. Pour la première fois de leur vie, elles partageaient des moments privilégiés.

L'air était chaud et agréable en cette soirée du mois de juin. William et Eva se berçaient sur le perron, pendant que les jeunes jouaient aux cartes à l'intérieur. Élianna dessinait sur le coin de la table. Eva sursauta en apercevant deux silhouettes se diriger vers eux.

— Maman, c'est juste Yuska et moi, dit une voix familière.

— Laura-Marie ? Mais qu'est-ce que vous faites icitte à cette heure-là ? demanda William. Vous auriez dû téléphoner, je serais allé vous chercher avec mon automobile.

— Ben non, y a rien là, papa ! C'est une super belle soirée pour marcher, pis en plus le ciel est éclairé. J'aimerais ça vous jaser de quelque chose en privé.

— Pas une mauvaise nouvelle, toujours ? demanda Eva.

— Non, vous en faites pas.

— Veux-tu qu'on aille marcher ou préfères-tu qu'on aille dans le magasin ?

— On serait mieux dans le magasin, répondit Laura-Marie.

Ils traversèrent au commerce. Ils entrèrent et William ouvrit la lumière. Il alla chercher des chaises pliantes dans l'arrière-boutique, qu'il installa en cercle près du comptoir.

— Laura-Marie ! Qu'est-ce que t'as fait à tes cheveux, pour l'amour du bon Dieu ! s'exclama Eva.

— Je les ai coupés, maman.

— Je vois ben ça ! Mais, pourquoi t'as fait ça ? C'est pas que c'est pas beau, c'est juste ben surprenant.

— Vous trouvez pas que je ressemble à Clara-Eve ?

— C'est ben certain, que tu lui ressembles, vous êtes pareilles. C'est vrai que la différence était pas mal dans vos cheveux. Je suis pas certaine qu'elle va être contente par exemple... Tu connais ta sœur, elle aime pas ben ça, être une pareille...

— Je pourrais donc passer pour Clara ? Si j'étais pas votre fille, vous pourriez penser que je suis elle ?

Parce que c'est drette pour ça que je me suis fait couper les cheveux.

— Je comprends pas, dit Eva.

— Yuska pis moi en avons parlé de long en large. Pis la solution à toute cette histoire-là, c'est moi. J'ai juste à être Clara, pis Clara a juste à être moi ! Je suis mariée, j'ai le droit d'avoir autant de bébés que je veux sans que ça dérange personne. On va le prendre nous autres le bébé, si vous êtes d'accord, pis si Clara l'est aussi. Elle a juste à venir vivre à maison. C'est normal qu'une femme dans mon état demande à ce que sa sœur jumelle vienne l'aider. Je vais donner ma démission à l'usine. Si vous voulez, on peut attendre un peu, pis dire au gérant que Clara est revenue et que sa santé lui permet de retourner au travail. Pis je travaillerai à sa place, moi. Le monde va juste penser que je suis en famille, pis que Clara m'aide à maison.

— Mais ç'a pas de bon sens, ça. Tu peux pas prendre la place de ta sœur pis ta sœur, la tienne. Ça tient pas debout cette idée-là, coupa Eva.

— Au contraire, je trouve pas ça fou pantoute, dit William.

— Yuska pis moi sommes prêts à fonder une famille.

— Je veux pas parler de ça, mais il y a un p'tit bout que vous êtes mariés... Vous avez des ennuis à faire décoller la famille ? demanda Eva.

— Non, maman, c'est pas ça... On voulait attendre un peu pour profiter du fait qu'on n'a pas de loyer à payer pour se ramasser un peu d'argent.

— C'est Marie-Renarde qui vous a dit comment empêcher la famille ?

— Maman, soyez pas choquée après elle.

— T'en fais pas avec ça, ma fille, je suis pas choquée après Marie-Renarde. Mais je pense que tu serais mieux de partir avec ta propre famille. C'est pas à toi de te sacrifier pour l'erreur de ta sœur.

— J'ai pas l'impression de me sacrifier, maman. J'y ai pensé autant comme autant, pis je suis certaine que c'est ce que je dois faire. Comme ça, cet enfant-là restera toujours en contact avec notre famille. Pis, quand Clara-Eve aura envie de le voir, il verra pas grand différence entre nous deux.

— Tu te trompes, Laura-Marie. Vous avez beau vous ressembler comme deux gouttes d'eau, un enfant reconnaîtra toujours celle qu'il considère comme sa mère.

— On peut pas imposer nos problèmes de famille à ton mari, lança William.

— Vous en faites pas avec moi, Monsieur Leduc, je suis ben d'accord avec ça. Ma mère aussi est d'accord. Elle vous fait d'ailleurs dire que vous pouvez compter sur elle pour veiller sur votre fille, comme si c'était la sienne.

— Pensez-y, c'est une chance que je sois mariée pis qu'on soit jumelles. Elle restera à la maison aussi longtemps qu'il le faudra. Pis elle sera là pour nourrir l'enfant quand il sera là. Y a personne qui pourra se douter de rien. Parce qu'ils penseront juste que Clara-Eve, c'est moi.

— Le monde va trouver ça étrange que tu te sois fait couper les cheveux soudainement comme ça.

— Non, maman, presque toutes les filles de mon âge ont les cheveux coupés comme ça. C'est l'été, il fait chaud, pis j'ai eu envie d'être à la mode, moi aussi.

— Il y a quelque chose qui me dit que ç'a pas de maudit bon sens. Pis il y a quelque chose qui me dit que c'est la meilleure idée que j'ai entendue dans ma vie. Je sais pas trop quoi penser de ça, ma fille. Pis, toi Eva, t'en penses quoi ?

— Je pense, un peu comme toi. Vous êtes ben certains que vous êtes prêts à prendre Clara sous votre toit pour une si longue période ? Tu sais comme moi, Laura, que vous avez pas mal tendance à vous tirer les cheveux. Je voudrais pas que ça cause des chicanes dans votre ménage. Je voudrais pas que Clara soit un fardeau pour vous autres. Pis, êtes-vous ben certains que vous voulez prendre à charge son petit ?

— Maman, on est plus que certains ! Je vous le dis, on y a pensé jour et nuit depuis que Clara est revenue. Acceptez-vous que j'aille en parler avec elle ?

— Je vais aller la chercher, dit William.

— J'aimerais mieux aller lui parler toute seule si ça ne vous dérange pas.

— C'est correct pour moi. Toi, Eva, es-tu d'accord avec ça ?

— Oui, je pense ben que je suis d'accord. Je m'attendais pas à ça, je sais plus trop quoi dire. Tu peux aller y en parler, mais on va quand même y penser comme faut avant de prendre une décision définitive.

— Oui, maman, répondit Laura avant de rejoindre sa sœur.

Lasse de jouer aux cartes, Clara jeta son paquet sur celui qui servait de pioche. Elle salua son frère et Alice, ébouriffa les cheveux d'Élianna et monta à sa chambre. Quelques minutes plus tard, Laura-Marie entra dans la maison, salua son frère et sa belle-sœur, embrassa sa cadette sur le front et alla rejoindre Clara-Eve.

— Laura ! s'exclama Clara en l'apercevant sur le seuil de la porte. Mais, qu'est-ce que t'as fait à tes cheveux ?

— Quoi ? T'aimes pas ça ?

— Je serais ben mal placée de dire que j'aime pas ça, répondit-elle en riant. Je m'attendais juste pas à te voir les cheveux courts !

— Sont pas si courts que ça, ils touchent presque mon cou. J'aimerais ça te parler de quelque chose, dit-elle en s'assoyant sur son ancien lit. Tu trouves pas qu'on est pareilles comme ça ?

— Pour être pareilles, on est pareilles.

— C'est justement ça mon point… Je peux prendre ta place si tu veux, Clara.

— Prendre ma place ? Tu auras beau me ressembler, c'est moi qui suis dans ce pétrin-là. C'est moi qui suis dans cet état-là.

— Oui, mais ça, y a juste nous autres qui le sait… Le monde verra pas la différence entre toi et moi. Je suis mariée, c'est juste normal que je sois dans ton état.

— Mais tu ne l'es pas, c'est moi qui le suis !

— Justement, qui le saura ? On peut juste changer de place, le temps que tout se place. Tu pourrais venir à la maison et faire comme si tu étais moi. Je peux passer pour toi pendant ce temps-là. Personne saura que c'est toi. Et personne saura que c'est moi.

— Je prendrai pas ta place dans ton mariage, certain ! Je veux pas prendre de mari ! Pas plus le tien qu'un autre.

— Franchement Clara ! Je veux pas te laisser ma place pour vrai. Dans maison, mon mari restera mon mari. Pis après ta délivrance, on reprendra chacune notre place devant le monde. Penses-y comme faut, tu serais sans doute mieux chez moi qu'ici enfermée à journée longue pour que personne te voie. Tu pourras vaquer à tes occupations sans avoir peur de te faire surprendre parce qu'ils penseront juste que c'est moi qui est en famille.

— Mais ils se demanderont où est passé le bébé quand on ira le confier à la crèche.

— On irait pas le porter à la crèche. Si tu es d'accord, Yuska pis moi, on le prendra à notre charge. On gardera précieusement ton secret, personne ne le saura jamais, t'as notre parole.

— Je sais pas trop… Être toi… Prends-le pas mal, Laura, mais j'ai passé ma vie à essayer de tout faire pour être moi. Pour être une personne et non une jumelle. Là, faudrait que je sois toi ! Je suis pas certaine non plus de vouloir passer le reste de ma vie à devoir affronter le regard de ce p'tit-là, en sachant que je l'ai abandonné…

— C'est là que tu fais erreur, Clara. Ta chance dans cette histoire-là, c'est justement d'avoir une jumelle qui peut prendre ta vie le temps qu'elle se replace d'elle-même. Moi, ça ne me dérange pas de prendre ta place, de faire ça pour toi. Si t'es pas d'accord, on n'en reparlera plus, pis je vais te laisser gérer ça à ta manière. Et tu ne l'abandonnerais pas ton p'tit, tu me le confierais.

— C'est pas ça, c'est juste ben surprenant comme idée. Je suis pas certaine que nos parents seront d'accord avec cette idée-là. Pis le bébé, je sais pas si je préfère le confier à la crèche et essayer de l'oublier…

— Il aurait beau être envoyé à l'autre bout du pays, que tu pourrais jamais l'oublier. Pis, papa et maman sont au courant. Ils n'ont pas dit oui encore, mais ils avaient l'air à penser que c'était une bonne idée.

— Vous feriez vraiment ça ? Je veux dire, me prendre chez vous, pis prendre mon bébé ? Vous n'aimeriez pas mieux avoir vos propres enfants, au lieu de prendre le mien ?

— Crois-moi, nous l'élèverons comme s'il était notre enfant. Je suis prête à faire ça pour toi. J'ai toujours été prête à faire n'importe quoi pour toi…

— J'aurais jamais fait ça pour toi, tu le sais ?

— L'important, c'est que je sois prête à le faire maintenant pendant que t'en as besoin. Prends le temps d'y penser comme faut… Je suis même prête à prendre ta place à l'usine. T'imagines, tu passerais tes journées à maison avec Marie-Renarde, pendant que j'irais à l'ouvrage à ta place. Quand le bébé viendra au monde, tu pourrais rester le temps qu'il faudra pour le nourrir, puis tu pourras reprendre ta vie là où tu l'auras laissée…

CHAPITRE 23
L'affaire Laviolette

Clara-Eve demeurait chez sa sœur depuis plus de trois mois. Eva visitait ses filles quotidiennement, étonnée d'être témoin de la complicité qui se développait chaque jour entre les deux sœurs.

Ce matin-là, Eva passa rapidement au magasin pour donner ses consignes à Catherine, puis se rendit chez ses filles, où elle brodait une couverture de bébé en compagnie de Marie-Renarde et de Clara-Eve. Un peu avant midi, Alice téléphona, complètement paniquée. Elle demanda à sa belle-mère de venir à son secours, tant les douleurs qu'elle ressentait étaient insupportables. Eva se rendit aussitôt auprès de sa belle-fille en compagnie de Marie-Renarde, qui confia Leïka aux bons soins de Clara-Eve.

— Pis votre fils qui est parti à la chasse avec Laviolette ! lança Alice lorsque Eva arriva.

— Il ne t'aurait pas été d'une grande aide, dit Eva. Qu'il soit à la chasse ou icitte, ça change pas grand-chose pour l'heure.

— Je pense que j'ai pissé à grandeur du passage. C'est pas de ma faute, j'ai rien senti venir. Pensez pas que je suis une cochonne !

— C'est pas de la pisse, t'as perdu tes eaux ! Viens, on va t'aider à t'étendre, pis on va regarder si le travail est commencé.

— Vous allez pas me regarder là ?

— J'ai pas ben le choix de regarder, Alice, répondit calmement Eva. Tu penses que ton bébé va sortir par où ? C'est pas le temps de faire preuve de fausse pudeur.

— Qu'est-ce que vous voulez dire par là ?

— Rien, Alice. Je veux rien dire par là, mentit Eva.

Alice hurla durant des heures au grand désarroi d'Eva qui tentait en vain de la calmer. Persuadée qu'elle ne survivrait pas à la délivrance, Alice pleurait et criait que ni Eva ni Marie-Renarde ne pouvaient la comprendre. Les deux femmes échangèrent un regard complice, Alice était à ce point persuadée d'être une pauvre martyre qu'il ne leur servait à rien de tenter de la raisonner.

Édouard, averti par son père de la situation dès son retour, rentra aussitôt à la maison. Il s'annonça et frappa doucement à la porte de leur chambre. Eva sortit lui dire que tout allait bien, mais Alice lui cria de retourner à la chasse, qu'elle n'avait pas besoin de lui. Il voulut s'excuser, mais sa femme cria de plus belle. Eva conseilla à son fils de descendre à la cuisine et de ne pas prêter attention aux paroles de sa femme.

Le lendemain matin, après plus de dix-huit heures de travail, Alice donna naissance à un garçon de plus de neuf livres. Eva avisa son fils qu'il pouvait monter voir sa femme et leur nouveau-né.

— T'es pas parti à chasse ? demanda Alice, épuisée.

— J'ai décidé de pas y aller aujourd'hui. Je préfère rester ici, auprès de mon fils pis de ma femme. De toute façon, Henri Laviolette a de l'ouvrage à matin, il va y aller juste en soirée. Je t'entendais crier jusqu'en bas, pis je te dis pas à quel point je me faisais du mauvais sang. J'ai pas dormi de la nuit. Je suis resté dans cuisine à attendre que ma mère me dise que tout était fait.

— J'en veux pas d'autre enfant, Édouard! Je veux plus jamais revivre ça de ma sainte vie.

— On dit toute ça, dit Eva en ramassant les linges souillés qui traînaient sur le sol.

— Peut-être, mais moi, c'est vrai! Vous verrez ben que c'est le premier, pis le dernier...

— Dis donc pas des affaires comme ça devant lui, dit Eva. Regarde-le, comme il est beau. Avez-vous un nom pour ce gros garçon-là?

— Je sais pas trop, j'ai pas pensé à ça, répondit Alice. Toi, Édouard, as-tu une idée?

— Nous pourrions l'appeler William, suggéra-t-il. William Leduc comme son grand-père.

— William Leduc, répéta Alice. Ça lui va ben, je trouve.

Dès que William revint à la maison, plus tard ce jour-là, Eva le pria de s'asseoir, puis alla chercher le petit pour le lui présenter.

— William Leduc, je te présente ton petit-fils, William Leduc.

— Il s'appelle comme moi?

— On l'a appelé ainsi en votre honneur papa, ajouta Édouard qui les avait rejoints. On pouvait pas faire autrement que lui donner le nom de l'homme le plus admirable que je connaisse.

— Oh ! Mon gars ! Je sais pas quoi dire, si ce n'est que tu me fais sacrément plaisir là.

— Veux-tu le prendre ? demanda Eva.

— J'pas certain, y est pas mal petit. J'aurais peur de l'échapper.

— Voyons, William ! C'est pas le premier bébé que tu vas prendre.

À ce moment précis, ils entendirent des coups de feu, qui semblaient venir de tout près.

— Qui est assez imbécile pour tirer des coups de fusil en plein centre-ville ? demanda William en regardant par la fenêtre.

— On devrait peut-être aller voir, suggéra Édouard.

— C'est hors de question ! objecta Eva. Vous n'irez nulle part, vous deux !

— C'est peut-être juste des coups de feu en l'air, dit William. On va juste aller voir. Ça m'avait l'air de venir du Windsor...

— Non ! Vous restez icitte, pis c'est tout !

— Bon, regarde ça mon gars, ta mère nous chicane comme deux petits gars.

— Je suis en retard dans la préparation du repas. Ça tombe ben que vous soyez là, vous allez couper les légumes pour moi.

— C'est facile couper des légumes, je vais vous aider, lança Élianna.

Eva alla remettre le petit William à Alice et retourna auprès de ses hommes.

— Il y a des gens qui viennent par icitte, dit Élianna qui regardait par la fenêtre.

— C'est le chef de police pis ses hommes ! ajouta Édouard en se tournant vers la fenêtre.

— Ben voyons donc, qu'est-ce qu'ils viennent faire icitte ? demanda William. Fais-les rentrer mon gars.

— Monsieur, Madame, nous aimerions fouiller vos bâtiments extérieurs et votre maison aussi, annonça le chef de police.

— Vous fouillerez nulle part tant que vous ne nous direz pas pourquoi.

— Nous cherchons des fugitifs et nous croyons qu'ils n'ont pas pu se rendre ben loin, répondit le chef de police.

— Ma famille pis moi sommes pas du genre à cacher des fugitifs.

— Je vous crois Monsieur Leduc. Vous en faites pas, on fouille pas juste chez vous, on fouille toutes les maisons des alentours.

— Vous cherchez qui au juste ? Est-ce que ç'a rapport avec les coups de feu qu'on a entendus ? Dites-nous ce qui est arrivé, pis après on vous aidera à chercher.

— Des jeunes hommes, sûrement des Américains, ont tiré sur Laviolette devant l'hôtel Windsor. Des témoins les ont vus prendre la fuite vers ce bord icitte.

— Henri Laviolette ? demanda Édouard. Est-ce qu'il est correct ?

— Y a été touché, y est pas fort. On l'a fait conduire à l'Hôtel-Dieu qui ont décidé de le transférer à Montréal compte tenu du sérieux de ses blessures.

— Y s'est fait tirer dessus pour quelle raison ?

— Vous nous excuserez, mais nous n'avons pas le temps de jaser de l'affaire. Nous cherchons des suspects et le temps nous presse. Maintenant, pouvez-vous venir nous ouvrir vos bâtiments extérieurs ou devons-nous défoncer les portes ?

— Vous défoncerez rien icitte, vous autres, répondit William en les suivant à l'extérieur.

Les hommes fouillèrent l'atelier, le magasin, l'écurie, puis entrèrent vérifier chaque recoin de la maison. Ils partirent ensuite en les remerciant de leur collaboration. Édouard, en état de choc, réalisait à peine ce qui venait de se passer. La veille, il était avec Laviolette. Pourquoi quelqu'un lui aurait-il tiré dessus ?

— Papa, faut aller à l'hôtel. Faut aller aux nouvelles. On peut pas rester icitte à couper des légumes, pendant que tous les hommes de la place doivent être en train de parler de l'affaire à l'hôtel !

— Vous deux, vous restez icitte ! ordonna Eva.

— Ma femme, tu peux pas nous faire ça ! Je peux pas rester icitte pendant que tout le monde est juste à côté ! Je peux pas manquer ça ! Tu sais ben qu'Édouard pis moi, on en mange des histoires de même. Pis on le connaît Laviolette ! On reviendra pas tard ! S'il y a de quoi, t'auras juste à venir nous chercher !

— Après ça, vous dites que c'est nous autres les femmes qui sommes des belettes ! Pourtant, c'est pas nous autres qui courons aux nouvelles ! Allez-y, si ça vous fait plaisir ! Mais j'espère qu'il n'y a plus de danger !

William et Édouard ne se firent pas prier et coururent jusqu'au Windsor où une quarantaine d'hommes discutaient bruyamment. Dès qu'il les vit arriver, Jérôme Mathieu vint à leur rencontre.

— Sais-tu ce qui s'est passé ? demanda William.

— Certain que je le sais ! J'étais dans place quand c'est arrivé ! J'en reviens pas, c'est n'importe quoi, cette histoire-là ! Le pauvre Laviolette, j'espère qu'il s'en sortira. Il mérite pas de finir comme ça !

— Qu'est-ce qui est arrivé au juste ? demanda Édouard.

— Je prenais une bière avec Vinet quand Laviolette est arrivé avec Arthur Leboeuf vers les trois heures de l'après-midi. Ils sont allés s'asseoir avec Joseph Plante qui prenait un coup avec deux Américains. Les gars étaient déjà pas mal avancés dans l'alcool. Tu connais les Américains, ils sont forts sur la bouteille quand ils viennent par icitte. J'étais une table plus loin, j'ai pas tout entendu parce qu'il y avait pas mal de monde dans place et ça parlait fort. Mais j'ai entendu Joseph Plante demander à Laviolette de lui vendre un de ses chiens. Laviolette a refusé.

— Je comprends donc ! s'exclama Édouard. Laviolette vendrait jamais un de ses chiens, il y tient comme s'ils étaient de l'or !

— C'est à peu près ce qu'il a répondu, qu'il ne vendrait jamais un de ses chiens. Joseph Plante a insisté pas mal. Il s'est levé pis s'est mis devant Laviolette en insistant encore plus. Laviolette s'est levé à son tour, pis lui a dit d'oublier l'idée, que jamais de son vivant il ne vendrait un de ses chiens. Plante a continué de l'achaler. Laviolette lui a demandé d'arrêter, qu'il le trouvait ben fatigant, mais Plante a pas lâché le morceau. Laviolette l'a averti qu'il jouait avec sa patience et que le sujet était clos. Plante a insisté. Laviolette a perdu patience et a donné une taloche à Plante. C'est là qu'on comprend pas trop ce qui s'est passé… Ça s'est passé tellement vite, que même nous autres qui étions là, on n'a pas eu le temps de comprendre ce qui se passait. Un des Américains, le plus jeune des deux, s'est levé pis a sorti un revolver de sa poche. Il a tiré deux coups dans le plancher, à même pas un mètre de moi ! Il a ensuite tiré deux coups sur Laviolette, pis deux coups sur le mur au fond de la taverne. En réalisant qu'il s'était fait tirer dessus, Laviolette a tenté de s'enfuir par la porte d'en arrière, mais il est tombé sur le sol après avoir fait quelques pas. Les gars qui étaient assis à la table se sont tous enfuis en courant, sauf Leboeuf.

— Sais-tu où Laviolette a été touché ? demanda William.

— Le docteur Jalbert avait l'air de dire qu'il avait été touché à la poitrine et au bras.

— L'Américain qui a tiré, était-il chaud ?

— Pas mal, oui. Il paraît qu'il était rendu à sa dix-huitième bière !

— Ils savent pas boire ces maudits Américains-là ! déclara William. C'est pas pour rien qu'ils n'ont pas le droit de boire par chez eux ! On devrait leur interdire l'entrée dans nos tavernes ! Ils viennent juste y foutre le trouble ! Saouls de même, ils doivent pas être cachés ben loin !

Dans les jours qui suivirent, les clients qui se présentaient au magasin ne parlaient que de l'affaire Laviolette, décédé deux jours après l'incident. Les hommes recherchés dans cette histoire furent retrouvés le soir même, cachés dans la cave de service de Joseph Plante. Tous les habitants de la ville furent estomaqués d'apprendre que le jeune accusé n'était âgé que de vingt-quatre ans.

CHAPITRE 24

Seul Dieu pourra juger

Vendredi 11 juillet 1924

Impatient d'assister à l'exécution de Walter Muir, prévue pour le matin même, Édouard se leva à l'aube. William ne tarda pas à le rejoindre. Ils discutèrent tout bas, en savourant une tasse de café fumante. Ils crurent un certain temps que Muir finirait par échapper à la peine de mort. Le jeune New-Yorkais avait vu des gens importants se rallier à sa cause et demander au Canada de réduire sa peine en un emprisonnement. Sa mère implorait la clémence, son fils avait agi par légitime défense, ne voulant que défendre la vie de son ami Joseph Plante. Elle s'était adressée aux journaux. Son fils, diplômé de la prestigieuse Clason Point Academy, était un jeune homme brillant promu à un bel avenir. Arrivée à Salaberry-de-Valleyfield depuis quelques jours, la mère éplorée tenta l'impossible pour entrer en contact avec la veuve de Laviolette. Son but était clair: convaincre Valentine Bingerand de l'aider à épargner la vie de son fils. Mise au courant de ses intentions, Valentine refusa de la rencontrer et fit passer le message que son mari était mort aux mains de son fils et que jamais elle n'interviendrait en sa faveur. De nombreux clients du magasin affirmèrent avoir vu la mère de Walter Muir devant la prison. Assise dans son automobile, elle demeurait des heures à attendre, le regard tourné vers la prison.

— Pensez-vous que sa mère va réussir à faire échouer l'exécution ? demanda Édouard.

— Pour tout te dire, c'est ben possible. Je vais croire que la justice a fait ce qu'elle avait à faire quand je verrai le drapeau rouge flotter devant la prison. En attendant, tout est possible.

— Pensez-vous qu'on va pouvoir le voir être pendu ?

— Vous parlez pas encore du pendu ? demanda Eva qui entrait dans la cuisine.

— Y est pas encore pendu, fit remarquer William. C'est aujourd'hui qu'il le sera si ça tombe pas à l'eau, comme de raison.

— J'ai entendu dire que le bourreau qu'ils ont fait venir de Montréal était arrivé hier soir. C'est bon signe, poursuivit Édouard.

— Je comprends toujours pas pourquoi vous voulez aller là ? Vous voulez vraiment voir un homme mourir sous vos yeux ?

— Maman, c'est pas que je veux voir un homme mourir. Je veux voir un coupable payer pour le meurtre d'un homme que je respectais.

— Vous allez pas le voir se faire pendre, toujours ?

— À ce que j'ai pu comprendre, l'échafaud a été installé face au mur de la prison, de façon à ce qu'en dehors de la cour, on pourra pas le voir. Il paraît qu'ils ne laisseront personne rentrer dans la cour. Mais j'ai entendu dire qu'on pourra monter sur le toit de l'entrepôt de Dandurand. De là, on voit ce qui se passe dans la cour.

— Juste à y penser, je me sens pas ben. Restez donc icitte, à place.

— Jérôme arrive, justement! C'est lui qui va nous faire monter sur le toit de Dandurand, il s'est déjà arrangé avec.

Jérôme stationna son automobile près de la cour à bois de Dandurand. Ils se dirigèrent aussitôt vers une échelle intégrée au mur de la bâtisse. Dandurand qui se tenait sur le toit leur cria de monter. Édouard monta en dernier, se gardant de mentionner qu'il craignait les hauteurs. Une centaine de personnes entassées sur le toit de l'entrepôt attendaient que Walter Muir sorte dans la cour de la prison.

— Regardez papa, je pense que c'est la mère de Muir, là-bas en retrait, pas loin de la clôture.

— Pauvre femme, laissa échapper William. J'ai pitié pour elle.

— Pour elle, peut-être... Mais j'ai aucune pitié pour son fils. Regardez, c'est lui qui sort de la prison!

— C'est troublant de voir un si jeune homme être conduit vers sa mort, fit remarquer William.

— Commencez pas à avoir des regrets pour lui! Papa, pour une fois qu'il y en a un qui payera pour son crime. Souvenez-vous que celui ou ceux qui s'en sont pris à Rosaire Roy payeront jamais pour ce qu'ils lui ont fait! Ce gars-là a tué Henri Laviolette. Il a juste ce qu'il mérite!

William ne dit rien. Il se contenta d'observer Walter Muir qui montait l'escalier peint en rouge le conduisant à l'échafaud. Il se surprit à espérer que ce jeune homme ne soit pas pendu. Il jeta un rapide coup d'œil à sa mère qui, soutenue par deux autres femmes, pleurait en menaçant de s'effondrer à tout instant. Walter Muir se présenta face au bourreau Arthur Ellis, qui enfila sur sa tête une cagoule de couleur noire. Il mit ensuite la corde autour de son cou, puis donna le signal pour ouvrir la trappe sous ses pieds. Walter Muir se débattit quelques secondes. Son corps inerte se balança au bout de la corde pendant quatorze minutes avant d'être décroché par le bourreau. Ne pouvant plus supporter ce spectacle, William déclara qu'il voulait descendre du toit. Édouard l'accompagna bien malgré lui. William lui proposa de marcher jusqu'à la prison, où ils se rendirent près de la mère de Muir. William observa en silence la femme qui fixait, en pleurant, le drapeau rouge indiquant que la pendaison avait eu lieu. William décida qu'il était temps de rentrer.

— Je pensais jamais te dire ça, mais voir Muir se faire pendre ne m'a pas satisfait, confia William à sa femme plus tard ce jour-là.

— Comment ça, t'es pas satisfait ? demanda-t-elle.

— J'ai toujours pensé que ça me satisferait de voir un coupable payer de sa vie le fait d'avoir pris la vie d'un autre. Mais ça m'a fait l'effet contraire. Je le regardais marcher vers sa mort, pis j'avais juste envie que ça ne se fasse pas. C'était un beau grand gars, jeune à part ça. Il m'a fait penser à notre fils. Dans le fond, c'est juste un pauvre gars, peu expérimenté par la vie, qui a commis l'irréparable parce qu'il avait sans doute trop bu. Je regardais sa mère, pis ça m'a fait de la peine pour elle. C'est sûr que Muir devait payer pour son crime... Mais c'était peut-être pas nécessaire de prendre sa vie en échange. C'était à Dieu de juger de son sort, pas à nous...

* * *

Le lendemain, Jérôme Mathieu et Marie-Renarde célébrèrent leur mariage dans l'enceinte de la cathédrale. Pendant que les nouveaux mariés échangaient leurs vœux, Clara-Eve glissa à l'oreille de sa jumelle, qui tenait la petite Anna dans ses bras, qu'elle serait peut-être la prochaine à se marier. Surprise par la confidence de sa sœur, Laura lui répondit par un sourire. Clara-Eve ne cherchait plus inutilement la confrontation. Les derniers mois l'avaient assagie. L'indomptable rebelle était devenue une jeune femme posée et réfléchie. À son plus grand bonheur, elle n'avait pas repris sa place à l'usine puisque ses parents lui avaient offert de prendre la place de Catherine Tremblay, nouvellement mariée avec Honoré Landreville, le fils d'Émilienne. Contre toute attente, Clara-Eve adorait travailler au magasin. Elle aimait faire l'inventaire des ventes, passer les commandes aux fournisseurs et appréciait même le service à la clientèle. Après en avoir discuté, William et Eva exposèrent à Édouard et à Clara-Eve la possibilité de reprendre conjointement la relève. Le couple, ayant d'autres projets pour leur avenir, jugeait que le temps était venu de se retirer afin de laisser la place à leurs enfants. En effet, William avait presque terminé la construction de leur nouvelle maison située à quelques rues du magasin. Il avait acheté un terrain sur la rue Saint-Louis dont l'angle permettait d'avoir une vue sur la magnifique baie Saint-François. Ils avaient convenu de laisser la maison familiale à Édouard et à Alice, qui portait leur deuxième enfant. Aidé d'hommes qu'il engagea, William construisit une coquette maison suffisamment grande pour y emménager avec sa femme et ses deux filles. Il s'assura de construire une salle à manger pouvant aisément accueillir toute sa famille lors de réjouissances.

Laura-Marie, quant à elle, était comblée par son nouveau rôle de mère. Elle avait pris naturellement la charge de la petite Anna, lui donnant soins et affection comme si c'était sa propre fille. D'ailleurs, la petite lui ressemblait tellement qu'elle se faisait fréquemment dire « tu ne pourras jamais la renier celle-là, c'est ta copie conforme ». Rien ne pouvait lui faire plus plaisir que d'entendre les gens souligner leur ressemblance. Yuska et Laura-Marie aimaient tant être parents qu'ils n'avaient pas hésité à agrandir leur famille.

— Regrettes-tu d'avoir Anna à charge, lui avait demandé Clara-Eve en apprenant la nouvelle de sa grossesse. C'est dommage, tu pourras pas vivre ta maternité sans avoir à t'occuper de l'enfant d'une autre.

— Jamais de ma vie je ne regretterai Anna! Détrompe-toi, elle n'est pas à ma charge. C'est ma fille! Ma maternité, je la vis déjà. Clara, c'est pas moi qui t'ai fait une faveur en prenant la petite. C'est toi qui m'as offert le plus beau des cadeaux. Je veux même pas imaginer ma vie sans Anna. C'est pas mon premier enfant que je mettrai au monde, ce sera mon deuxième. J'ai déjà un enfant... Crois-moi, cette petite fille-là, c'est moi, c'est toi, c'est nous deux. T'en fais pas, je le saurai toujours au fond de mon cœur que c'est toi sa mère. Je veux pas que tu penses que je l'oublie parce que je l'oublierai jamais. Mais je remercie Dieu tous les jours d'avoir fait de moi sa mère dans mon cœur.

— Laura, je te remercierai jamais assez d'avoir fait ça pour moi. Ben honnêtement, j'aurais pas pu espérer une meilleure mère pour elle. J'aurais fait la pire erreur de ma vie, si je l'avais confiée à la crèche. J'ai pris des mauvaises décisions dans ma vie. J'ai souvent agi sur des coups de tête, pis par égoïsme. Mais s'il y a une chose dont je suis absolument certaine, c'est que j'ai pris une bonne décision dans ma vie. Pis c'est de te confier notre fille. Je suis en paix avec tout ça parce que je sais que je lui ai offert le plus beau cadeau de sa vie lorsqu'elle est venue au monde. Je lui ai offert ma sœur comme maman...

FIN

MIXTE
Papier issu de sources responsables
FSC® C103567

Achevé d'imprimer en septembre 2020
sur les presses de l'imprimerie Marquis.